중국고전문학정선 – 중국의 고전 산문

오수형 編譯

明文堂

이 저서는 2007년 정부(교육과학기술부)의 재원으로 한국연구재단의 지원을 받아 수행된 연구임 (NRF-2007-361-AL0016)

중국의 산문은 시가와 더불어 중국 정통문학의 본류로서 긴 역사를 지닌 채 수많은 문인들에 의해 창작되었다. 이 산문에는 작자의 사상과 감정 이 비교적 직접적이고 자세하게 표현되어 있으며, 내용이나 글쓰기 방식 또한 매우 다양하다. 역자는 그런 산문을 상당한 기간 강의해오면서 무 엇을 어떻게 다루어야 재미도 있으면서 유익할지 늘 고민하지 않을 수 없었다.

우선 산문을 읽고 공부하는 주된 목표는, 첫째로 사회 속에 살아간 작가 의 생각과 삶을 이해함으로써 교훈과 지혜를 얻는 것이요, 둘째는 그들 작가가 어떤 방식의 글쓰기로 자신의 사상과 감정을 효과적이고 멋지게 표현하는지를 이해하는 것이요, 셋째는 그들이 사용한 문장의 독해력 즉 한문 독해력을 증진시키는 것으로 요약할 수 있을 것이다.

이들 목표를 얻기 위해 가장 먼저 필요한 것은 적절한 작품을 선정하고 분류한 교재이다. 그런데 기존의 국내 중국 산문집은 작가의 생몰 연대 순으로 작품을 나열한 것과 개별 작가별로 작품을 선정한 것이 서넛 있 는 실정이며, 또한 그 선정된 작품 자체도 이미 오래 전에 이른바 명문 이라고 알려진 것들이 인습적으로 중복되어 있다. 역자는 이들의 선정 기준이나 편집 방식이 변화한 지금의 환경에 적합하지 못하다는 생각을 떨쳐버릴 수 없었다. 고금을 통해 불변하는 것이 있듯이 또 변해야만 하 는 것도 있기 때문이다.

그리하여 일찍이 작품의 성격이나 용도 등을 고려한, 즉 문체별로 작품 을 분류한 단행본을 엮어 글쓰기 방식의 이해에 주안점을 두어보기도 하 였다. 그러자니 글쓰기 방식의 이해에는 도움이 되었으나 작품간 내용상의 연관성이 약하여 주제별 토론에는 부적합한 단점을 드러냈다. 그래서 역자는 문체도 고려하면서 내용에 주목하여 작품을 선정하고 배열함으로써 그 단점을 보완하고자 하였다.

이 책은 대체로 다음과 같은 기준과 방식으로 구성하여 기존 산문 선집과의 차별화를 꾀하였다. 첫째, 작품의 선정은 검증된 명문에 주목하되 가능한 한 새로운 작품을 취하고자 하였다. 한대로부터 명대에 이르는 시기의 독립된 편명을 지닌 것을 취하였는데 역시 당송 고문 대가의 글이 다수를 점하였다. 둘째, 내용의 연관성에 주목하여 주제별로 배열함으로써 기존 선집들이 지닌 모든 작품을 시대순으로만 배열하는 고착된 틀에서 벗어났다. 이는 독서의 흐름에 새로운 질서를 주며 주제별 토론의 장에도 새로운 쓸모를 제공하기 위한 것이다. 셋째, 글의 구성방식이나 표현기교 등의 이해를 소홀히 할 수 없으므로 문체의 안배에도 주의하였다. 또 정통 고문을 위주로 하되 형식미를 많이 강구한 글이나 명대에 대두된 새로운 글쓰기 사조의 작품도 소개하고자 하였다. 넷째, 원문 없이 번역문만으로도 중국 산문을 일정 수준 이해할 수 있도록 해야 한다는 생각을 하면서 번역하였다. 원문과 대조가 편하도록 편집하였으며 원문의 주석이 너무 많아지는 것은 피하고자 하였다. 미진하나마 해제 겸 평어를 통해 다양한 시선의 가능성을 돕고자 하였다.

역자는 가능한 한 쉽고 흥미로우면서도 다양한 독자가 기대하는 다양한 소득을 선사할 수 있는 각양각색의 중국 고전 산문집의 출현을 희구한다. 고전의 중요성이 점점 더 강조되는, 그리고 한자문화의 이해가 더욱 더 요구되는 시대가 아닌가! 비록 역자의 독서가 미흡하고 사고가 천근하여 이 책이 목표한 바에는 미치지 못했으나, 독자의 지혜가 잘 발휘되어 조금이나마 새로운 시각과 방식으로 중국 고전 산문을 더 잘 접하는데에 일조할 수 있기를 바라며, 제현의 엄한 질정을 기대한다.

끝으로, 이 책은 서울대 중국어문학연구소에서 편역하는 '중국고전문학정선'의 산문 부분이다. 시경·초사, 시가 1·2, 사곡(詞曲), 제자백가와 함께 하나의 시리즈를 구성한다. 이를 지원한 인문학연구원에 감사드리며, 이 책의 출판을 위해 많은 노력을 해주신 명문당 여러분께도 감사의 마음을 전한다.

2014년 8월 31일
청간재에서

차 례

1.
인재 찾기와 쓰기

– 왕안석王安石

잡설(雜說)

1.

龍噓氣成雲,[1] 雲固弗靈於龍也. 然龍乘是氣, 茫洋窮乎玄間,[2] 薄日月,[3] 伏光景,[4] 感震電,[5] 神變化, 水下土, 汩陵谷,[6] 雲亦靈怪矣哉!

雲, 龍之所能使爲靈也. 若龍之靈, 則非雲之所能使爲靈也. 然龍弗得雲無以神其靈矣. 失其所憑依, 信不可歟![7] 異哉! 其所憑依, 乃其所自爲也.

『易』曰:“雲從龍.” 旣曰龍, 雲從之矣.

----

1 噓(허) : 내뿜다. 토하다.
2 茫洋(망양) : 끝없이 광대한 모양. 窮(궁) : 끝까지 가다. 玄間(현간) : 멀고먼 하늘. 우주.
3 薄(박) : 접근하다.
4 伏(복) : 가리다. 景(경) : 햇빛.
5 感(감) : 흔들다. 요동시키다. ‘감(撼)’과 같다. 震電(진전) : 천둥과 번개.
6 汩(골) : 세차게 흐르다. 물에 잠기게 하다.
7 信(신) : 실로, 정말로.

이런저런 이야기

1.

용이 기운을 내뿜어 구름을 만드니 구름은 본래 용보다 영험하지 않다. 그러나 용은 이 기운을 타고서 아득히 하늘 끝까지 가 해와 달에 다가가선 그 빛을 가리고, 천둥 번개를 흔들어 신통스럽게 변화시켜 대지에 비를 뿌리고 산골짜기에 넘쳐나게 한다. 그러니 구름 역시 영험하고 괴이하다!

구름은 용이 영험하게 만들어 줄 수 있다. 그러나 용의 영험함은 구름이 만들어 줄 수 있는 것이 아니다. 그렇지만 용이 구름을 얻지 못하면 영험함을 신통스럽게 발휘할 수 없다. 그가 의존하는 것을 잃으면 실로 안 된다. 이상도 하다! 자신이 의존하는 것이 바로 자신이 만든 것이구나.

『주역』에서 "구름은 용을 따른다"고 했다. 이미 용이라고 말한다면 구름은 그를 따른다.

2.

世有伯樂,[8] 然後有千里馬. 千里馬常有, 而伯樂
不常有. 故雖有名馬, 祇辱於奴隸人之手,[9] 駢死於
槽櫪之間,[10] 不以千里稱也.

馬之千里者, 一食或盡粟一石. 食馬者不知其能
千里而食也,[11] 是馬也, 雖有千里之能, 食不飽, 力
不足, 才美不外見, 且欲與常馬等不可得, 安求其
能千里也?

策之不以其道, 食之不能盡其材,[12] 鳴之而不能
通其意, 執策而臨之曰:"天下無馬." 嗚呼! 其眞
無馬邪?[13] 其眞不知馬也!

. . . .

8 伯樂(백락) : 손양(孫陽). 말을 잘 감정하였다는 진(秦)나라 때 사람. 인재
   를 잘 알아보는 사람 또는 훌륭한 인사권자를 의미한다. 일설에 의하면 하늘
   의 말〔天馬〕을 관장하는 별자리이름이라고 한다.
9 祇(지) : 다만. 단지. 奴隸(노예) : 말을 먹이고 부리는 마부를 가리킨다.
10 槽櫪(조력) : 말 먹이통과 마구간에 까는 깔판. 마구간을 의미한다.
11 食(사) : 먹이다. 사육하다. '사(飼)'와 같다.
12 材(재) : 먹는 양. 능력을 의미한다.
13 邪(야) : 의문을 나타내는 어기사로 쓰인 경우는 '야(耶)'와 통한다. 其(기) :
   추측을 나타내며 긍정적인 경우와 부정적인 경우 모두에 쓰인다. 본문의 앞
   의 경우는 '설마'의 의미를 지니며, 뒤의 경우는 '아마도'의 의미를 지닌다.

2

세상에 백락이 있은 후에 천리마가 있다. 천리마는 늘 있으나 백락은 늘 있지는 않다. 그래서 비록 명마가 있어도 다만 마부의 손에서 욕을 당하다가 마구간에서 보통 말과 나란히 죽어갈 뿐이며 천리마로 불리지 못한다.

천리를 가는 말은 한 번 먹으면 때로 곡식 한 섬을 다 먹는다. 말을 먹이는 이가 그 말이 천리를 갈 수 있음을 모른 채 먹이면, 그 말은 비록 천리를 갈 능력이 있어도 배불리 먹지 못하여 힘이 부족해 뛰어난 능력이 밖으로 드러나지 않는다. 또한 보통 말과 같고자 하여도 그조차 불가능하니 어찌 천리를 갈 수 있기를 바라겠는가?

채찍질하되 바른 방식을 쓰지 않고, 먹이되 먹을 만큼 채워주지 못하며, 울리되 그 뜻을 이해하지 못하고서, 채찍을 들고 다가가서 말하길, "천하에 말다운 말이 없구나"라고 한다. 아 아! 진정 말다운 말이 없는 것인가? 진정 말다운 말을 알아보지 못하는 것이리라!

■ 해 제

잡설(雜說)은 논설문 성격의 수필로서 한유가 자유로운 형식의 고문운동을 전개하면서 창조한 형식이다. 한유의 〈잡설〉은 4편의 독립된 짧은 글로 이루어져 있다. 위의 두 편 가운데 전자는 그 첫 편이고 후자는 끝 편이다. 창작 시기는 분명하지 않으나 대체로 관리에 임용되기 이전의 젊은 시절의 글로 보인다. 자신의 편치 못한 심정과 임용되기를 바라는 마음을 읽을 수 있다.

전자는 용설(龍說)이라고도 부른다. 군신(君臣)관계나 각종 상하관계 또는 영웅과 시대의 관계 등을 가리키는 것으로 광범위하게 풀이할 수 있다. 후자는 마설(馬說)이라고도 부른다. 인재와 재상 또는 임용권자의 관계를 가리키는 것으로 풀이할 수 있다. 다만 명문은 시공을 초월하여 다양한 의미로 해석되며 설득력을 지닌다. 위의 글도 가정, 학교, 예체능계, 그리고 사회 각 영역을 불문하고, 또한 과거에도, 지금도, 그리고 미래에도 그 이치는 여전히 유효하다.

진문공문수원의(晉文公問守原議)

유종원(柳宗元)

晉文公旣受原於王,[1] 難其守, 問寺人敎鞮,[2] 以畁趙衰.[3] 余謂守原, 政之大者也, 所以承天子, 樹霸功, 致命諸侯, 不宜謀及媟近,[4] 以忝王命.[5] 而晉君擇大任, 不公議於朝, 而私議於宮, 不博謀於卿相, 而獨謀於寺人. 雖或衰之賢足以守, 國之政不爲敗, 而賊賢失政之端, 由是滋矣. 況當其時不乏言議之臣乎?

---

1 文公(문공) : 춘추오패의 한 사람. 이름은 중이(重耳)이고 헌공(獻公)의 둘째 아들이다. 헌공이 후처 여희(驪姬)를 총애하여 형인 태자 신생(申生)을 살해하자 도망쳐 19년간 외지를 떠돌았다. 후에 진(秦) 목공(穆公)의 도움으로 진(晉)에 돌아와 호언(狐偃), 조최(趙衰), 선진(先軫) 등의 현인을 등용하여 송(宋)을 구하고 초(楚)를 격파함으로써 제후들의 맹주가 되었다. 그후 백여 년 동안 진(晉)은 그 지위를 유지하였다. 주(周) 양왕(襄王)을 섬겨 그 공로로 원(原) 지방을 하사받았다. 原(원) : 지금의 하남성 제원현(濟源縣) 서북 지역.
2 寺人(시인) : 환관. 敎鞮(발제) : 조최를 문공에게 천거한 환관.
3 畁(비) : 주다. 임명하다. 趙衰(조최) : 자는 자여(子餘), 시호는 성자(成子). 평생 문공을 잘 보좌한 인물. 문공을 따라 19년 동안 외지를 떠돌아 다녔으며, 문공의 귀국에 큰 공을 세웠다. 후에 대부가 되어서도 그를 잘 보좌하였다. 후손도 대대로 진의 경(卿)이 되었다.
4 媟近(설근) : 측근. 예의를 차림이 없이 가까운 사이의 사람.
5 忝(첨) : 욕되게 하다. 더럽히다.

진 문공이 원 지역 책임자 선발에 대해 물은 일을 논함

　　진(晉)의 문공(文公)이 천자로부터 원(原) 지역을 하사받고 그곳 책임자 문제를 고심하다가 환관인 발제(執鞮)에게 물어 조최(趙衰)를 임명하였다. 내 생각에, 원(原) 지역 통치는 중대한 정사로서, 천자의 뜻을 받들어 패업을 이루어 제후에게 명령을 전하는 일이다. 가까운 환관과 상의함으로써 왕명을 욕되게 해서는 안 된다. 또한 진(晉)의 주군으로서 대임을 맡을 이를 선발하면서 조회에서 공개적으로 의논하지 않고 내궁에서 사사로이 의논하였으며, 널리 경상(卿相)의 대신들과 의논하지 않고 단지 환관과만 의논하였다. 비록 조최가 현명하여 그곳을 책임지기에 충분하여 정사를 망치지 않았다고 하여도, 현인을 해치는 실정(失政)의 단초가 여기에서 생겨났다. 더욱이 당시에 의논할 신하가 부족한 것도 아니지 않았던가!

　　호언(狐偃)이 참모이고 선진(先軫)이 중군(中軍)의 책임자였는데, 진(晉)의 군주로서 그들을 멀리하여 자문하지 않고 도외시하여 내치고서 끝내 하잘것없는 환관에게 물어 정하였으니, 이 어찌 옳은 본보기가 될 수 있겠는가? 또한 진(晉)의 군주로서 제(齊) 환공(桓公)의 패업을 이어 천자를 보좌하려 한 것은 큰 뜻이다. 그런데 제 환공은 관중(管仲)을 임명하여 흥하였다가 수조(豎刁)를 등용하

狐偃爲謀臣,[6] 先軫將中軍,[7] 晉君疏而不咨, 外而不求, 乃卒定於內竪,[8] 其可以爲法乎? 且晉君將襲齊桓之業, 以翼天子, 乃大志也. 然而齊桓任管仲以興, 進竪刁以敗,[9] 則獲原啓疆, 適其始政, 所以觀示諸侯也, 而乃背其所以興, 跡其所以敗.

然而能霸諸侯者, 以土則大, 以力則强, 以義則天子之冊也. 誠畏之矣, 烏能得其心服哉! 其後景監得以相衛鞅,[10] 弘石得以殺望之,[11] 誤之者晉文公也.

嗚呼! 得賢臣以守大邑, 則問非失擧也, 蓋失問也, 然猶羞當時陷後代若此, 況於問與擧又兩失者, 其何以救之哉? 余故著晉君之罪, 以附春秋許世子

---

6 狐偃(호언) : 진 문공 중이의 외숙부로 많은 많은 책략으로 진문공을 도왔다.
7 中軍(중군) : 고대의 군대는 상중하의 3군으로 나뉘는데 중군이 주력이었다.
8 內竪(내수) : 내시. 한(漢) 이후로 환관을 이르는 말. 竪는 豎의 속자.
9 竪刁(수조) : 제 환공을 모신 환관.
10 景監(경감) : 진(秦) 효공(孝公)에게 총애를 받던 환관. 衛鞅(위앙) : 위(衛)의 서자 출신 공자였던 공손앙(公孫鞅)으로 후인들이 흔히 상앙(商鞅)이라 부르는 인물. 경감의 추천으로 효공의 재상이 되어 진나라를 부강하게 만들었다.
11 弘石(홍석) : 홍공(弘恭)과 석현(石顯). 한(漢) 원제(元帝) 때에 전횡한 환관. 당시의 중신 소망지(蕭望之)에 대해 참언을 올려 그가 자살하게 만들었다.

여 망친 터이니, 원(原) 땅을 얻어 영토를 확장한 때는 마침 시정(施政)의 시작으로서 제후에게 시범을 보일 기회였다. 그런데도 그 흥했던 길을 거스르고 망쳤던 길을 따랐다.

그런데도 제후의 우두머리가 될 수 있었던 것은 넓은 지역과 강력한 힘과 천자의 명의를 지녔었기 때문이다. 그러니 실로 제후들의 두려움은 샀어도 어찌 그들의 마음속 복종을 얻어낼 수 있었겠는가! 후대에 경감(景監)이 위앙(衛鞅)을 재상으로 추천하고, 홍공(弘恭)과 석현(石顯)이 소망지(蕭望之)를 살해하였는데, 이렇게 잘못을 저지르게 만든 이는 진 문공이다.

아 아! 현명한 신하를 얻어 넓은 지역을 관할하게 하였다. 그러니 그 자문에 답한 천거의 내용은 잘못된 것이 아니다. 다만 자문의 상대를 잘못 택한 것이다. 그런데도 당시 대신들을 부끄럽게 하고 후대를 그처럼 그르치게 하였다. 하물며 자문의 상대와 천거의 내용이 모두 잘못이라면 어떻겠는가? 어떻게 그 잘못을 만회하겠는가! 그 때문에 나는 진(晉)의 군주 문공의 죄를 드러내 『춘추』에 기록한 허(許)의 세자 지(止)와 조둔(趙盾)의 잘못에 비견한다.

■ **해 제**

진(晉) 문공(文公)이 원(原) 지방의 책임자를 선발할 때 그 적임자를 환관에게 물어 결정한 것은 큰 잘못이라는 논지의 글이다. 비록 자문에 응해 환관이 천거한 대상이 적임자여서 성공적인 인선이었을지라도 환관에게 자문함으로써 후일 환관이 정사에 간여하는 폐단을 발생시켰다는 것이다. 과감한 논지를 거침없는 논리로, 과거의 일을 끌어다가 당시의 문제를 논하였다.

止趙盾之義.[12]

12 허(許)의 세자 지(止)와 조둔(趙盾) 모두 '주군 시해[弑君]'의 비판을 받는
   인물이다. 병이 난 허의 도공(悼公)은 지(止)의 약을 먹고 죽었고 지는 진
   (晉)으로 도망쳤다. 진(晉)의 대신인 조둔(趙盾) 즉 조선자(趙宣子)는 조천
   (趙穿)이 도원(桃園)에서 진(晉) 영공(靈公)을 공격했을 때 산에서 나오지도
   않은 채 방치하였다.

작자는 혁신적 정치집단의 주요 구성원으로서 영정혁신(永貞革新)에 참여하였으며 환관 집단과의 투쟁에서 패배하여 뜻을 이루지 못하고 후반생을 좌절과 울분 속에서 지냈다. 그의 후반생은 환관이 옹립한 황제인 헌종(憲宗)의 시기였다. 그의 글에는 환관의 전횡에 대한 풍자와 증오의 글이 유달리 많이 보인다.

붕당론(朋黨論)

구양수(歐陽修)

臣聞朋黨之說, 自古有之. 惟幸人君辨其君子小人而已.[1]

大凡君子與君子, 以同道爲朋, 小人與小人, 以同利爲朋. 此自然之理也. 然臣謂小人無朋, 惟君子則有之. 其故何哉? 小人所好者祿利也, 所貪者財貨也. 當其同利之時, 暫相黨引以爲朋者,[2] 僞也. 及其見利而爭先, 或利盡而交疎, 甚者反相賊害, 雖其兄弟親戚, 不能相保. 故臣謂小人無朋, 其暫爲朋者, 僞也. 君子則不然, 所守者道義, 所行者忠信, 所惜者名節. 以之修身, 則同道而相益, 以之事國, 則同心而共濟,[3] 終始如一. 此君子之朋也. 故爲人君者, 但當退小人之僞朋, 用君子之眞朋, 則天下治矣.

---

1 幸(행) : 바라다. 구하다.
2 黨引(당인) : 편을 짜다. 결탁하다.
3 濟(제) : (공이나 사업 등을) 이루다. 성사(成事)하다.

붕당에 대해 논함

신이 듣기로 붕당(朋黨)에 관한 주장은 옛날부터 있었습니다. 오직 주군께서 그들이 군자인지 소인인지 분별하시기를 바랄 뿐입니다.

대저 군자는 군자와 더불어 도(道)를 같이하여 붕당을 이루고, 소인은 소인과 더불어 이익을 같이하여 붕당을 이룹니다. 이것은 자연의 이치입니다. 그러나 신은 소인에게는 붕당이 없고 오직 군자에게만 붕당이 있다고 생각합니다. 그 까닭은 무엇이겠습니까? 소인들이 좋아하는 것은 봉록과 이익이요, 탐내는 것은 재물이기 때문입니다. 이익을 같이할 때 잠시 편을 짜서 이룬 붕당은 가짜입니다. 그들은 이권을 보게 되면 앞을 다투니, 혹 이권이 다 사라지면 관계가 멀어지며, 심한 경우에는 서로 해쳐 형제간이나 친척간이라도 보호하지 못합니다. 그러므로 신은 소인에게는 붕당이 없으며, 잠시 이룬 붕당은 가짜라고 하는 것입니다. 군자는 그렇지 않으니, 그들이 지키는 것은 도의(道義)요, 행하는 것은 충신(忠信)이요, 아끼는 것은 명예와 절개입니다. 이것으로써 수신(修身)하면 곧 도를 함께하여 서로 도움을 주고, 이것으로써 나라를 섬기면 곧 마음을 같이하여 함께 공을 이루며 시종일관합니다. 이것이 군자의 붕당입니다. 그러므로 주군께서는 오직 소인들의 가짜 붕당을 물리치고 군자들의 진정한 붕당을 등용하셔야 합니다. 그러면 곧 천하가 잘 다스려질 것입니다.

요(堯)임금 때에 소인인 공공(共工)과 환두(驩兜) 등 네 사람이 하나의 붕당을 이루고, 군자인 팔원(八元)과 팔개(八愷) 등 열여섯 사람이 하나의 붕당을 이루었습니다. 순(舜)이 요임금을 보좌하여 흉

堯之時, 小人共工驩兜等四人爲一朋,[4] 君子八元八愷十六人爲一朋.[5] 舜佐堯, 退四凶小人之朋, 而進元愷君子之朋, 堯之天下大治. 及舜自爲天子, 而皋夔稷契等二十二人幷列於朝,[6] 更相稱美, 更相推讓, 凡二十二人爲一朋, 而舜皆用之, 天下亦大治. 書曰: "紂有臣億萬, 惟億萬心, 周有臣三千, 惟一心." 紂之時億萬人各異心, 可謂不爲朋矣, 然紂以亡國. 周武王之臣三千人爲一大朋, 而周用以興.

後漢獻帝時, 盡取天下名士囚禁之, 目爲黨人.[7] 及黃巾賊起,[8] 漢室大亂, 後方悔悟, 盡解黨人而釋

----

4 共工驩兜(공공환두) : 공공, 환두, 삼묘(三苗), 곤(鯀)이 요(堯)임금 때 사흉(四兇)이라고 불린 신하이다.
5 八元八愷(팔원팔개) : 팔원(八元)은 고신씨(高辛氏)의 여덟 아들, 팔개(八愷)는 고양씨(高陽氏)의 여덟 아들. 모두 요임금 때의 훌륭한 신하. '원(元)'과 '개(愷)'는 모두 선량하다는 의미이다.
6 皋夔稷契(고기직설) : 순임금 때에 고요(皋陶)는 형법을, 후기(后夔)는 음악을, 후직(后稷)은 농사, 설(契)은 교육을 관장하였다. 二十二人(이십이인) : 순임금 때의 사악(四岳), 구관(九官), 십이목(十二牧)의 22인.
7 환제(桓帝) 때에 환관이 전횡하며 저명인사들이 사적으로 당파를 이루었다고 하여 그들을 모두 옥에 가두었으며 후일 사면했으나 종신토록 관직을 불허하였다. 또 영제(靈帝) 때에도 백 여 명을 옥에 가두거나 살해하였다. 역사상에는 이를 당고지화(黨錮之禍)라고 부른다. 원문에서 헌제(獻帝) 때의 일로 언급한 것은 작자의 착각으로 보인다. 目爲(목위) : ~로 보다, 간주하다.
8 후한(後漢) 영제(靈帝) 때에 도둑떼인 황건적(黃巾賊)이 일어났다. 이때 황

악한 네 사람의 소인 붕당을 물리치고 팔원과 팔개의 군자 붕당을 등용하자 요임금의 천하가 매우 잘 다스려졌습니다. 순이 천자가 되었을 때, 고요(皐陶), 후기(后夔), 후직(后稷), 설(契) 등 스물두 명이 나란히 조정에서 서로 교대로 칭찬하고 양보하면서 스물두 명 모두가 하나의 붕당을 이루었는데 순임금이 그들을 모두 등용하자 천하가 역시 매우 잘 다스려졌습니다. 『서경』에 이르기를, "주(紂)임금은 신하가 억만 명이나 있었는데 그 마음도 억만 갈래였다. 주(周)나라는 신하가 삼천 명이 있었는데 그 마음은 오직 하나였다"라고 하였습니다. 주(紂)임금 때에는 억만 명이 각기 다른 마음이었으니 붕당을 이루지 않았다고 하겠습니다. 그러나 주임금은 그 때문에 나라를 망쳤습니다. 주(周) 무왕(武王)의 신하는 삼천 명이 하나의 큰 붕당을 이루었는데 주나라는 그들을 등용하여 흥성하였습니다.

후한 헌제(獻帝) 때에 천하의 명사들을 모두 잡아 가두고 당파의 구성원으로 간주하였습니다. 황건적이 일어나 한나라가 크게 어지러워지자 그 뒤에야 후회하고 깨달아 당파의 구성원을 모두 풀어 석방하였습니다. 그러나 이미 상황을 만회할 수 없었습니다. 당나라 만년에는 점차 붕당에 관한 논쟁이 일어났으며, 소종(昭宗) 때에 이르러서는 조정의 명사들을 모두 죽였는데, 혹은 황하에 던지며, "이 자들은 깨끗한 무리이니 탁한 물길에 던져도 되겠다"고 하였습니다. 그러더니 당나라는 마침내 망하였습니다.

전대의 군주 가운데 사람마다 다른 마음을 가져 붕당을 이루지 못하게 한 이로는 주(紂)임금 만한 이가 없었습니다. 훌륭한 이들이 붕당을 이루는 것을 금지한 이로는 한나라 헌제만 한 이가 없었습니다. 깨끗한 이들의 무리를 죽이기로는 당나라 소종 때와 같은 때가 없었습니다. 그러나 모두 나라를 어지럽혀 망하게 하였습니다. 번갈아 서로 칭찬하고 양보하면서 의심하지 않기로는 순임금 때의 스물두 사람만

之, 然已無救矣. 唐之晚年, 漸起朋黨之論,[9] 及昭宗時,[10] 盡殺朝之名士, 或投之黃河, 曰: "此輩清流, 可投濁流", 而唐遂亡矣.

夫前世之主, 能使人人異心不爲朋, 莫如紂; 能禁絶善人爲朋, 莫如漢獻帝; 能誅戮清流之朋, 莫如唐昭宗之世. 然皆亂亡其國. 更相稱美推讓而不自疑, 莫如舜之二十二臣, 舜亦不疑而皆用之. 然而後世不誚舜爲二十二人朋黨所欺,[11] 而稱舜爲聰明之聖者, 以能辨君子與小人也. 周武之世, 擧其國之臣三千人共爲一朋, 自古爲朋之多且大, 莫如周. 然周用此以興者, 善人雖多而不厭也.[12] 夫興亡治亂之迹, 爲人君者可以鑑矣.

보숭(皇甫嵩)이 당금(黨禁)의 해제를 건의하여 채택되었다.

9 당(唐)나라 목종(穆宗) 때부터 이덕유(李德裕)와 우승유(牛僧孺)를 각각 영수로 하는 당쟁이 40여 년 동안 지속되었다. 이를 우이당쟁(牛李黨爭)이라고 부른다.

10 昭宗(소종) : 당나라 망국의 군주 이엽(李曄, 889-904년 재위).

11 誚(초) : 꾸짖다, 비방하다.

12 厭(염) : 만족하다. (더 이상은) 싫어하다.

한 이들이 없었으며, 순임금도 역시 의심하지 않고 그들 모두를 등용하였습니다. 그런데도 후세에 순임금을 스물두 명의 붕당에게 속았다고 비난하지 않고 총명한 성인이라고 칭송하는 것은, 그가 군자와 소인을 분별할 수 있었기 때문입니다. 주 무왕(武王) 시대에는 온 나라의 신하 삼천 명이 모두 하나의 붕당을 이루었으니, 예로부터 인원이 많고 큰 붕당으로는 주나라 때만 한 붕당이 없었습니다. 그러나 주나라가 이들을 등용하여 흥성한 것은 훌륭한 사람이 비록 많아도 그에 만족하지 않았기 때문입니다. 흥망과 치란(治亂)의 발자취를 군주된이는 거울로 삼아야 할 것입니다.

■ 해 제

붕당(朋黨)에 대해 그 의미를 새롭게 풀이하고 그 필요성을 강조한 글이다. 일반적으로 부정적으로 여겨지던 붕당에 대해 그 존재의미와 필요성에 대해 새로운 견해를 보임으로써 역대로 높은 평가를 받는 글이다.
송 인종(仁宗) 경력(慶曆) 3년(1043)에 조정의 보수파인 하송(夏竦)과 여이간(呂夷簡) 등이 구양수와 채양(蔡襄) 등의 탄핵으로 파직되고, 혁신파인 범중엄(范仲淹)과 한기(韓琦) 등이 집정하여 이른바 '경력신정(慶曆新政)'을 추진했다. 이에 보수파에서는 범중엄과 한기 및 부필(富弼) 등이 붕당을 이루었다고 여론을 조성하여 반격하였다. 그러자 당시 간관(諫官)이었던 구양수가 이 글로 대항한 것이다. 인종은 그 의견을 수용하였다.
이 글의 전반부에서는 군자와 소인의 붕당의 차이를 들어 소인의 붕당은 가짜이고 군자의 붕당만이 존재함을 이론적으로 설파하였다. 후반부에서는 역사적 사실, 즉 붕당 유무에 따른 성공 사례와 실패 사례를 대비시켜 주장의 설득력을 강화하고 있다. 즉 이론과 실례를 겸비하여 허(虛)와 실(實)을 결합하는 전형적인 의론 방식을 취하였다. 문장의 첫머리와 끝부분을 군주에 대한 요구로 일치시킨 점도 글의 완결성을 높인다.
글의 표제를 보면 논변류(論辨類) 문장에 가까우나, 자신을 신(臣)으로 표현하며 군주에게 올리는 형식을 취하였으므로 주의류(奏議類)에 속한다고 하겠다.

가의론(賈誼論)

소식(蘇軾)

非才之難, 所以自用者實難. 惜乎! 賈生王者之佐,[1] 而不能用其才也. 夫君子之所取者遠, 則必有所待, 所就者大, 則必有所忍. 古之賢人, 皆有可致之才, 而卒不能行其萬一者, 未必皆其時君之罪, 或者其自取也.

愚觀賈生之論,[2] 如其所言, 雖三代何以遠過? 得君如漢文, 猶且以不用死. 然則是天下無堯舜, 終不可有所爲耶? 仲尼聖人,[3] 歷試於天下,[4] 苟非大無道之國, 皆欲勉强扶持, 庶幾一日得行其道. 將

---

1 賈生(가생) : 가의(賈誼, 200-168년 B.C.). 서한 낙양 사람으로 문제(文帝) 때에 20여 세의 나이로 박사(博士)에 초빙되고 뒤이어 태중대부(太中大夫)로 승진하였다. 후일 구신들의 반대에 부딪쳐 장사왕태부(長沙王太傅)로 쫓겨났다가 4년 후 문제의 아들 양회왕(梁懷王)의 태부(太傅)로 초빙되었으나 끝내 중용되지는 못하였다. 후에 양회왕이 말에서 떨어져 죽자 상심한 끝에 33세의 나이로 죽었다. 『신서(新書)』「과진론(過秦論)」「조굴원부(弔屈原賦)」「복조부(鵩鳥賦)」 등을 남겼다.
2 愚(우) : 자신을 어리석다고 낮춰 이르는 말.
3 仲尼(중니) : 공자의 자(字). 공자의 이름은 구(丘).
4 試(시) : 타진하다, 시험해보다. 공자가 자신의 주장을 실행하기 위해 열국을 두루 탐방한 것을 가리킨다.

가의에 대해 논함

재능을 가지기가 어려운 것이 아니라 스스로 그 재능을 잘 사용하는 방법이 어려운 것이다. 애석하다! 가의(賈誼)는 왕을 보좌할 만한 인재였지만 그 재능을 사용할 줄 몰랐다. 무릇 군자는 얻으려는 것이 원대하면 반드시 기다림이 있고, 이루려는 것이 크면 반드시 인내함이 있다. 옛 현인들이 모두 공을 이룰 만한 재능을 가지고 있었으면서도 끝내 그 재능의 만 분의 일도 실행하지 못한 것은 모두가 당시 임금의 잘못 때문만은 아니다. 어쩌면 그 스스로 초래한 것이다.

내가 가의의 주장을 보니, 그가 말한 것처럼 했다면 삼대(三代)인들 어찌 이 시대를 훨씬 능가할 수 있었겠는가? 한 문제(文帝)와 같은 임금을 만나고서도 등용되지 못해 죽고 말았다. 그렇다면 세상에 요순과 같은 임금이 없다면 끝내 공을 이룰 수 없다는 것인가? 공자는 성인이지만 천하를 두루 다니며 시도하였다. 아주 무도한 나라가 아니면 언제나 힘껏 도와 그 어느 날 자신의 도가 시행되기를 기대하였다. 초(楚)나라에 가고자 했을 때에는 염유(冉有)를 먼저 보내고 이어서 자하(子夏)를 보냈다. 군자가 그 임금을 만나고자 함은 이처럼 부지런하였다. 맹자가 제나라를 떠날 때에는 사흘 동안 묵고 난 후에 주(晝) 지방을 떠나면서 여전히 말했다. "어쩌면 왕께서 나를 불러주시리라." 군자가 그 임금을 차마 버리지

之荊,[5] 先之以冉有,[6] 申之以子夏.[7] 君子之欲得其君, 如此其勤也. 孟子去齊, 三宿而後出晝.[8] 猶曰:"王其庶幾召我." 君子之不忍棄其君, 如此其厚也. 公孫丑問曰:[9] "夫子何爲不豫?"[10] 孟子曰:"方今天下, 舍我其誰哉? 而吾何爲不豫?" 君子之愛其身, 如此其至也.

夫如此而不用, 然後知天下果不足與有爲, 而可以無憾矣. 若賈生者, 非漢文之不用生, 生之不能用漢文也. 夫絳侯親握天子璽,[11] 而授之文帝. 灌嬰連兵數十萬,[12] 以決劉呂之雌雄, 又皆高帝之舊將, 此其君臣相得之分, 豈特父子骨肉手足哉?[13]

賈生, 洛陽之少年, 欲使其一朝之間, 盡棄其舊

5　荊(형) : 지명. 초(楚)나라를 가리킨다.
6　冉有(염유) : 공자의 제자.
7　申(신) : 잇다. '계(繼)'와 의미가 통한다. 子夏(자하) : 공자의 제자 이름.
8　晝(주) : 지명. 제(齊)의 도읍으로 지금의 산동성 임치현(臨淄縣).
9　公孫丑(공손추) : 맹자의 제자 이름.
10　夫子(부자) : 선생님. 스승. 豫(예) : 즐거워하다. '열(悅)'과 의미가 같다.
11　絳侯(강후) : 주발(周勃)을 가리킨다. 한 고조를 도와 천하를 평정하고 강후에 봉해졌다. 고조와 혜제(惠帝) 때 두 번에 걸쳐 태위(太尉)에 임명되었다. 여(呂)씨가 난을 일으키자 그들을 죽이고 문제에게 천자의 옥새를 바치고 옹립하였다.
12　灌嬰(관영) : 한의 대장군으로 주발을 도와 여씨의 난을 평정하였다.
13　特(특) : 한정되다. 그치다. 단지.

못함은 이처럼 대단하였다. 공손추(公孫丑)가 말하였다. "선생님께서는 어째서 불쾌해 하십니까?" 맹자는 대답했다. "바야흐로 지금 세상에 나를 버린다면 그 누가 있겠느냐? 그러니 내가 왜 불쾌해 하겠는가?" 군자가 자신을 아끼는 것은 이처럼 지극하였다.

무릇 이렇게 하고서도 등용되지 못하여 천하에 과연 함께 공을 이룰 이가 없다고 안다면 또 유감이 없을 수 있다. 가의의 경우는 한 문제가 가의를 등용하지 않은 것이 아니라 가의가 한 문제에게 등용되지 못한 것이다. 무릇 강후(絳侯)는 친히 천자의 옥새를 가져다가 문제에게 바쳤다. 관영(灌嬰)은 병사 수십만으로 유(劉)씨와 여(呂)씨의 승부를 결정지었다. 또 이들은 모두 고조의 옛 장수들이다. 그러니 그들 군신간의 관계가 어찌 단지 부자나 형제나 친척간의 관계에 그치겠는가?

가의는 낙양의 젊은이로서 임금에게 하루아침에 옛사람들을 모두 버리고 새사람과 함께 꾀하기를 원했으니 이는 역시 너무 어려운 일이었다. 가의가 위로는 임금의 신임을 얻고 아래로는 대신들의 지지를 얻으면서 강후와 관영과 같은 이들과 여유있고 점진적으로 깊이 교류하여, 천자는 의심치 않고 대신들은 시기하지 않게 한 연후에 온 천하를 오직 자신이 바라는 대로 이끌었다면 십 년도 안 되어 뜻을 이룰 수 있었을 것이다. 어찌하여 급작스런 주장으로 서둘러 백성들을 위해 통곡을 하였던가? 그가 상수(湘水)를 지나며 부(賦)를 지어 굴원을 조문한 것을 보면 근심과 울분이 가득하여 훌쩍 은거하려는 생각이 있었다. 그 후에 끝내는 자신을 슬퍼하여 흐느끼고 통곡하다가 요절에 이르렀으니 이는 역시 궁박한 상황에

而謀其新, 亦已難矣. 爲賈生者上得其君, 下得其
大臣, 如絳灌之屬, 優游浸漬而深交之,[14] 使天子
不疑, 大臣不忌, 然後擧天下而唯吾之所欲爲, 不
過十年, 可以得志. 安有立談之間, 而遽爲人痛哭
哉?[15] 觀其過湘, 爲賦以弔屈原, 紆鬱憤悶,[16] 趯然
有遠擧之志.[17] 其後卒以自傷哭泣, 至於夭絶, 是
亦不善處窮者也. 夫謀之一不見用, 安知終不復用
也? 不知默默以待其變, 而自殘至此. 嗚呼! 賈生
志大而量小, 才有餘而識不足也.

古之人有高世之才, 必有遺俗之累. 是故非聰明
睿哲不惑之主, 則不能全其用. 古今稱苻堅得王猛
於草茅之中,[18] 一朝盡斥去其舊臣, 而與之謀. 彼

• •

14 優游(우유) : 넉넉하고 여유있는 모습. 浸漬(침지) : 점진적으로. 물이 스며
들듯.
15 遽(거) : 갑자기, 서둘러. 爲人痛哭(위인통곡) : 남을 위해 통곡하다. 가의는
「치안책서(治安策序)」에서 백성들을 위해 눈물 흘리고 탄식할 일 여섯 가지
를 들며 개혁할 것을 제안하였다.
16 紆鬱(우울) : 근심스럽고 답답함. 憤悶(분민) : 번민.
17 趯然(적연) : 훌쩍. 뛰는 모양. 遠擧(원거) : 높이 날다. 세속을 벗어남을 의
미한다.
18 苻堅(부견) : 진(晉)나라 때 오호십육국(五胡十六國) 가운데 가장 강대했던 전
진(前秦)의 왕. 전진은 당시 중국 영토의 약 반을 차지하였다. 王猛(왕맹) : 산
동 사람으로 박식하고 병서에 능통하였다. 화산(華山)에 은거하던 중 부견을 만
나 등용되어 재상이 되었다. 부견은 왕맹에 반대하던 구신들을 모두 축출하였다.

잘 대처하지 못한 것이다. 도모하여 한 번 기용되지 않았다고 해서 어떻게 끝내 다시 기용되지 않으리라 알겠는가? 묵묵히 상황 변화를 기다릴 줄 모르고 스스로를 해침이 이 지경에 이르렀다. 아 아! 가의는 뜻은 웅대하였지만 도량은 작았으며, 재능은 넉넉했지만 식견은 부족하였다.

옛사람들 중에 당시인보다 뛰어난 재주를 가진 이에게는 반드시 세속에서 버려지는 우환이 있다. 그런 때문에 총명하고 명철하며 미혹되지 않는 군주가 아니면 그를 온전히 등용할 수 없다. 옛사람은 부견(苻堅)이 초야에서 왕맹(王猛)을 얻어 하루아침에 옛 신하들을 모두 배척하고 그와 함께 정사를 도모한 것을 칭송하는데, 그가 필부의 몸으로 천하의 반을 차지한 것은 아마도 그랬기 때문이리라!

나는 가의의 뜻을 슬퍼하여 자세히 논한다. 또 가의와 같은 신하를 얻는 임금에게 그런 신하는 고집이 세고 굽히지 않는 지조가 있어 한 번 등용되지 못하면 근심하고 낙심하여 다시는 떨쳐 일어날 수 없음을 알게 하고자 한다. 한편 가의와 같은 이 역시 신중히 처신해야 하리라!

■ 해 제

재능을 펼 기회가 없음을 슬퍼하다 요절한 역사 인물 가의(賈誼)의 처신에 대해 새로이 평가한 글이다. 원대한 뜻을 이루려면 기다리고 인내할 줄 알아야 한다는 점을 강조하면서 가의는 그렇지 못하여 불행한 결과를 자초하였다는 것이다. 상세한 상황분석과 논리로 설득력을 높이면서 일반적으로 동정의 대상이었던 가의에게 그 불운의 책임을 돌리고 있다. 동시에 문미에서 군주에게도 특별한 인

其匹夫, 略有天下之半, 其以此哉!

　　愚深悲賈生之志, 故備論之. 亦使人君得如賈誼之臣, 則知其有狷介之操,[19] 一不見用, 則憂傷病沮,[20] 不能復振, 而爲賈生者, 亦謹其所發哉!

- - - - - - - - - - - - - - - - - - - -

19 狷介(견개) : 고집이 세고 절개가 굳어 굽히지 않음.
20 沮(저) : 낙심하다, 의기소침하다.

재에 대한 남다른 대우 방식을 요구하고 있다.

전체 문장은 가설을 제시한 후에 구체적 분석을 통해 증명하고 끝에서 결론을 내린 전형적인 의론문의 형식을 취하였다. 표면적으로는 가의의 부족함을 결론으로 하고 있으나 문장의 핵심은 기다리고 인내함을 강조하는 데에 있다고 할 수 있다. 또한 군주에 대한 권고가 더해져 문장의 완결성이 더욱 돋보인다.

소식은 역사인물에 대한 새로운 평가의 글을 특히 많이 남겼는데, 매 편에서 예전의 관점과는 다른 새로운 관점을 제시하였다. 의론문에 특히 뛰어났던 그의 진면목이 잘 드러나는 글이다.

독맹상군전(讀孟嘗君傳)

왕안석(王安石)

世皆稱孟嘗君能得士,¹ 士以故歸之, 而卒賴其力, 以脫於虎豹之秦. 嗟乎! 孟嘗君特鷄鳴狗盜之雄耳,² 豈足以言得士?

不然, 擅齊之强,³ 得一士焉, 宜可以南面而制秦,⁴ 尙何取鷄鳴狗盜之力哉? 夫鷄鳴狗盜之出其門, 此士之所以不至也.

●●●●●●●●●●●●●●●●●●●●●

1 孟嘗君(맹상군) : 전국시대 제(齊)나라 공자(公子)였던 전문(田文). 식객들을 잘 대접하여 수많은 인물을 문하에 둔 것으로 이름났다. 일찍이 진 소왕(秦昭王)에게 초빙되어 재상을 지내던 중 제나라 출신인 점이 문제되어 옥에 갇히어 죽게 되었다. 그러나 당시에 식객들의 도움으로 진나라를 탈출하였다. 『사기 맹상군열전』에는 그가 많은 식객을 거느렸던 점이 긍정적으로 평가되어 있다.
2 鷄鳴狗盜(계명구도) : 닭 울음소리를 내고 개처럼 좀도둑질하는 사람. 하찮은 잔재주. 진(秦)나라에서 옥에 갇혀 죽게 된 맹상군이 이들의 도움으로 진나라를 탈출했다. 맹상군이 옥에 갇히자 그 식객 하나가 맹상군이 전에 이미 소왕(昭王)에게 바쳤던 여우털옷인 호구(狐裘)를 훔쳐내 소왕이 총애하는 비(妃)에게 바쳐 맹상군을 옥에서 빼냈다. 진나라를 벗어나려고 국경인 함곡관(函谷關)에 이르렀을 때 날이 밝지 않아 관문이 열리지 않았는데, 식객 중에 닭 울음소리를 잘 내는 자가 닭 울음소리를 내어 관문을 열도록 하였다. 그리하여 진나라 병사의 추격을 따돌리고 무사히 진나라에서 탈출하였다. 特…耳(특…이) : 단지 …일 뿐이다.
3 擅(천) : 차지하다. 점유하다. 마음대로 부리다.
4 南面(남면) : 임금노릇하다. 통치자의 입장이 되다. 남쪽을 향한 위치가 존귀한 곳이다.

맹상군의 전기를 읽고

세간에서는 모두들 맹상군(孟嘗君)이 선비를 알아볼 수 있었기에 선비들이 그에게 의탁하였으며, 끝내 그들의 힘에 의존하여 호랑이나 표범같이 흉포한 진나라를 벗어났다고 칭송한다. 아, 아! 맹상군은 단지 닭 울음소리나 내고 도둑강아지질이나 하는 이들의 우두머리였을 뿐이다. 그러니 어찌 선비를 얻었다고 하겠는가!

그렇지 않았다면, 강한 제나라를 차지하였으니 선비 한 사람만 얻었어도 마땅히 군주가 되어 진나라를 제압할 수 있었어야 하니, 어찌하여 닭 울음소리나 내고 도둑강아지질이나 하는 이들의 힘을 빌렸단 말인가! 무릇 닭 울음소리나 내고 도둑강아지질이나 하는 무리가 그 문하에 있었으니, 그것이 선비가 그에게 다가가지 않은 까닭이다.

■ 해 제

『사기 맹상군열전(孟嘗君列傳)』에 대한 독후감이다. 『사기』에서는 맹상군이 문하에 인재를 많이 둔 점을 높이 평가하였다. 그러나 왕안석은 새로운 시각과 참신한 분석으로 그와 정반대의 평가를 내렸다. 동시에 '선비〔士〕'와 '선비를 얻음〔得士〕'에 대한 더욱 엄밀한 표준을 제시하였다.
정적에 대한 풍자와 매도의 글로도 읽을 수 있는데, 겨우 90자에 불과한 초단편에서 하찮은 재주꾼을 지칭하는 '계명구도(鷄鳴狗盜)'라는 구절을 세 차례나 쓴 점이 그 느낌을 강하게 한다.

2.
국정 수행과 공복(公僕)

- 범중엄范仲淹

출사표(出師表)

제갈량(諸葛亮)

先帝創業未半而中道崩殂,¹ 今天下三分, 益州疲
弊,² 此誠危急存亡之秋也.³ 然侍衛之臣不懈於內,⁴
忠志之士忘身於外者, 蓋追先帝之殊遇,⁵ 欲報之於
陛下也. 誠宜開張聖聽,⁶ 以光先帝遺德, 恢弘志士
之氣,⁷ 不宜妄自菲薄,⁸ 引喻失義,⁹ 以塞忠諫之路
也.

宮中府中,¹⁰ 俱爲一體, 陟罰臧否,¹¹ 不宜異同.¹²

• • • • • • • • • • • • • • • •

1 先帝(선제) : 돌아가신 황제, 즉 유비(劉備)를 가리킨다. 創業(창업) : 한나
라 왕실을 부흥시키는 대업을 세운 일. 유비는 221년 촉한(蜀漢)을 세우고
3년 후에 세상을 떠났다. 崩殂(붕조) : 황제의 죽음을 이르는 말. 『예기(禮
記) 곡례(曲禮)』에 따르면 죽음을 의미하는 말로 천자의 경우는 붕(崩), 제
후는 훙(薨), 대부는 졸(卒), 선비는 불록(不祿), 평민은 사(死)를 사용했다.
2 益州(익주) : 촉한의 근거지였던 지금의 사천성 일대에 해당한다.
3 秋(추) : 때. 시기.
4 侍衛(시위) : 모시며 호위하다. 懈(해) : 게으름을 피우다. 태만하다.
5 追(추) : 돌이켜보다. 추념하다. 殊遇(수우) : 특별한 대우.
6 開張聖聽(개장성덕) : 황제로서 신하의 의견을 널리 경청하다. 聖(성) : 황
제에 대한 존칭.
7 恢弘(회홍) : 확대하다. 북돋다.
8 妄自菲薄(망자비박) : 망령되이 자신을 하찮게 여기다.
9 引喻失義(인유실의) : 끌어다대는 비유가 옳지 못하다.
10 府中(부중) : 승상부.
11 陟罰臧否(척벌장비) : 선행을 상주고 악행을 벌하다. 陟(척) : 올리다. 상주

출병하며 올리는 글

선제(先帝)께서 한 왕실 부흥의 대업을 일으키시어 그 반도 이루시기 전에 중도에서 붕어하시니, 지금 천하는 삼분된 터에 익주는 피폐하여 실로 존망이 위급한 때입니다. 그러나 안으로는 모시며 보위하는 신하들이 게으르지 않고, 밖으로는 충성된 이들이 몸을 돌보지 않고 있으니, 이는 선제로부터 받은 특별한 대우를 폐하께 보답하고자 해서입니다. 폐하께선 실로 신하들의 의견을 널리 경청하시어 선제께서 남기신 덕을 빛내시고, 지사(志士)들의 기개를 북돋으셔야 할 것입니다. 망령되게 스스로를 비하하고 이치에 맞지 않는 말로 충성스러운 간언을 막지 말아야 마땅합니다.

왕궁과 승상부가 일체가 되어 잘잘못에 대해 상과 벌을 내리는 기준을 달리해서는 안 됩니다. 만약 간악하고 법을 어기는 자나 충성되고 선을 행하는 이가 있거든 마땅히 담당부서에 맡겨 벌과 상을 논의하게 하시어 폐하의 공명정대한 통치 도리를 밝히셔야 합니다. 편벽되고 사사로워 안팎의 법 적용이 다르게 만들어서는 안 됩니다.

시중(侍中)인 곽유지(郭攸之)와 비의(費禕), 시랑(侍郎)인 동윤(董允) 등은 모두 선량하고 성실하며 생각이 충성되고 순수하여 선제께서 발탁하시어 폐하께 남기신 신하들입니다. 우둔한 저는 궁중의 일은 대소사를 막론하고 모두 그들에게 자문하신 후에 처리하신

若有作奸犯科及爲忠善者,[13]　宜付有司論其刑賞,[14] 以昭陛下平明之理, 不宜偏私, 使內外異法也.

　　侍中侍郎郭攸之費禕董允等,[15]　此皆良實,　志慮忠純,　是以先帝簡拔以遺陛下.　愚以爲宮中之事, 事無大小,　悉以咨之,　然後施行,　必能裨補闕漏,[16] 有所廣益. 將軍向寵,[17]　性行淑均,[18]　曉暢軍事, 試用於昔日,　先帝稱之曰能,　是以衆議擧寵爲督.　愚以爲營中之事,　悉以咨之,　必能使行陣和睦,[19]　優劣得所.[20]　親賢臣, 遠小人, 此先漢所以興隆也. 親

- -

　　다. 벌(罰)과 반대된다. 臧(장) : 선. 선행. 否(비) : 악. 악행.
12 異同(이동) : 다르다. 상대적인 의미의 두 글자가 나란히 이어진 경우 종종 그 중 앞의 한 글자에 뜻이 집중된다.
13 犯科(범과) : 법령이나 법규를 범하다.
14 有司(유사) : 담당관. 담당부서.
15 侍中(시중) : 황제에게 정책을 올리거나 황제를 대신해서 조정 신하와 함께 정사를 처리하는 시종관. 侍郎(시랑) : 황제를 대신하여 조서(詔書)를 기초하거나 문서 전송을 담당한다. 곽유지(郭攸之)와 비의(費禕)는 시중이었고 동윤(董允)은 시랑이었다.
16 裨補闕漏(비보궐루) : 잘못되고 누락된 점을 도와주고 보완하다.
17 向寵(상총) : 유비에게서도 인정받았던 옛 장수. 유선이 즉위한 후 중부독을 맡아 궁정의 금위부대를 통솔하였다. 일찍이 유비가 오나라를 공격했다가 불리한 상황에 처하였을 때에도 그가 지휘하는 부대만은 일사불란하게 기율과 전력을 유지함으로써 유비의 칭송을 받은 바 있다.
18 性行淑均(성행숙균) : 본성이 착하고 일처리가 공정하다.
19 行陣(항진) : 군대의 대열 또는 군대.
20 得所(득소) : 제자리를 차지하다.

다면 반드시 잘못되고 부족한 바를 보완할 수 있어 크게 유익하리라고 생각합니다. 장군 상총(向寵)은 본성이 착하고 일처리가 공정하며, 군사(軍事)에 정통하여 전에 시험삼아 일을 맡겼을 때에 선제께서도 유능하다고 하셨습니다. 그래서 많은 이들의 중부독(中部督)으로 천거했습니다. 저는 군영의 일을 대소사를 막론하고 모두 그에게 자문하신다면 군진을 화목하게 하고 각자가 능력에 따라 제 자리를 찾도록 할 수 있으리라 생각합니다. 현명한 신하를 가까이 하고 소인배를 멀리한 것, 이것이 전한(前漢)이 흥성했던 까닭입니다. 소인배를 가까이하고 현명한 신하를 멀리한 것, 이것이 후한이 기울고 무너진 까닭입니다. 선제께서는 생전에 저와 이 일을 논하실 때마다 늘 환제(桓帝)와 영제(靈帝)에 대해 탄식하고 애통해하셨습니다. 시중(侍中), 상서(尙書), 장사(長史), 참군(參軍)은 모두가 올곧고 선량하며 죽음으로 절개를 지킬 신하입니다. 폐하께서는 그들을 가까이하고 믿으십시오. 그러면 한 왕실의 융성은 멀지 않을 것입니다.

저는 본디 평민으로서 남양(南陽)에서 직접 농사지으며 난세에 구차하게 생명을 부지하였으며 제후들에게 알려져 출세하기를 바라지 않았습니다. 그런데 선제께서는 저를 천하다 여기지 않으시고 외람되이 스스로를 낮추시어 세 차례나 초려(草廬)를 찾아주시고는 제게 당시의 일을 물어주셨습니다. 이에 감격하여 마침내 선제께 힘써 노력할 것을 약속드렸습니다. 그 후 어려운 상황에 처해 패전의 때에 중임을 맡았으며 위기의 시기에 명을 받았습니다. 그리고 그 이래 21년이 지났습니다. 선제께서는 제가 조심스럽고 신중하다

小人, 遠賢臣, 此後漢所以傾頹也. 先帝在時, 每
與臣論此事, 未嘗不歎息痛恨於桓靈也.[21] 侍中尙
書長史參軍, 此悉貞亮死節之臣, 願陛下親之信之,
則漢室之隆, 可計日而待也.

臣本布衣, 躬耕於南陽,[22] 苟全性命於亂世, 不
求聞達於諸侯.[23] 先帝不以臣卑鄙, 猥自枉屈,[24] 三
顧臣於草廬之中, 咨臣以當世之事, 由是感激, 遂
許先帝以驅馳.[25] 後値傾覆,[26] 受任於敗軍之際, 奉
命於危難之間, 爾來二十有一年矣. 先帝知臣謹愼,
故臨崩寄臣以大事也. 受命以來, 夙夜憂嘆,[27] 恐
付託不效, 以傷先帝之明, 故五月渡瀘,[28] 深入不
毛. 今南方已定, 兵甲已足, 當獎率三軍, 北定中

• • • • • • • • • • • • • • • • • • • •

21 桓靈(환영) : 한나라 말엽의 환제(桓帝) 유지(劉志)와 영제(靈帝) 유굉(劉宏).
　　모두 외척과 환관의 말을 따라 나라를 어지럽게 만들었다.
22 南陽(남양) : 지금의 호북성 양양(襄陽)시 일대. 양양성 서쪽 15킬로미터 즈
　　음의 고융중(古隆中)이라는 곳이 제갈량이 은거하던 곳이다.
23 聞達(문달) : 알려져 출세하다.
24 猥自枉屈(외자왕굴) : 욕되게도 스스로를 낮추다.
25 驅馳(구치) : 내달리다. 온힘을 쏟다.
26 値(치) : 때나 처지에 놓이다.
27 夙夜(숙야) : 아침 일찍부터 밤까지.
28 渡瀘(도노) : 노수를 건너다. 남만(南蠻)의 수장 맹획(孟獲)을 사로잡으며
　　후방을 안정시킨 일을 가리킨다.

고 여기시어 붕어하실 즈음 제게 천하 대사를 맡기셨습니다. 명령을 받은 이래 이른 아침부터 늦은 밤까지 근심하고 탄식하면서 맡기신 일을 수행하지 못하여 선제의 현명하심을 해할까 두려워했습니다. 그리하여 5월에 노수(瀘水)를 건너 불모지에 깊이 들어갔습니다. 지금 남방은 이미 평정되었고 갑옷과 무기가 충분하니 마땅히 삼군을 독려해 이끌고 중원을 평정할 때입니다. 바라건대 제 노둔함을 다하여 간사하고 흉악한 자를 제거하여 한나라 왕실을 부흥시키고 옛 수도로 돌아가고자 합니다. 이것이 선제께 보답하고 폐하께 충성하는 일입니다. 득실을 헤아리고 충언(忠言)을 올리는 일은 곽유지와 비의와 동윤 등의 임무입니다.

원컨대 폐하께서는 제게 도적을 토벌하여 왕실을 부흥시키는 임무를 맡기십시오. 만약 실패하면 저의 죄를 다스려 선제의 영령 앞에 고하십시오. 만약 덕에 도움이 되는 충언이 없으면 곽유지와 비의와 동윤 등의 태만함을 꾸짖어 그 잘못을 드러내십시오. 폐하께서도 마땅히 스스로 깊이 생각하시며 좋은 방책을 물으시고 바른 견해를 받아들이십시오.

선제께서 남기신 분부를 깊이 되돌아 생각하면 그 은혜에 대한 감격스러움을 견뎌낼 수가 없습니다. 지금 멀리 떠날 즈음에 글을 마주하여 눈물만 떨어지고 무어라 아뢰었는지조차 모르겠습니다.

■ 해 제

남방 정벌에 성공하여 후방으로부터의 불안을 해소시킨 제갈량은 227년 대군을 인솔하여 한중(漢中)에 주둔시키고, '한 왕실의 부흥과 옛 수도로의 귀환'의 기치를 내걸고, 이미 조예(曹睿)가 제위에 오른 위(魏)를 상대로 북벌 전쟁을 시작

原. 庶竭駑鈍,²⁹ 攘除奸凶, 興復漢室, 還於舊都,
此臣所以報先帝, 而忠陛下之職分也. 至於斟酌損
益,³⁰ 進盡忠言, 則攸之褘允之任也.

願陛下托臣以討賊興復之效,³¹ 不效則治臣之罪,
以告先帝之靈. 若無興德之言, 則責攸之褘允等之
慢, 以彰其咎. 陛下亦宜自謀, 以咨諏善道,³² 察納
雅言.

深追先帝遺詔,³³ 臣不勝受恩感激. 今當遠離,
臨表涕零,³⁴ 不知所言.

29 庶(서) : 바라다. 竭(갈) : 다하다. 駑鈍(노둔) : 열등한 말과 둔한 칼. 능력
  이나 지혜가 없다고 겸손하게 이르는 말.
30 斟酌(짐작) : 헤아리다. 짐작하다.
31 效(효) : 임무. 임무 수행.
32 咨諏(자추) : 묻다. 자문하다.
33 遺詔(유조) : 남기신 조서(詔書)나 명령.
34 零(영) : 떨어지다.

하였다. 이 글은 출발에 앞서 주군인 유선에게 북벌로서 천하 통일을 달성하려는 의지를 표명하는 동시에 선제와 후주에 대한 충성심과 조정에 대한 세심한 충고 등을 진정성을 다해 표현한 글이다.

"이 글을 읽고 눈물을 흘리지 않으면 충신이 아니다"라는 말이 있을 만큼 진정한 애국 충정이 잘 표현된 명문으로 평가된다. 이 글 외에 「후출사표(後出師表)」 한 편이 있으므로 본 편을 「전출사표(前出師表)」라고 부른다. 다만 「후출사표」는 후인의 위작이라는 주장이 제기된 이래 그 진위가 확정되지 않고 있다. 이 글은 역사서 『삼국지』의 제갈량전에 보인다. 본고는 『제갈량문역주(諸葛亮文譯註)』(巴蜀書社, 1988)를 따랐다.

재인전(梓人傳)

유종원(柳宗元)

裴封叔之第, 在光德里.¹ 有梓人款其門,² 願傭隙宇而處焉.³ 所職尋引規矩繩墨,⁴ 家不居礱斲之器.⁵ 問其能, 曰: "吾善度材.⁶ 視棟宇之制, 高深圓方短長之宜, 吾指使而羣工役焉. 捨我, 衆莫能就一宇. 故食於官府,⁷ 吾受祿三倍, 作於私家, 吾收其直大半焉."⁸ 他日, 入其室, 其牀闕足而不能理, 曰: "將求他工." 余甚笑之, 謂其無能而貪祿嗜貨者.

. . . .

1 배봉숙(裴封叔)은 유종원의 둘째 매형이다. 봉숙은 그의 자이고 이름은 근(墐)이다. 진사과를 통해 비부원외랑(比部員外郎)과 만년현령(萬年縣令) 등을 지냈다. 광덕리(光德里)는 장안 서남 모퉁이의 마을이다.
2 梓人(재인) : 목공. 여기서는 건축을 총 지휘하는 도목수를 가리킨다. 款(관) : 두드리다.
3 傭(용) : 임차하다. 隙宇(극우) : 빈방, 빈집.
4 尋引規矩繩墨(심인규구승묵) : 긴 자, 짧은 자, 둥근 것을 그리는 데 쓰는 그림쇠, 각이 진 것을 그리는 데 쓰는 곱자, 직선을 표시하는 데 쓰는 먹줄과 먹통.
5 礱斲(농착) : 갈고 깎다.
6 度(탁) : 재다. 헤아리다.
7 食(사) : 녹봉을 주다. 여기서는 피동형으로 쓰였다.
8 直(치) : 값. '치(値)'와 같다. 大半(대반) : 큰 반쪽. 반이 넘는 양.

도목수의 전기

배봉숙(裴封叔)의 자택은 광덕리(光德里)에 있었다. 한 도목수가 문을 두드려 빈방을 세내어 묵고자 하였다. 그는 길고 짧은 자, 걸음 쇠와 곱자, 먹줄과 먹통을 다루는 직업을 가졌는데 집안에는 갈고 깎는 도구는 두지 않았다. 재주를 물으니 답하였다. "저는 재목을 잘 살핍니다. 건물의 규격을 보아 적당한 높낮이, 둥글고 모난 모양, 길이 등을 제가 지시하면 여러 목공이 그대로 일을 합니다. 제가 없이는 사람이 많아도 집 한 채도 지을 수 없습니다. 그래서 관청에 고용되어 녹봉을 받으면 남의 세 배의 봉급을 받으며, 개인 집에서 일하면 그 전체 임금의 절반 이상을 받습니다." 후일 그의 방에 들어가 보니 침대에 다리가 빠졌는데도 수리하지 못하고는, "다른 목공을 구할 것이오."하고 말했다. 나는 몹시 비웃으며 능력도 없이 봉록이나 탐내고 재물이나 좋아하는 사람이라고 생각했다.

그 후에 경조윤(京兆尹)이 관청을 수리할 즈음 내가 그곳을 지나가게 되었다. 많은 재목을 쌓아놓고 뭇 목공을 모아놓았는데, 어떤 이는 도끼를 들고 어떤 이는 칼이나 톱을 들고서 모두들 그 사람을 향해 둘러서 있었다. 도목수는 왼손에는 자를 들고 오른손에는 지팡이를 들고 가운데에 있었다. 그가 건물의 하중을 헤아리고 목재의 쓸모를 살펴, 지팡이를 휘두르며 "도끼!"하고 말하자 도끼를 든 이가 뛰어가 오른쪽에 서고, 돌아보고 가리키며 "톱!"하고 말하자 톱을 든 이가 달려가 왼쪽에 섰다. 잠시 후에 도끼를 든 이는 찍고 칼을 든 자는 깎는데, 모두들 그의 표정을 살피며 그의 말을 기다리면서 아무

其後京兆尹將飾官署,[9] 余往過焉. 委羣材, 會衆工, 或執斧斤,[10] 或執刀鋸,[11] 皆環立嚮之.[12] 梓人左持引, 右執杖而中處焉. 量棟宇之任, 視木之能, 舉揮其杖曰"斧!", 彼執斧者奔而右, 顧而指曰"鋸!", 彼執鋸者趨而左. 俄而斤者斲刀者削, 皆視其色, 俟其言, 莫敢自斷者. 其不勝任者, 怒而退之, 亦莫敢慍焉.[13] 畫宮于堵, 盈尺而曲盡其制, 計其毫釐而構大厦,[14] 無進退焉. 既成, 書于上棟曰: "某年某月某日某建", 則其姓字也. 凡執用之工不在列. 余圜視大駭, 然後知其術之工大矣.

繼而歎曰:"彼將捨其手藝, 專其心智, 而能知體要者歟! 吾聞勞心者役人, 勞力者役於人, 彼其勞心者歟? 能者用而智者謀, 彼其智者歟? 是足爲佐天子相天下法矣! 物莫近乎此也."

- -

9 飾(식) : 수리하다. 수선하다.
10 斧斤(부근) : 각종 도끼.
11 鋸(거) : 톱.
12 嚮(향) : '향(向)'과 같다.
13 慍(온) : 원망하다. 화내다.
14 毫釐(호리) : 호(毫)는 머리카락 한 올의 두께, 리(釐)는 10호. 세밀한 단위를 가리킨다.

도 감히 자기 마음대로 판단하지 못했다. 맡은 일을 감당할 수 없는 자에게는 화를 내며 물리치지만 역시 아무도 감히 원망하지 못했다. 벽에 집의 설계도를 그렸는데, 한 자 크기이지만 그 규격이 더없이 상세하였으며, 세밀하게 따져 큰 건물을 지음에 오차가 없었다. 완공되자 용마루에 "모년 모월 모일에 누가 지음"이라고 썼는데, 바로 그의 이름이었다. 참여했던 목공들은 그 안에 없었다. 나는 둘러보고 매우 놀랐으며, 그러고 나서야 그의 솜씨가 교묘하고 대단함을 알았다.

이어 감탄하며 말했다. "저이는 손재주는 버리고 마음의 지혜에 전념하여 요점을 아는 사람이리라! 내가 듣기로 마음을 쓰는 이는 남을 부리고 힘을 쓰는 이는 남에게 부려진다고 하였는데, 저이는 마음을 쓰는 자이리라! 기능이 있는 자는 그 기능을 사용하고 지혜가 있는 자는 정책을 세우는데 저이는 지혜로운 자이리라! 이는 천자를 보좌하여 재상으로서 천하를 다스리는 데에 본보기가 될 만하다! 이보다 더 유사한 것이 없다."

천하를 다스리는 일은 그 근본이 백성에게 있다. 일꾼으로는 노역자가 있고 향사(鄕師)와 이서(里胥)가 있으며, 그 위로 하급 선비, 또 그 위로는 중등의 선비와 고등의 선비가 있다. 다시 그 위로 대부가 있고 경(卿)이 있으며 공(公)이 있다. 나뉘어 여섯 부(部)를 담당하고, 다시 나뉘어 온갖 관직을 맡는다. 밖으로 사방의 바다 가까이에 방백(方伯)과 연수(連率)가 있다. 군에는 군수(郡守)가 현에는 현령(縣令)이 있으며 그들 모두가 각기 보좌관을 두었다. 그 아래로는 서리(胥吏)가 있고, 다시 그 아래로는 색부(嗇夫)와 판윤(判尹)이 있어 일을 담당한다. 이는 마치 여러 목공이 각기 기술을 가지고 힘을 써서 먹고사는 것과 같다.

彼爲天下者本於人. 其執役者, 爲徒隷爲鄕師里胥,[15] 其上爲下士, 又其上爲中士爲上士, 又其上爲大夫爲卿爲公. 離而爲六職,[16] 判而爲百役. 外薄四海, 有方伯連率.[17] 郡有守, 邑有宰, 皆有佐政.[18] 其下有胥吏,[19] 又其下皆有嗇夫判尹,[20] 以就役焉, 猶衆工之各有執伎以食力也.[21]

彼佐天子相天下者, 擧而加焉, 指而使焉, 條其綱紀而盈縮焉,[22] 齊其法制而整頓焉, 猶梓人之有規矩繩墨以定制也. 擇天下之士, 使稱其職, 居天下之人, 使安其業, 視都知野, 視野知國, 視國知天下, 其遠邇細大, 可手據其圖而究焉, 猶梓人畫

---

15 향사(鄕師)는 한 고을[鄕]의 수장이고 이서(里胥)는 한 마을[里]의 수장이다.
16 예로부터 집정 대신은 이(吏), 호(戶), 예(禮), 병(兵), 형(刑), 공(工)의 여섯 부(部)의 상서(尙書)를 가리키는데, 이들을 육직(六職), 육관(六官), 육경(六卿) 등으로 불렀다.
17 방백(方伯)은 한 지방 제후들의 우두머리, 연수(連率)는 연수(連帥)와 같으며 열 제후 중의 우두머리이다.
18 읍(邑)은 현(縣)의 별칭으로, 읍재는 현령을 가리킨다. 좌정(佐政)은 보좌관으로 장사(長史), 사마(司馬), 현위(縣尉) 등을 가리킨다.
19 서리(胥吏)는 관청에서 문서 처리 등을 맡는 하급 관리이다.
20 색부(嗇夫)는 말단 관리나 백성들을 검사하고 통제하는 하급 관리, 판윤(判尹)은 호적 담당 말단 관리이다.
21 伎(기) : 기술, 재주.
22 盈縮(영축) : 확대하고 축소하다. 가감하다.

천자를 보좌하여 천하를 다스리는 자는 그들을 선발해 직책을 주어 지휘하고 부리며, 기강을 조목별로 정리하고 가감하며, 그 법률과 제도를 통일하고 정돈한다. 이는 마치 도목수가 걸음쇠와 곱자와 먹줄과 먹통을 가지고 규격을 확정하는 것과 같다. 천하의 선비를 골라 그 직분에 맞추고, 천하 백성들이 자기 직업에 안주하도록 하며, 도시를 보고 지방을 알며, 지방을 보고 한 나라를 알고, 한 나라를 보고 천하를 알아, 그 가깝고 먼 일과 크고 작은 일을 손으로 그 지도를 짚어가며 궁구(窮究)한다. 이는 마치 도목수가 벽에 설계도를 그려놓고 일을 완성하는 것과 같다. 유능한 자를 들게 하여 임용하면서도 그 은덕을 말하지 않게 하며, 무능한 자를 물리쳐 파면해도 아무도 감히 원망하지 못하며, 자기 재능을 과시하지 않고 명성을 뽐내지 않으며, 작은 일을 친히 하지 않고 뭇 관리의 일을 침해하지 않으면서, 날마다 천하의 영재들과 큰 원칙을 토론한다. 이는 마치 도목수가 여러 목공을 잘 운용하면서 자신의 기예를 뽐내지 않는 것과 같다. 무릇 그런 다음에야 재상의 도리에 맞으며 만국이 태평하다.

재상의 도리가 갖춰지고 만국이 태평해지면 천하가 머리를 들어 바라보며, "우리 재상의 공이다"라고 말한다. 후인도 그 사적을 따르며 흠모하여, "그는 재상의 재능을 지녔다"라고 말한다. 선비들이 혹은(殷), 주(周) 시대의 태평함을 말할 때면 이윤(伊尹), 부열(傅說), 주공(周公), 소공(김公)만을 말하고 온갖 담당 관리의 노고는 기록하지 않는다. 이는 마치 도목수가 그 공을 자신의 이름으로 올리고 참여했던 이들의 이름은 나열하지 않는 것과 같다.

위대하다, 재상이여! 이 도리에 통달한 이는 재상뿐이로다! 그 요점을 모르는 이는 이와 반대여서, 삼가고 부지런함만을 공(功)으로 내세우고 문서만을 존귀한 것으로 여기며, 능력과 명예를 뽐내고 자

宮於堵而續於成也. 能者進而由之, 使無所德, 不能者退而休之, 亦莫敢慍, 不衒能, 不矜名, 不親小勞, 不侵衆官, 日與天下之英才討論其大經, 猶梓人之善運衆工而不伐藝也.[23]　夫然後相道得而萬國理矣.

相道既得, 萬國既理, 天下擧首而望曰: "吾相之功也." 後之人循跡而慕曰: "彼相之才也." 士或談殷周之理者, 曰伊傅周召,[24]　其百執事之勤勞而不得紀焉, 猶梓人自名其功而執用者不列也.

大哉相乎! 通是道者, 所謂相而已矣. 其不知體要者反此, 以恪勤爲功, 以簿書爲尊, 衒能矜名, 親小勞, 侵衆官, 竊取六職百役之事, 听听於府廷,[25]　而遺其大者遠者焉, 所謂不通是道者也. 猶梓人而不知繩墨之曲直, 規矩之方圓, 尋引之短長, 姑奪衆工之斧斤刀鋸以佐其藝, 又不能備其工, 以

23 伐(벌) : 자랑하다.
24 이윤(伊尹)은 탕왕(湯王)을 보좌하여 걸(桀)을 멸망시킨 대신이고, 부열(傅說)은 상(商) 후기의 천자 무정(武丁)의 대신이다. 모두 훌륭한 재상이었다. 주공(周公)과 소공(召公)은 주(周) 성왕(成王)을 보좌하여 크게 흥성하게 하였다.
25 听听(은은) : 옥신각신하다. 府廷(부정) : 조정.

랑하고, 작은 수고를 친히 하고 뭇 관리들의 일을 침해하며, 육부(六部) 수장과 온갖 관료의 일을 훔치면서, 조정에서 옥신각신하며 그 중대하고 원대한 일을 놓치니, 이는 이른바 그 도리를 이해하지 못하는 사람이다. 이는 마치 도목수이면서도 먹줄이 곧은지, 걸음쇠와 곱자가 제 모양인지, 자의 길이가 맞는지도 모르면서, 우선 뭇 목공들의 도끼와 칼과 톱을 빼앗아 그들의 기술을 돕지만, 또 그 교묘함도 갖출 수 없어서 일을 망치고, 그로 인해 이룬 것이 없게 되는 것과 같다. 이 역시 잘못이 아닌가!

혹자는 말한다. "집의 주인이 만약 개인적인 지혜를 써서 도목수의 생각을 견제하며, 그가 대대로 해온 일을 빼앗고 길가는 나그네의 의견이나 따른다면, 비록 성공할 수 없다고 해도 어찌 그의 죄이겠는가! 잘못은 역시 일을 맡긴 주인에게 있을 뿐이다." 나는 대답한다. "그렇지 않다. 먹줄이 확실하게 쳐지고 걸음쇠와 곱자가 확실하게 놓이면, 높일 것을 눌러 낮출 수 없으며 좁힐 것을 늘려 넓힐 수 없기 때문이다. 자신의 방식을 따르면 견고하고 자신의 방식을 따르지 않으면 무너지는데, 그 집 주인이 기꺼이 견고함을 버리고 무너짐을 따른다면, 자신의 기술을 거두어들이고 지혜를 드러내지 않고 유유히 떠나가 자신의 도를 굽히지 않는 사람, 이런 이가 진정 훌륭한 도목수일 따름이다. 혹시 재물을 탐내어 참아내며 그 자리를 버리지 못하고서, 자신의 방식을 잃고서 주인에게 굽혀 제 생각을 지키지 못하고서, 기둥이 휘고 지붕이 무너질 때에 '내 잘못이 아니오'라고 말한다면, 그것이 가당한가, 가당한가!"

나는 도목수의 도리는 재상의 도와 유사하다고 생각하여 글로 써서 보관한다. 도목수인 재인(梓人)은 옛날에 목재의 곡직(曲直)과 방원(方圓)의 상태를 잘 살피던 사람으로, 오늘날에는 도료장(都料

至敗績, 用而無所成也. 不亦繆歟?

或曰:"彼主爲室者, 儻或發其私智, 牽制梓人之慮, 奪其世守而道謀是用,[26] 雖不能成功, 豈其罪耶! 亦在任之而已." 余曰:"不然, 夫繩墨誠陳,[27] 規矩誠設, 高者不可抑而下也, 狹者不可張而廣也. 由我則固, 不由我則圮, 彼將樂去固而就圮也,[28] 則卷其術, 默其智, 悠爾而去, 不屈吾道, 是誠良梓人耳. 其或嗜其貨利, 忍而不能捨也, 喪其制量,[29] 屈而不能守也, 棟撓屋壞,[30] 則曰:'非我罪也', 可乎哉, 可乎哉?"

余謂梓人之道類於相, 故書而藏之. 梓人, 蓋古之審曲面勢者,[31]

今謂之都料匠云. 余所遇者, 楊氏, 潛其名.

---

26 道謀(도모) : 길 가는 과객이 내는 의견이나 생각.
27 誠(성) : 확실하게. 정말로.
28 圮(비) : 무너지다.
29 制量(제량) : 방식.
30 屋(옥) : 지붕.
31 審(심) : 살피다. 잘 알다. 曲面勢(곡면세) : 곡직(曲直)과 방원(方圓)의 상태.

匠)이라고 부른다. 내가 만났던 사람은 양(楊)씨이며 이름은 잠(潛)
이다.

■ 해 제

목공이라는 당시에는 미천했던 인물의 행위를 통해 재상의 도리를 설파한 글이
다. 총책임을 지고 사안의 핵심을 장악하여 실천한 도목수의 일을 기술하고, 그
안의 이치를 재상의 도리에 적용하였다. 재상이 지녀야할 능력과 임무 수행방식
및 거취의 태도에 관한 문제를 모두 다룬 한 편의 재상론(宰相論)이다. 시대도
다르고 임명권자의 위상도 다르지만 작자의 견해는 오늘날에도 여전히 매우 유
효해 보인다.
글의 제목은 전기(傳記)에 해당하나 실제는 의론이 중심인, 다분히 변격의 전장
류(傳狀類)라고 할 수 있다. 구체적인 사실을 통한 뚜렷한 형상화를 이루었고
논지의 선명성도 확보하였다. 비유의 절묘함 외에 주인공 평가에 있어서의 억양
법(抑揚法)도 보인다.
유종원과 한유 사이에 경쟁적인 글쓰기 양상이 많이 보이는데, 이 글은 한유가
쓴 미장이가 주인공인 「오자왕승복전(圬者王承福傳)」과 소재와 형식이 유사하여
잘 비교되는 글이기도 하다.

송설존의서(送薛存義序)

유종원(柳宗元)

河東薛存義將行,¹　柳子載肉於俎,²　崇酒於觴,³
追而送之江之滸,⁴　飮食之,　且告曰:"凡吏於土者,
若知其職乎?⁵　盖民之役,　非以役民而已也.　凡民之
食於土者,　出其十一傭乎吏,　使司平於我也.⁶　今我
受其直,⁷　怠其事者,　天下皆然.　豈惟怠之,　又從而
盜之.　向使傭一夫於家,　受若直,　怠若事,　又盜若
貨器,　則必甚怒而黜罰之矣.　以今天下多類此,　而
民莫敢肆其怒與黜罰者,　何哉?　勢不同也.　勢不同
而理同,　如吾民何?　有達於理者,　得不恐而畏乎!"

存義假令零陵二年矣.⁸　早作而夜思,　勤力而勞

1　河東(하동) : 지금의 산서성 영제현(永濟縣). 薛存義(설존의) : 유종원과 동
   향인으로 영릉(零陵)의 대리현령(代理縣令)을 지냈다.
2　載(재) : 담다. 俎(조) : 제사 지낼 때 고기를 담는 그릇.
3　崇(숭) : 담다, 채우다. 觴(상) : 술잔.
4　滸(호) : 물가.
5　若(약) : 너, 그대.
6　이곳의 아(我)는 자신들, 즉 백성을 가리킨다.
7　이곳의 아(我)는 관리로서의 우리를 가리킨다. 直(치) : 값, 대가, 품삯. '치
   (値)'와 같다.

설존의를 전송하는 글

　하동(河東) 출신 설존의(薛存義) 님이 떠나갈 즈음에 나 유종원은 그릇에 고기를 담고 술잔에 술을 부어, 강가에까지 따라가 전송하면서 음식을 대접하고 또 일러드립니다. "지방의 관리라는 자리, 그대는 그 직분을 아십니까? 백성에게 부려지는 자리이지 백성을 부리는 자리가 아닙니다. 땅에 의존하여 살아가는 백성들이 소득의 1할을 내어 관리를 고용해서 자신들을 공평하게 관리하도록 합니다. 지금 우리들 관리가 그들의 대가를 받고서도 그 일을 태만히 하는데, 천하가 온통 그렇습니다. 어찌 단지 태만히만 하겠습니까, 나아가 도둑질을 합니다. 만약 집안에 일꾼을 고용하였는데, 그가 그대의 품삯을 받고 일을 태만히 하고 또 그대의 재물을 도둑질한다면, 필시 몹시 화를 내며 쫓아내고 벌할 것입니다. 지금 천하에 대부분이 이런 상황인데도 백성들 가운데 아무도 감히 화를 내며 쫓아내고 벌하지 못하는 것은 왜입니까? 백성과 관리간의 형세가 그와 같지 않기 때문입니다. 형세는 그렇지 못해도 그 이치는 변화가 없으니, 우리 백성들을 어떻게 대해야 하겠습니까? 그 이치를 잘 아는 이라면 두려워하지 않을 수 있겠습니까!"

　존의님이 영릉(零陵)에서 대리현령을 지낸 지 두 해가 되었습니다. 일찍 일어나 밤늦도록 사려하며 부지런히 힘쓰고 노심초사하여, 송사(訟事)는 공평하고 세금은 균형을 유지하여 늙고 약한 이들도 속이려 하거나 미워하는 감정을 표하지 않습니다. 그러니 헛

心, 訟者平, 賦者均, 老弱無懷詐暴憎,⁹ 其爲不虛
取直也的矣,¹⁰ 其知恐而畏也審矣.¹¹

　吾賤且辱,¹² 不得與考績幽明之說,¹³ 於其往也,
故賞以酒肉而重之以辭.¹⁴

8　假令(가령) : 현령을 대리하다. '가(假)'는 '대리하다'의 의미이다.
9　暴(폭) : 드러내다. 표현하다.
10　的(적) : 확실하다.
11　審(심) : 분명하다.
12　사마(司馬)라는 낮은 지위로 좌천되어 와 있음을 가리킨다.
13　與(여) : 참여하다. 幽明(유명) : 어리석음과 총명함. 잘하고 못함.
14　賞(상) : 상을 주다. 여기에서는 '연(宴)'의 의미와 통하여 '음식 자리를 베풀
　어주다'의 의미를 지닌다. 重(중) : 중복시키다. 더하다.

되이 대가를 받지 않았음이 확실하며, 두려워할 줄 알았음이 분명합니다.

저는 지위가 낮고 또 욕을 당하고 있는 처지라, 업적의 잘잘못을 평가하는 일에 참여할 수 없습니다. 그래서 떠나실 즈음에 술과 고기로 상을 드리고 그에 더하여 글을 드립니다.

■ 해 제

영릉(零陵)에서 대리현령을 지내다 다른 지방으로 전근하는 동향인에게 증여하는 증서류(贈序類)의 글이다. 당시 작자는 그곳에 좌천되어 있던 상태이며 글을 받는 설존의(薛存義)는 작자와 동향인이다.

이 글은 작자의 민주주의 정치관이 돋보인다. 관리는 백성들에게 고용된 존재임을 분명히 하였으며, 나아가 직무를 태만히 했을 때는 쫓아낼 수 있다고 하였다. 봉건주의 시대였음을 고려할 때 작자가 매우 진보적인 사상의 소유자였음을 알 수 있다.

문장의 수미(首尾)가 모두 송별의 내용으로 서로 잘 호응하고 있으며 그 안의 주장 역시 오늘날에도 여전히 유효하다. 상대에 대해 긍정하면서 진지한 태도로 격려하고 권고하는 표준적인 증서류 문장이다. 제목이 「송설존의지임서(送薛存義之任序)」로 된 판본도 있다.

악양루기(岳陽樓記)

범중엄(范仲淹)

慶曆四年春,¹ 滕子京謫守巴陵郡.² 越明年, 政通人和, 百廢具興, 乃重修岳陽樓, 增其舊制,³ 刻唐賢今人詩賦於其上. 屬予作文以記之.⁴

予觀夫巴陵勝狀, 在洞庭一湖. 銜遠山, 呑長江, 浩浩湯湯, 橫無際涯, 朝暉夕陰, 氣象萬千, 此則岳陽樓之大觀也, 前人之述備矣. 然則北通巫峽, 南極瀟湘,⁵ 遷客騷人,⁶ 多會於此, 覽物之情, 得無異乎?

若夫霪雨霏霏,⁷ 連月不開, 陰風怒號, 濁浪排空. 日星隱曜, 山岳潛形. 商旅不行, 檣傾楫摧.⁸

1 慶曆(경력) : 송 인종(仁宗)의 연호.
2 謫(적) : 좌천하다. 守巴陵郡(수파릉군) : 파릉군의 군수가 되다. 당시의 악주(岳州) 지주(知州)가 된 것을 한나라 때 식으로 말한 것이다.
3 制(제) : 규모.
4 屬(촉) : 촉(囑)과 같다. 부탁하다. 촉탁하다.
5 極(극) : (멀리) …에 이르다. 瀟湘(소상) : 소수(瀟水)와 상수(湘水).
6 遷客(천객) : 좌천하는 이. 귀양가는 이. 騷人(소인) : 시인.
7 若夫(약부) : 문장 첫머리에서 말을 시작하거나 화제를 바꾸는 데 사용하는 어기사. 霪雨(음우) : 장맛비. 霏霏(비비) : 비가 많이 내리는 모양.

악양루에 대한 기록

경력 4년(1044) 봄, 등자경(滕子京)이 파릉군(巴陵郡) 책임자로 좌천되었다. 이듬해 정사는 잘 처리되고 인화도 이루어졌으며 황폐화 했던 사업도 모두 부흥되었다. 그리하여 악양루(岳陽樓)를 개축하여 규모를 확대하고서 당나라 현인과 지금 사람의 시와 부를 그 위에 새겼다. 그리고는 내게 글을 지어 그 일을 기록하라고 부탁하였다.

내가 보기에 파릉의 볼만한 경관은 동정호(洞庭湖)에 다 있다. 먼 산을 머금고 장강을 삼키고서 넘실넘실 출렁출렁 가로로 끝이 없다. 아침에는 반짝이다 저녁이면 흐려지며 기상변화가 무쌍하다. 이것이 악양루의 대단한 볼거리로서 옛사람들이 자세히도 기술하였다. 북으로는 무협(巫峽)으로 통하고 남으로는 소상(瀟湘)에 이르며 좌천하는 나그네와 시인들이 이곳에 많이 모이는데 관람하는 그들의 심정에 남다름이 없을 수 있겠는가?

장맛비가 계속해서 내리며 몇 달이 가도 개이지 않을 때면, 스산한 바람이 성내 소리치며, 탁한 파도가 공중에 치솟으며, 해와 별이 빛을 감추고 산악이 형체를 감추며, 상인들도 안 다니고 돛대와 노도 부러지며, 초저녁에도 컴컴하여 호랑이가 으르렁거리고 원숭이가 운다. 이럴 때 누각에 오르면 고향 떠나 향수에 젖고 참언과 비방에 대한 두려움과 근심으로 보는 것마다 쓸쓸하여 극도로 감상에 젖어 슬퍼한다.

따뜻하고 환한 봄날 물결도 잔잔할 때면, 아래 위가 같은 빛이 되어 한없이 드넓게 푸르며, 갈매기는 날아 모여들고 비단빛 비늘의 물고기가 헤엄치며, 물가 향초와 모래톱 난초는 짙은 향기를 내뿜으며

薄暮冥冥, 虎嘯猿啼. 登斯樓也, 則有去國懷鄉,
憂讒畏譏, 滿目蕭然, 感極而悲者矣.

至若春和景明, 波瀾不驚, 上下天光, 一碧萬頃.
沙鷗翔集, 錦鱗遊泳, 岸芷汀蘭,[9] 郁郁青青.[10] 而
或長煙一空,[11] 皓月千里, 浮光耀金, 靜影沈璧, 漁
歌互答, 此樂何極! 登斯樓也, 則有心曠神怡, 寵
辱皆忘, 把酒臨風, 其喜洋洋者矣.

嗟夫! 予嘗求古仁人之心, 或異二者之爲, 何
哉? 不以物喜, 不以己悲. 居廟堂之高則憂其民,
處江湖之遠則憂其君. 是進亦憂, 退亦憂. 然則何
時而樂耶? 其必曰: "先天下之憂而憂, 後天下之
樂而樂歟!"[12]

噫! 微斯人,[13] 吾誰與歸?[14]

• •

8 檣傾楫摧(장경즙최) : 돛대가 기울고 노가 부러지다.
9 岸芷汀蘭(안지정란) : 물가의 향초와 모래톱의 난초.
10 郁郁(욱욱) : 향기가 짙다.
11 長煙一空(장연일공) : 길게 피어났던 안개가 모두 사라지다.
12 歟(여) : 문미에서 감탄이나 의문, 추측 등의 느낌을 나타낸다.
13 微(미) : 무(無)와 같다.
14 誰與歸(수여귀) : 누구에게 의지하는가? 수여(誰與)는 여수(與誰)의 도치형
   태이다. 歸(귀) : 의지하다.

무성하다. 때로 길게 피어났던 안개가 모두 사라지고 밝은 달빛이 천리까지 멀리 비치면, 수면은 황금처럼 반짝이고 고요한 달그림자는 물속에 잠긴 옥과도 같으며 어부들이 노래를 주고받으니, 여기에서의 즐거움이 어찌 끝이 있겠는가? 이런 때 누각에 오르면 마음은 확 트이고 정신은 편안하여 총애나 모욕 따위를 다 잊고서 술잔 잡고 바람 맞아 즐거움이 넘쳐난다.

아 아! 내 일찍이 옛사람의 마음을 알아보니 앞의 두 경우와는 다르니 어찌하여 그런가? 외부의 경물(景物) 때문에 기뻐하지 않으며, 개인적인 일로 슬퍼하지 않기 때문이다. 높이 조정 중심에 있으면 백성을 걱정하고, 멀리 강호에서 지내면 주군을 걱정한다. 이렇듯 나아가서도 걱정하고 물러나서도 걱정한다. 그러면 어느 때에 즐거워하는가? 그는 필히 이렇게 말하리라. "천하가 걱정하기에 앞서 걱정하고, 천하가 즐거워한 후에 즐거워하리라!"

아! 이런 사람이 없다면 내가 누구에게 의지하겠는가?

■ 해 제

작자가 58세 되던 송 인종(仁宗) 경력(慶曆) 6년(1046)에 쓴 악양루 개축기이다. 등주(鄧州) 지주 재임 중에 악주(岳州) 지주인 등종량(滕宗諒, 子京은 그의 字)의 부탁을 받고 쓴 것이다.

악양루에서 바라보는 경관을 개괄한 후에 슬픈 심정을 일으키는 경관과 기쁨을 주는 경관을 나누어 실감나게 묘사했다. 마지막에 자신이 추구하는 옛사람의 마음자세를 설파하였다.

지식인의 마음자세와 사명감을 일깨우는 "不以物喜, 不以己悲(외부의 경물 때문에 기뻐하지 않으며, 개인적인 일로 슬퍼하지 않는다)", "先天下之憂而憂, 後天下之樂而樂(천하가 걱정하기에 앞서 걱정하고, 천하가 즐거워한 후에 즐거워한다)"의 명구는 특히 지도층 인사나 공인이 마음에 두고두고 새길 만하다.

3.
진정과 청원

- 소철蘇轍

진정표(陳情表)

이밀(李密)

臣密言.

臣以險釁,[1] 夙遭閔凶,[2] 生孩六月, 慈父見背,[3]
行年四歲, 舅奪母志. 祖母劉愍臣孤弱, 躬親撫養.
臣少多疾病, 九歲不行, 零丁孤苦,[4] 至于成立. 旣
無叔伯, 終鮮兄弟, 門衰祚薄,[5] 晚有兒息. 外無朞
功强近之親,[6] 內無應門五尺之童.[7] 煢煢孑立,[8] 形
影相弔.[9] 而劉夙嬰疾病,[10] 常在牀褥,[11] 臣侍湯藥,
未嘗廢離.

---

1 險釁(험흔) : 험난하고 우환이 있음.
2 夙(숙) : 일찍부터, 일찍. 閔凶(민흉) : 딱하고 흉한 일. 부모의 상이나 제왕의 비정상적 죽음을 의미한다.
3 見背(견배) : 세상을 떠나다.
4 零丁孤苦(영정고고) : 외롭고 고생스럽다.
5 祚(조) : 복.
6 朞功(기공) : 기복(朞服)과 공복(功服). 기복은 부모를 위해 일 년 동안 입는 상복, 공복은 그보다 먼 친척을 위해 9개월 또는 5개월 동안 입는 상복. 强近(강근) : 억지로 가깝다고 함.
7 童(동) : 심부름하는 아이, 하인. '동(僮)'과 통한다.
8 煢煢孑立(경경혈립) : 외로이 홀로 서다.
9 弔(조) : 위로하다.
10 嬰(영) : 두르다. 지니고 있다.
11 牀褥(상욕) : 침상의 요. 병석(病席)을 가리킨다.

사정을 진술하여 올리는 글

신(臣) 이밀(李密)이 아룁니다.

저는 험한 운명인지라 일찍이 딱하고 흉한 일을 당하여, 생후 6개월 된 어린아이 때 아버지를 여의었으며, 네 살 때는 외삼촌이 수절하려는 어머니의 뜻을 꺾었습니다. 조모(祖母)인 유씨(劉氏)는 제가 고아이고 몸이 약한 것을 불쌍히 여기어, 몸소 어루만지며 키워주었습니다. 저는 어릴 적에 병이 많아서 아홉 살이 되어서도 걷지 못하였고, 외롭고 고생스럽게 살면서 성인(成人)이 되었습니다. 백부나 숙부가 없는 데다 끝내 형제도 없으며, 가문은 쇠락하고 박복하여 늘그막에야 자식을 두었습니다. 밖으로는 기복(朞服)이나 공복(功服) 등 상복을 입을 만한 가깝다고 우길 친척도 없고, 안으로는 대문을 여닫을 어린 하인 하나 없습니다. 외로이 홀로 살아가니 몸과 그림자가 서로 위로할 따름입니다. 그리고 조모 유씨도 일찍부터 병을 지니고 있어 늘 자리에 누워 지내는데, 저는 탕약을 달여 올리며 그 곁을 떠난 적이 없습니다.

지금의 조정을 받들며 살면서 저는 맑은 교화(敎化)를 온몸에 입고 있습니다. 이전에 태수(太守) 규(逵)가 저의 효성을 살펴 효렴(孝廉)으로 천거하였고, 후에는 자사(刺史) 영(榮)이 저를 수재(秀才)로 천거해 주었습니다. 그러나 저는 조모의 공양을 맡아줄 사람이 없어서 사양하고 명을 따르지 않았습니다. 마침 특별히 조서(詔書)를 내리시어 저를 낭중(郎中)에 임명하셨고, 얼마 지나지 않아

逮奉聖朝, 沐浴淸化.[12] 前太守臣逵, 察臣孝廉,[13] 後刺史臣榮, 擧臣秀才. 臣以供養無主, 辭不赴命. 會詔書特下, 拜臣郎中, 尋蒙國恩,[14] 除臣洗馬.[15] 猥以微賤, 當侍東宮. 非臣隕首所能上報.

臣具以表聞, 辭不就職. 詔書切峻, 責臣逋慢.[16] 郡縣逼迫, 催臣上道, 州司臨門, 急於星火. 臣欲奉詔奔馳, 則以劉病日篤; 欲苟順私情, 則告訴不許, 臣之進退, 實爲狼狽![17]

伏惟聖朝以孝治天下, 凡在故老, 猶蒙矜育, 況臣孤苦, 特爲尤甚! 且臣少事僞朝,[18] 歷職郎署,[19] 本圖宦達, 不矜名節. 今臣亡國之賤俘, 至微至陋, 過蒙拔擢, 寵命優渥,[20] 豈敢盤桓,[21] 有所希冀?[22]

---

12 沐浴(목욕) : 머리 감고 몸을 씻다. (은혜나 교화 등을) 입다.
13 孝廉(효렴) : 효성스런 이에게 붙여주는 칭호.
14 尋(심) : 오래지 않아. 곧. 항상.
15 洗馬(선마) : 동궁, 즉 태자를 보필하는 관리. 먼저 말을 타고 외출하는 태자를 인도했기 때문에 선마(先馬)라고도 하였다.
16 逋慢(포만) : 기피하고 오만하다.
17 狼狽(낭패) : 매우 딱하다.
18 僞朝(위조) : 왕조를 부정적으로 이르는 말.
19 郎署(낭서) : 낭(郎)이 있는 부서. 상서랑(尙書郎)을 가리킨다.
20 優渥(우악) : 넉넉하고 두텁다. 충만하다.
21 盤桓(반환) : 머뭇거리다. 배회하다.
22 希冀(희기) : 바라다. 희망하다.

나라의 은혜를 입어 저에게 선마(洗馬)의 벼슬이 내려졌습니다. 외람되이 미천한 몸으로 동궁(東宮)을 모시는 일을 담당하게 되었으니 이는 제가 목숨을 바쳐도 보답할 수 있는 일이 아닙니다.

저는 모든 사정을 글을 올려 아뢰고서, 자리를 사양하고 부임하지 않았습니다. 그런데 다시 온 조서가 절박하고 준엄하게 제가 기피하고 오만하다고 질책하였으며, 군(郡)과 현(縣)에서 다그치며 길에 오르라고 재촉하고, 주(州)의 관리들은 문앞에 와 유성(流星)보다도 더 서둘러댑니다. 조서를 받들어 서둘러 달려가자니 조모 유씨의 병이 날로 위독해질 것이고, 구차하게 사사로운 정을 따르자니 하소연해도 허락해 주시지 않을 터이니, 제 진퇴(進退)가 실로 어렵고 딱합니다.

엎드려 생각하옵건대 지금의 조정은 효(孝)로써 천하를 다스려서 모든 노인들이 동정을 받으며 양육되고 있습니다. 하물며 제 경우는 외롭고 고달픔이 특히 심하지 않습니까! 또한 저는 젊었을 때, 정통이 아닌 촉(蜀)을 섬기며 상서랑(尙書郞)을 지냈으니, 본래 벼슬길의 영달을 꾀하고 명예와 절개는 중히 여기지 않았습니다. 지금 저는 망국의 천한 포로로서 지극히 미천하고 지극히 비루합니다. 그런데도 과분하게 발탁되어 은총이 충만한 명령을 받았으니 어찌 감히 머뭇거리며 따로 바라는 것이 있겠습니까?

단지 조모 유씨가 마치 해가 서산에 다가간 듯 숨결이 희미하여 목숨이 위태로워 아침에 그날 저녁 일을 알 수 없는 형편입니다. 저는 조모가 없었더라면 오늘에 이를 수 없었으며, 조모는 제가 없으면 여생을 마칠 수 없습니다. 조모와 손자 두 사람이 서로 목숨을 의지합니다. 그런 까닭에 애처로워하며 버려두고 멀리 떠날 수가 없습니다.

但以劉日薄西山,[23] 氣息奄奄,[24] 人命危淺, 朝不慮夕.[25] 臣無祖母, 無以至今日, 祖母無臣, 無以終餘年. 母孫二人, 更相爲命. 是以區區不能廢遠.[26]

臣密今年四十有四, 祖母劉今年九十有六. 是臣盡節於陛下之日長, 報劉之日短也. 烏鳥私情,[27] 願乞終養!

臣之辛苦, 非獨蜀之人士, 及二州牧伯所見明知; 皇天后土, 實所共鑑. 願陛下矜憫愚誠, 聽臣微志. 庶劉僥倖,[28] 保卒餘年, 臣生當隕首, 死當結草. 臣不勝犬馬怖懼之情, 謹拜表以聞.

· ·

23 薄(박) : 근접하다. 다가가다.
24 奄奄(엄엄) : 쇠약한 모습. 희미하다.
25 朝不慮夕(조불려석) : 아침에 저녁 일을 생각하지 않다. 상황이 매우 급박함을 의미한다.
26 區區(구구) : 애처로운 모습.
27 烏鳥私情(오조사정) : 까마귀의 심정. 부모를 봉양하는 효성을 의미한다. 까마귀는 다 자란 뒤에 어미를 위해 먹이를 물어다 먹인다고 하여 효조(孝鳥)라고도 한다.
28 庶(서) : 어쩌면, 혹. 희망적인 어기를 나타낸다.

저 이밀(李密)은 금년에 나이 마흔넷이고 조모 유씨는 금년에 아흔여섯입니다. 이러니 제가 폐하께 충절을 다할 날은 길고, 조모님께 보답할 날은 짧습니다. 까마귀가 어미 새의 은혜를 보답하는 마음으로, 조모를 끝까지 봉양하게 해주시기를 간절히 바랍니다.

저의 고충은 촉(蜀)의 인사들만이 아니라 양주(梁州)와 익주(益州) 두 주의 장관들도 훤히 아는 바이며, 실로 천지신명께서 함께 보고 계시는 바입니다. 원하옵건대 폐하께서는 어리석은 저의 정성을 가엾게 여기시어 저의 작은 뜻을 들어주십시오. 혹 조모가 다행하게도 여생을 끝까지 보존한다면, 저는 살아서는 목숨을 바쳐 충성하고 죽어서는 마땅히 결초보은(結草報恩)하겠습니다. 저는 주인 앞의 개나 말처럼 두려운 마음을 이기지 못한 채 삼가 표(表)를 올려 아룁니다.

■ 해 제

효심이 잘 드러난 글이다. 혹자는 이 글을 읽고 눈물을 흘리지 않으면 효자가 아니라고 하였다. 지식인으로서 관직생활이 거의 절대적 목표이던 당시 상황에서, 만사를 뒤로하고 끝까지 조모를 봉양하겠다는 진심과 각오가 감동적이다. 이 글은 대구가 많고 장단도 가지런하여 어느 정도 변문(駢文)의 성격을 지닌다.

상장복야서(上張僕射書)

九月一日愈再拜

受牒之明日,[1] 在使院中, 有小吏持院中故事節目
十餘事來示愈.[2] 其中不可者有自九月至明年二月之
終, 皆晨入夜歸, 非有疾病事故輒不許出. 當時以
初受命, 不敢言. 古人有言曰: "人各有能, 有不
能." 若此者, 非愈之所能也. 抑而行之, 必發狂
疾, 上無以承事于公, 忘其將所以報德者, 下無以
自立, 喪失其所以爲心. 夫如是, 則安得而不言!

凡執事之擇於愈者, 非爲其能晨入夜歸也, 必將
有以取之. 苟有以取之, 雖不晨入而夜歸, 其所取
者猶在也. 下之事上, 不一其事, 上之使下, 不一
其事, 量力而任之, 度才而處之, 其所不能, 不彊
使爲是,[3] 故爲下者不獲罪於上, 爲上者不得怨於下

....

1 牒(첩) : 공문서.
2 故事節目(고사절목) : 예전부터 전해지는 규정.
3 彊(강) : 강(强)과 같다. 강요하다.

장복야님께 올리는 글

9월 1일 한유가 재배드립니다.

공문을 받은 다음날, 관아에서 하급 관리가 예전부터 전해지는 규정 십여 조목을 저에게 보여주었습니다. 그 가운데 지킬 수 없는 것이 있으니 9월부터 다음해 2월 말까지 모두들 아침 일찍 출근하여 밤늦게 퇴근하되 질병이나 특별한 사유가 없으면 출타를 불허한다는 것이 그것입니다. 당시에는 처음 임명된 상황이어서 감히 말씀을 올리지 못했습니다. 옛사람의 말에 "사람에겐 각기 할 수 있는 것이 있고 할 수 없는 것이 있다"고 하였습니다. 그와 같은 것은 제가 할 수 있는 것이 아닙니다. 억지로 한다면 필시 광기가 발작하여 위로는 복야님을 위해 맡은 일을 수행할 수 없어 은덕에 보답할 방법을 모르게 되고, 아래로는 자립할 수 없어 마음을 다스릴 방도를 잃게 될 것입니다. 이와 같으니 어찌 말씀드리지 않을 수 있겠습니까?

무릇 복야님께서 저를 택하신 것은 새벽에 출근하여 밤늦게 퇴근할 수 있어서가 아니고 필시 장차 취할 점이 있어서입니다. 만약 취할 점이 있다면, 비록 새벽에 출근하여 밤늦게 퇴근하지 않는다고 하여도 그 취할 점은 여전히 존재합니다. 부하가 상관을 섬기는 길이 한 가지만은 아니며, 상관이 부하를 부리는 길도 한 가지만은 아닙니다. 능력을 헤아려 맡기고 재능을 헤아려 배치하지, 할 수 없는 것을 억지로 시키지는 않습니다. 그래서 부하는 상관에게 죄를 짓지 않고 상관은 부하의 원망을 사지 않는 것입니다. 맹자께서도 당시의 제후들 중에 특출한 이가 없는 것은 그들이 모두 "자신이 가르치는 이를

矣. 孟子有云, 今之諸侯無大相過者,[4] 以其皆 "好
臣其所教, 而不好臣其所受教".[5] 今之時, 與孟子
之時又加遠矣, 皆好其聞命而奔走者, 不好其直己
而行道者. 聞命而奔走者, 好利者也, 直己而行道
者, 好義者也. 未有好利而愛其君者, 未有好義而
忘其君者. 今之王公大人, 惟執事可以聞此言, 惟
愈於執事也可以此言進.

愈蒙幸於執事, 其所從舊矣. 若寬假之使不失其
性,[6] 加待之使足以爲名, 寅而入, 盡辰而退, 申而
入, 終酉而退,[7] 率以爲常,[8] 亦不廢事. 天下之人聞
執事之於愈如是也, 必皆曰: "執事之好士也如此,
執事之待士以禮如此, 執事之使人不枉其性而能有
容如此, 執事之欲成人之名如此, 執事之厚於故舊
如比." 又將曰: "韓愈之識其所依歸也如此, 韓愈
之不詔屈於富貴之人如此,[9] 韓愈之賢能使其主待之

---

4 大相過(대상과) : 상대적으로 크게 뛰어나다.
5 『맹자 공손추 하』에 보인다.
6 寬假(관가) : 관용하다.
7 인(寅)은 새벽 3시부터 5시, 진(辰)은 오전 7시부터 9시, 신(申)은 오후 3
   시부터 5시, 유(酉)는 오후 5시부터 7시이다.
8 率(솔) : 대략.

신하로 두기 좋아하고 자신을 가르치는 이를 신하로 두기는 좋아하지 않아서"라고 하셨습니다. 지금 시대는 맹자의 시대로부터 또 더 멀리 떨어져 있어서, 모두들 명령을 받고 뛰어다니는 이를 좋아하고 자기를 곧게 지키며 도를 행하는 이를 좋아하지 않습니다. 명령을 받고 뛰어다니는 자는 이익을 좋아하는 자이며, 자기를 곧게 지켜 도를 행하는 자는 의로움을 좋아하는 자입니다. 이익을 좋아하면서 주군을 아끼는 자는 없으며, 의로움을 좋아하면서 주군을 잊는 자는 없습니다. 지금의 왕공과 고관들 가운데 복야님만이 이런 말씀을 들으실 수 있으시며, 또 저와 복야님의 사이에서만 이런 말씀을 올릴 수 있습니다.

제가 복야님께 인정을 받아 따른 지 오래되었습니다. 만약 관용을 베푸시어 본성을 잃지 않게 해주시고 우대해 주시어 명성을 얻도록 해주시어, 인시(寅時)에 출근하여 진시(辰時)가 지나면 퇴근하고 다시 신시(申時)에 출근하여 유시(酉時)가 지나면 퇴근하는 것으로 대략적인 규정으로 삼으셔도 직무에는 지장이 없을 것입니다. 천하 사람들이 복야님이 제게 그렇게 해주신다는 것을 듣는다면 필시 모두가 말할 것입니다. "복야님께서 선비를 좋아하심이 저러하며, 선비를 예우하심이 저러하다. 남을 부리시되 그 본성을 꺾지 않고 용인하실 수 있으심이 저러하고, 남의 명성을 이루어 주려고 하심이 저러하며, 오래된 사람에게 후대하심이 저러하다"라고. 또한 말할 것입니다. "한유는 자신이 의존할 곳을 잘 아는 것이 저러하며, 부유하고 높은 이에게 아첨하지 않음이 저러하며, 현명해서 주군으로 하여금 자신을 예우하도록 할 수 있음이 저러하다"라고. 그렇다면 복야님의 문하에서 죽는다고 하여도 여한이 없습니다. 만약 행렬을 따라 출근하고 대오를 뒤따라 뛰어다니게 하신다면 감히 정성을 다하지 못하며 자신의

以禮如此." 則死於執事之門無悔也. 若使隨行而入, 逐隊而趨, 言不敢盡其誠, 道有所屈於己. 天下之人聞執事之於愈如此, 皆曰: "執事之用韓愈, 哀其窮, 收之而已耳, 韓愈之事執事, 不以道, 利之而已耳." 苟如是, 雖日受千金之賜, 一歲九遷其官, 感恩則有之矣, 將以稱於天下曰: "知己知己, 則未也."

伏惟哀其所不足,[10] 矜其愚不錄其罪, 察其辭而垂仁採納焉. 愈恐懼再拜.

. . . .

9 諂屈(첨굴) : 굽신거리며 아첨하다.
10 惟(유) : 바라다.

정도를 굽히게 될 것입니다. 그리고 천하 사람들이 복야님과 저의 관계가 그렇다는 것을 들으면 필시 모두들 말할 것입니다. "복야님께서 한유를 등용하신 것은 그가 곤궁한 것이 불쌍하여 거두어들인 것일 뿐이요, 한유가 복야님을 섬기는 것은 바른 도의에 의한 것이 아니고 이로움을 위해서일 뿐이다"라고. 만약 그리 된다면, 비록 매일 천금을 하사받고 한 해에 아홉 번 승진한다 해도, 감사하는 마음이야 지니겠지만 천하에 대고 "나를 알아주느냐 하면, 그건 아닙니다!"라고 말할 것입니다.

엎드려 바라옵건대, 제 부족함을 애련히 여기시고 어리석음을 불쌍히 여기시어 그 죄를 새겨두지 마시고, 제 말씀을 살피시어 인자함으로써 받아들여 주십시오. 황공스럽게도 한유가 재배올립니다.

■ 해 제

상관에게 자신을 특별히 예우해 줄 것을 청원하는 글이다. 정원 15년(799) 32세의 나이로 서주(徐州)에서 서사호절도사(徐泗濠節度使) 겸 검교우복야(檢校右僕射)인 장건봉(張建封) 막하에서 절도추관(節度推官)으로 있을 때의 글이다.
조정에서 자리를 얻지 못하고 지방의 막료생활을 하는 여의치 못한 처지에서도 자존심이 넘쳐난다. 남다른 기개와 함께 정연한 논리 전개로 설득력도 확보하고 있다. 같은 해에 격구를 자제하라는 충고의 글을 올리기도 하였다.
서(書)는 다양한 대상에게 두루 통용되는 편지의 표제로서 공적인 글과 사적인 글에 두루 사용된다. 이런 글을 요내(姚鼐)는 서세류(書說類)로 분류하였는데 후인들은 흔히 서독류(書牘類)라는 표현을 사용한다.

위형식하옥상서(爲兄軾下獄上書)

소철(蘇轍)

臣聞困急而呼天, 疾痛而呼父母者, 人之至情也.
臣雖草芥之微, 而有危迫之懇, 惟天地父母哀而憐
之!¹

臣早失怙恃,² 惟兄軾一人相須爲命.³ 今者竊聞
其得罪,⁴ 逮捕赴獄, 擧家驚號, 憂在不測. 臣竊思
念, 軾居家在官, 無大過惡. 惟是賦性愚直, 好談
古今得失, 前後上章論事, 其言不一. 陛下聖德廣
大, 不加譴責. 軾狂狷寡慮,⁵ 竊恃天地包含之恩,
不自抑畏. 頃年, 通判杭州及知密州,⁶ 日每遇物,
托興作爲歌詩, 語或輕發. 向者曾經臣寮繳進,⁷ 陛

----

1 惟(유) : 구하다. 바라다.
2 怙恃(호시) : 부모. '호(怙)'와 '시(恃)'는 모두 '의지하다'의 뜻이며 전자는 아
   버지, 후자는 어머니를 가리킨다.
3 須(수) : 의지하다. 여기서의 상(相)은 형을 가리키는 지시대명사에 해당한다.
4 竊(절) : 훔치다. 자신의 생각이나 행동을 겸손하게 표현하기 위한 상투어.
5 狂狷(광견) : 경솔하고 성급하다, 또는 경망스럽고 고집스럽다. 寡慮(과려) :
   사려함이 부족하다.
6 通判杭州及知密州(통판항주급지밀주) : 항주통판과 밀주지주. 전직은 1071
   년에 맡았으며, 3년 후에 후직으로 이동했다.

하옥된 형 소식(蘇軾)을 위해 올리는 글

제가 들어 알기로, 곤궁하고 급박하면 하늘을 부르고, 병이 나 아프면 부모를 부르는 것은 사람으로서의 지당한 일이라고 합니다. 저는 비록 초개와도 같은 미천한 존재이나, 위급하고 절박하여 간구하오니 천지와 부모처럼 애련히 여겨주십시오!

저는 일찍 부모님을 여의고 오직 형 식(軾) 한 사람만 의지하며 살았습니다. 지금 듣기로 형 식이 죄를 지어 체포되고 옥에 갇혀, 온 가족이 놀라 울부짖으며 예측하기 어려운 일을 당할까 근심한다고 합니다. 제가 삼가 생각하건대, 식은 집안에서나 관직에서 큰 과오나 악행은 없었습니다. 단지 타고난 본성이 우직하며 고금의 득실을 말하기 좋아하여 전후로 글을 올려 사안에 대해 논하였는데, 그 말이 일정하지 않았습니다. 그러나 폐하께서는 성덕(聖德)이 크고 넓으시어 견책하지 않으셨습니다. 식은 경솔하고 성급하며 사려가 부족하여 감히 천지와도 같은 폐하의 넓으신 포용을 믿고서 자제하고 두려워하지 못하였습니다. 근년에 항주통판(杭州通判)과 밀주(密州)의 지주(知州)를 맡고서 평일 사물을 접할 때마다 감흥을 기탁하여 시가를 지었는데 말이 간혹 경솔하였습니다. 그런데 예전에 일찍이 동료 신하가 그것을 바쳤을 때 폐하께서는 방치하고 불문에 부쳤습니다. 식은 관대한 용서에 감동하여 그로부터 깊이 후회하고 탓하며 다시는 감히 그러지 않았습니다. 그러나 옛 시들은 이미 전파되었습니다. 식은 어리석게도 지나치게 자신(自信)하여 문자의 가벼움을 모르고 표현이 불손하였고, 비록 잘못을 고치고 새로워지려 하지만 이미 형법

下置而不問. 軾感荷恩貸,[8] 自此深自悔咎, 不敢復有所爲, 但其舊詩, 已自傳播. 臣誠哀軾愚於自信, 不知文字輕易, 迹涉不遜,[9] 雖改過自新, 而已陷於刑辟,[10] 不可救止.

軾之將就逮也, 使謂臣曰: "軾早衰多病, 必死於牢獄. 死固分也, 然所恨者, 少抱有爲之志,[11] 而遇不世出之主, 雖齟齬於當年,[12] 終欲效尺寸於晚節, 今遇此禍, 雖欲改過自新, 洗心以事明主, 其道無由. 況立朝最孤, 左右親近必無爲言者. 惟兄弟之親, 試求哀於陛下而已." 臣竊哀其志, 不勝手足之情, 故爲冒死一言.

昔漢淳于公得罪,[13] 其女子緹縈請沒爲官婢, 以

7 臣寮(신료) : 동료신하. '료(寮)'는 '료(僚)'와 통한다. 繳進(교진) : 바치다. '교(繳)'는 '교(交)'와 통한다.
8 感荷恩貸(감하은대) : 관대한 용서를 받은 것에 감사하다. 荷(하) : 받다. 입다. 貸(대) : 베풂. 용서.
9 迹涉不遜(적섭불손) : 흔적이 불손함에 미치다. 글의 표현이 불손하다.
10 刑辟(형벽) : 형법.
11 有爲(유위) : 뛰어난 행위나 공적을 이루다.
12 齟齬(저어) : 어긋나다. 맞지 아니하다.
13 淳于公(순우공) : 순우의(淳于意). 서한 때의 명의(名醫)로 죄를 지어 형벌을 받아야 했다. 그때 딸 제영(緹縈)이 관비(官婢)가 되겠다며 아버지의 용서를 청했다. 문제(文帝)는 그에 감동하여 죄를 면해주고 육체 일부를 베는 육형(肉刑)을 폐지했다.

에 걸려 구할 수 없게 되었습니다. 저는 그것이 진정 슬픕니다.

식이 체포될 즈음 사람을 시켜 제게 일렀습니다. "나는 일찍 노쇠한데다 병이 많아 반드시 옥에서 죽을 것이다. 죽는 것은 실로 내 분수이다. 그러나 한스러운 것은, 어려서부터 큰 공을 이루려는 뜻을 지니고서 세상에 다시없는 주상을 만났으니, 비록 한때 권력자와 맞지 않았어도 끝내는 뒤늦게라도 자그마한 힘을 바치고 싶었는데, 지금 이런 화를 당하여 비록 잘못을 고치고 새로워져서 마음을 씻고 밝으신 주상을 섬기려 해도 그 길이 없는 점이다. 더욱이 조정에서 가장 외톨이였으니 필시 주상의 좌우 친근한 사람 중에 잘 말씀드려 줄이가 없을 것이다. 오직 형제간의 정으로 폐하께 애걸해보는 길뿐이다." 저는 그 뜻이 애처로워 수족(手足)의 정을 이기지 못하고 죽음을 무릅쓰며 한말씀 올립니다.

옛날 순우공(淳于公)이 죄를 지었을 때 그 딸 제영(緹縈)이 관비로 몰수되어 아버지의 죄를 대신할 것을 청하였습니다. 한 문제(文帝)께서는 그 일로 마침내 몸을 베는 형벌을 폐지하셨습니다. 지금 저의 땅강아지나 개미 만한 보잘것없는 정성은 결코 제영에게 미치지 못하나 폐하의 총명하고 어질고 성스러우심은 한 문제보다 훨씬 더하십니다. 저는 제 관직을 바침으로 형 식(軾)의 죄를 대신하고자 합니다. 감히 그 죄를 지워 덜어주실 것을 바라는 것은 아니니, 단지 옥에서 죽는 것을 면할 수 있다면 다행이겠습니다. 형 식이 범한 죄가 만약 문자상의 증거가 분명한 것이면, 틀림없이 감히 대들며 부정하여 거듭 죄를 짓지는 않을 것입니다. 만약 폐하께서 애련히 여겨주시어 만 번 죽을죄를 용서받고 옥에서 나올 수 있다면, 이는 죽었다가 다시 사는 것이니 무엇으로 보답해야 마땅하겠습니까? 제가 바라는 것은 형 식과 더불어 마음을 씻고 잘못을 고쳐 뼈가 가루가 되도록

贖其父. 漢文因之, 遂罷肉刑.[14] 今臣螻蟻之誠,[15] 雖萬萬不及緹縈, 而陛下聰明仁聖, 過於漢文遠甚. 臣欲乞納在身官,[16] 以贖兄軾, 非敢望末減其罪,[17] 但得免下獄死爲幸. 兄軾所犯, 若顯有文字, 必不敢拒抗不承, 以重得罪. 若蒙陛下哀憐, 赦其萬死, 使得出於牢獄, 則死而復生, 宜何以報? 臣願與兄軾洗心改過, 粉骨報效, 惟陛下所使, 死而後已!

臣不勝孤危迫切, 無所告訴, 歸誠陛下, 惟寬其狂妄, 特許所乞. 臣無任祈天請命,[18] 激切隕越之至![19]

---

14 肉刑(육형) : 코나 귀 등 몸의 일부를 베어내는 형벌.
15 螻蟻(누의) : 땅강아지와 개미.
16 在身官(재신관) : 현직. 맡고 있는 관직.
17 末減(말감) : 지워 감하다. '말(末)'은 '말(抹)', 즉 지우다의 뜻이다.
18 無任(무임) : 이기지 못하다. '불승(不勝)'과 통한다. 天(천) : 하늘. 주상을 암시한다.
19 隕越(운월) : 잃어버리고 넘다. 혼이 나가고 정상이 아니다.

힘을 바치며, 오로지 폐하께서 부리시는 대로 행하다가 죽어서야 그 치는 것입니다!

저는 외롭고 위급하며 절박한 처지에 호소할 곳이 없음을 견뎌내지 못하고 폐하께 진심을 바치오니, 경솔하고 경망함을 관대히 용서하시고 청을 특별히 허락해 주십시오. 저는 하늘 같은 폐하께 기구하여 생명을 청하는 일을 감당할 수 없어 지극히 격앙되고 간절하여 정신이 없습니다.

■ 해 제

오대시안(烏臺詩案)으로 하옥된 형 소식(蘇軾)을 구하기 위해 황제에게 올린 탄원서이다. 신종(神宗) 원풍(元豊) 4년(1079)에 일부 간관(諫官)들이 소식의 일부 시문(詩文)이 당시에 추진하던 신법(新法)을 비방하고 황제에게 불충하는 내용을 담았다고 탄핵하였다. 8월에 호주지주(湖州知州)였던 소식은 체포되어 오대(烏臺, 어사대의 별칭)에 갇혔다가 12월에 출옥하였다. 이 사건이 이른바 '오대시안'이다. 출옥 직후 44세의 소식은 황주(黃州) 단련부사(團練副使)로 쫓겨났고, 41세인 동생 소철도 연루되어 균주(筠州) 감염주세(監鹽酒稅)로 좌천되었다.

이 글은 형 소식의 과오를 인정하면서 이미 개과천선하였음을 강조하는 동시에 자신의 관직을 내놓아 극형의 면제를 청하고 있다. 전후 사정을 알려 변호하였으며, 정에 호소하였고, 또 황제의 은덕을 칭송하며 간청하였다. 애절하고 간절한 진심을 전하고 충성심을 다짐하는 데에 주력하고 있다.

간관의 문제에 대한 언급 없이 형의 죄를 인정하면서 개전(改悛)의 정을 강조한 점이나, 적절한 칭송으로 황제의 존엄을 건드리지 않고 은덕을 기대하며 탄원한 점이 매우 자연스럽다. 표현이 간결하고 질박하며 요약적인 점이 두드러지는데, 이는 특히 탄원하는 글의 요점이다. 소식과 소철 형제의 특별히 돈독한 우애는 많은 시문과 미담으로 전해진다.

4.
격려와 위로

- 유종원柳宗元

송동소남서(送董邵南序)

燕趙古稱多感慨悲歌之士.¹ 董生擧進士,² 連不得志於有司,³ 懷抱利器,⁴ 鬱鬱適玆土, 吾知其必有合也. 董生勉乎哉!

夫以子之不遇時, 苟慕義彊仁者皆愛惜焉, 矧燕趙之士出乎其性者哉!⁵ 然吾嘗聞風俗與化移易, 吾惡知其今不異於古所云邪? 聊以吾子之行卜之也.⁶ 董生勉乎哉!

吾因子有所感矣, 爲我弔望諸君之墓,⁷ 而觀於其

---

1 燕趙(연조) : 각각 전국시대의 제후국으로, 연은 지금의 하북성 북부, 조는 하북성 남부와 산서성 동부 및 산동성 황하 북쪽 지역에 해당한다.
2 擧進士(거진사) : 지방의 추천을 받아 진사과에 응시하다. 응시생을 지칭하기도 한다.
3 有司(유사) : 담당 관리.
4 利器(이기) : 남다른 재능을 비유함.
5 矧(신) : 하물며.
6 吾子(오자) : 그대. "오(吾)"는 상대방에게 친근함을 더해주는 표현이다. 卜(복) : 점치다. 알아보다. 확인하다.
7 望諸君(망제군) : 전국시대 사람 악의(樂毅). 연나라의 상장군으로 소왕(昭王) 때에 제나라를 공격하여 큰 공을 세웠다. 그러나 소왕 사후에 즉위한 혜왕(惠王)이 제나라의 이간책에 빠져 악의를 해임하였고, 위험을 느낀 악의는 조(趙)나라로 망명했다. 조나라에서 중용되었으며 후에 연의 혜왕과도 관계

90 중국의 고전 산문

동소남을 전송하는 글

  연(燕) 지방과 조(趙) 지방은 예로부터 강개에 차고 비장한 노래를 부르는 선비가 많다고 했습니다. 동(董) 선생은 진사과에 응시하였으나 연이어 고시관에게 인정받지 못하시어, 남다른 재능을 지닌 채 답답한 마음으로 그 지방에 가십니다. 그러나 필시 마음이 맞는 이가 있을 것을 저는 압니다. 동선생이여 힘내십시오!

  그대가 때를 만나지 못하였다고, 의로움을 흠모하고 어진 일에 힘쓰는 이들은 모두 애석해합니다. 하물며 본성이 그런 연과 조 지방의 선비들이야 어떻겠습니까! 그러나 일찍이 제가 듣기로 풍속이란 교화에 따라 변한다고 했으니, 어떻게 지금도 옛날에 말한 바와 다르지 않으리라고 알겠습니까? 우선 그대가 가는 길에 알아보겠습니다. 동선생이여 힘내십시오!

  그대 때문에 생각이 납니다. 제 대신 망제군(望諸君) 악의(樂毅)의 묘에 조문해 주십시오. 그리고 저자에 아직도 예전의 개 도살업자와 같은 이가 또 있는지 보십시오. 그리고 저를 대신해 일러주십시오. "영명하신 천자께서 위에 계시니 나와서 벼슬할 만합니다!"라고.

■ **해 제**

여러 차례 진사과에 낙방한 끝에 하북(河北) 지방으로 일자리를 찾아 떠나는 동소남(董邵南)에게 준 송별의 글이다. 혹시 그가 품을 수도 있는 자포자기나 반항의 마음을 다독이면서 다시 돌아올 것을 에둘러 권유하는 점이 뛰어나다.

市復有昔時屠狗者乎?[8] 爲我謝曰:[9] "明天子在上,
可以出而仕矣!"

가 회복되어 두 나라 모두에서 객경(客卿)이 되었으며 조나라에서 망제군(望
諸君)에 봉해졌다. 조나라에서 죽었으며 그 묘가 한단(邯鄲)시 서남지방에
있다. 악의가 연나라에서 배신당하고도 끝내 연나라를 배반하지 않은 점이
한유가 동소남에게 조문하라는 이유가 된다.

8 屠狗者(구도자) : 개 잡는 사람. 진시황을 죽이려다 실패한 형가(荊軻)와 같
   이 어울리던 인물. 형가는 술을 좋아하며 날마다 개 도살업자 및 축(筑)을
   잘 타던 고점리(高漸離)와 어울렸다. 형가가 실패하자 고점리는 그 복수를
   꾀하였으나 역시 실패하여 피살되었다. 여기서의 '구도자'는 형가나 고점리와
   같은 부류의 인물을 가리킨다. 『사기 자객열전』에 기록이 보인다.

9 謝(사) : 고하다. 일러주다.

동소남은 작자가 덕종(德宗) 정원(貞元) 연간에 서주(徐州)에서 절도추관(節度推官)의 막료생활을 할 때 알고 지냈던 인물이다. 당시 하북 지역은 안록산이 반란을 일으켰던 근거지였으며 당시에도 조정의 명에 반항하는 지방 군벌이 할거하는 지역이었다. 그들 군벌이 인재를 불러들여 실력을 기르는 상황에서 동소남처럼 실의한 선비가 그들에게 의탁하는 경우가 많았다.

송별하면서 증여하는 글을 증서류(贈序類)로 분류한다. 대부분 '송(送)~서(序)' 또는 '증(贈)~서(序)'의 표제를 사용한다. 한유와 유종원이 전개한 고문운동과 더불어 새로이 유행한 문체로서 산문 영역의 확대와 고문의 전파와 선전에 기여하였다.

하진사왕삼원실화서(賀進士王參元失火書)

유종원(柳宗元)

得楊八書,[1] 知足下遇火災, 家無餘儲. 僕始聞而駭, 中而疑, 終乃大喜, 蓋將弔而更以賀也. 道遠言略, 猶未能究知其狀. 果若蕩焉泯焉而悉無有, 乃吾所以尤賀者也.

足下勤奉養, 樂朝夕, 惟恬安無事是望也. 今乃有焚煬赫烈之虞,[2] 以震駭左右,[3] 而脂膏滫瀡之具,[4] 或以不給, 吾是以始而駭也. 凡人之言皆曰:"盈虛倚伏,[5] 去來之不可常." 或將大有爲也, 乃始厄困震悸,[6] 於是有水火之孽, 有群小之慍. 勞苦變動,

---

1 楊八(양팔) : 양경지(楊敬之). 유종원의 장인 동생의 아들. 왕삼원의 친구. 같은 항렬에서 나이가 여덟 번째였으므로 그렇게 불렀다.
2 焚煬(분양) : 훨훨 타다. 赫烈(혁렬) : 맹렬한 불길 모습. 虞(우) : 근심, 우환.
3 左右(좌우) : 귀하. 겸손한 자세로 상대방을 가리키는 상투적인 표현.
4 脂膏滫瀡(지고수수) : 음식을 조리하는 데 쓰이는 각종 조미료와 첨가제. 응고한 기름은 '지(脂)'이고 녹은 것은 '고(膏)'이다. '수수(滫瀡)'는 음식을 부드럽고 매끄럽게 하는 데 쓰이는 식물성의 각종 액체.
5 倚伏(의복) : 의탁하고 잠복하다. 사물이 서로 의존하여 존재함을 의미한다.
6 震悸(진계) : 놀랍고 두려움.

화재를 당한 진사 왕삼원에게 축하하는 편지

양팔(楊八)의 글을 받고서 그대가 화재를 당해 집에 남은 것이 없게 되었음을 알았습니다. 저는 처음에 그 소식을 듣고 놀랐으며 다음에는 의아스러웠으나 끝내는 크게 기뻐했습니다. 그리하여 위로하려다가 축하로 바꿉니다. 길은 멀고 글의 내용은 간략하여 여전히 상황을 자세히 알 수는 없습니다. 만약 씻은 듯이 깡그리 타 아무것도 없게 되었다면 그것은 제가 더욱 축하할 일입니다.

그대는 부지런히 부모를 공양하면서 아침저녁으로 즐거워했으며, 오로지 평안하고 무사하기만을 바랐습니다. 그런데 지금 맹렬한 불길의 화재에 몹시 놀라시고, 어쩌면 조리용 기름이나 양념 재료조차 댈 수 없게 되셨겠지요. 그래서 저는 처음에 놀랐던 것입니다. 사람들은 모두들 말합니다. "흥하고 쇠하는 것은 서로 의존하여 변하는 것이어서 오고가는 것이 일정하지 않다"고. 어쩌면 장차 큰일을 하려고 할 때는 처음에 곤경과 두려움이 있게 마련이어서 수재나 화재를 당하거나 뭇 사람들의 노여움을 사기도 합니다. 노고와 변고가 있고 난 후에 광명이 있을 수 있으니 옛사람들은 모두 그랬습니다. 그러나 그 이치는 요원하고 황당무계하여 성인조차도 반드시 믿지는 않았습니다. 그런 까닭에 도중에 의아하게 생각했던 것입니다.

그대는 고인들의 책을 공부하며 문장을 짓고 문자학에도 뛰어났습니다. 이처럼 많은 능력이 있으면서도, 나아가 뭇 선비들을 능가하여 높은 지위를 얻지 못한 까닭은 다른 데에 있지 않습니다. 경성 사람들은 대부분 그대의 집안에 쌓인 재물이 있다고 말하여, 선비 가운데

而後能光明, 古之人皆然. 斯道遼闊誕漫,[7] 雖聖人不能以是必信, 是故中而疑也.

以足下讀古人書, 爲文章, 善小學, 其爲多能若是, 而進不能出群士之上, 以取顯貴者, 蓋無他焉. 京城人多言足下家有積貨, 士之好廉名者, 皆畏忌不敢道足下之善. 獨自得之, 心蓄之, 銜忍而不出諸口, 以公道之難明, 而世之多嫌也. 一出口, 則嗤嗤者以爲得重賂.[8]

僕自貞元十五年, 見足下之文章, 蓄之者蓋六七年, 未嘗言. 是僕私一身而負公道久矣, 非特負足下也. 及爲御史尙書郎, 自以幸爲天子近臣, 得奮其舌, 思以發明足下之鬱塞. 然時稱道於行列, 猶有顧視而竊笑者. 僕良恨修己之不亮, 素譽之不立, 而爲世嫌之所加, 常與孟幾道言而痛之.

乃今幸爲天火之所滌盪, 凡衆之疑慮, 擧爲灰埃. 黔其廬, 赭其垣, 以示其無有, 而足下之才能, 乃可以顯白而不汚. 其實出矣, 是祝融回祿之相吾子

---

7 遼闊誕漫(요활탄만) : 요원하고 황당무계하다.
8 嗤嗤者(치치자) : 비웃기 좋아하는 사람.

청렴의 명분을 좋아하는 이들은 모두 꺼리어 그대의 훌륭함을 감히 말하지 않았습니다. 단지 자신만이 알고 마음에 담아두고서 꾹 참고 입 밖에 내지 않았습니다. 정의란 밝히기 어렵고 세상에는 의심이 많기 때문이었습니다. 입 밖에 내기만 하면 비웃기 좋아하는 이들이 큰 뇌물을 받았다고 여겼던 것입니다.

저는 정원 15년부터 그대의 문장을 보면서 마음속에 담아둔 지 육, 칠 년이 되었지만 말한 적이 없습니다. 그러니 제가 사사로이 자신만을 위하고 정의를 저버린 지 오래된 것입니다. 단지 그대만을 저버린 것이 아닙니다. 감찰어사와 상서성(尚書省)의 예부원외랑(禮部員外郎)이 되어서는 다행히 천자의 가까운 신하가 되어 그 혀를 놀릴 수 있다고 여기어 그대의 답답함을 밝히려고 생각했습니다. 그러나 때로 동료들에게 말하면 여전히 돌아보며 뒤에서 비웃는 이들이 있었습니다. 저는 제 수양이 부족하여 평소의 명예가 서지 않아 세상의 혐의가 더해지는 것을 몹시 한스러워하면서, 늘 그것을 맹기도와 말하며 가슴 아프게 생각했습니다.

그런데 지금 다행히 하늘이 내린 화재로 깡그리 없어졌으니 뭇 사람들의 의심과 우려가 모두 재가 되었습니다. 집은 검게 그슬리고 담은 붉은 흙이 드러나 아무것도 없음을 보여주니, 그대의 재능은 환히 드러나고 더럽혀지지 않을 수 있습니다. 실상이 드러나게 되었으니 이는 화신인 축융(祝融)과 회록(回祿)이 그대를 도와주신 것입니다. 그러니 저와 맹기도가 십 년 동안 그대를 알았던 것도 이 화재가 하루 저녁에 그대를 기려준 것만 못합니다. 도와주고 드러내주어 마음속에 담아두었던 이들로 하여금 모두 그 입을 열도록 해주었으니, 시험관들이 급제시키면서도 겁내지 않을 것입니다. 그러니 예전처럼 위축되어 모욕을 받으려한들 그것이 가능하겠습니까? 이제 그대에게 희

也.[9] 則僕與幾道十年之相知, 不若茲火一夕之爲足下譽也. 宥而彰之,[10] 使夫蓄於心者, 咸得開其喙, 發策決科者, 授子而不慄. 雖欲如嚮之蓄縮受侮, 其可得乎. 於茲吾有望於爾! 是以終乃大喜也.

古者列國有災, 同位者皆相弔. 許不弔災, 君子惡之. 今吾之所陳若是, 有以異乎古, 故將弔而更以賀也. 顏曾之養,[11] 其爲樂也大矣, 又何闕焉?

足下前要僕文章古書,[12] 極不忘, 候得數十幅及幷往耳. 吳二十一武陵來,[13] 言足下爲醉賦及對問, 大善, 可寄一本. 僕近亦好作文, 與在京城時頗異. 思與足下輩言之, 桎梏甚固,[14] 未可得也. 因人南來, 致書訪死生. 不悉. 宗元白.

● ●

9　祝融回祿(축융회록) : 축융과 회록 모두 화신(火神).
10　宥(유) : 돕다. 彰(창) : 드러내다.
11　顏曾(안증) : 안회(顏回)와 증삼(曾參). 안회는 가난하였으나 기쁘게 생활하였으며, 증삼 역시 가난하였으나 부모님을 봉양할 수 있음을 기뻐하였다.
12　古書(고서) : 고체의 글씨. 작자는 서예에도 뛰어났다.
13　吳二十一武陵(오이십일무릉) : 오무릉(吳武陵). 동렬의 친척 가운데 스물한 번째였다. 작자의 지기였다.
14　桎梏(질곡) : 족쇄와 수갑. 구속.

망을 가질 수 있게 되었습니다! 이 때문에 끝에 가서 크게 기뻐하게 되었던 것입니다.

옛날에 열국(列國)에 재난이 발생하면 같은 지위에 있던 이들이 모두 조문했습니다. 허(許)나라가 재난에 조문하지 않았을 때 군자들이 그를 미워했습니다. 그런데도 지금 제가 이렇게 말하는 것은 옛날과 다른 점이 있어서입니다. 그래서 조문을 축하로 바꾼 것입니다. 안회(顏回)와 증삼(曾參)도 부모님 공양의 기쁨이 컸었으니, 또 무엇이 부족하겠습니까?

그대가 전에 제 문장과 고체의 글씨를 요구하셨는데 전혀 잊지 않고 있으니 몇 십 폭이 되면 같이 보내드리겠습니다. 오무릉(吳武陵)이 오셔서 그대가 쓴 「취부(醉賦)」와 「대문(對問)」이 매우 훌륭하다고 말씀하시니, 한 부 보내주십시오. 저는 근자에도 역시 글쓰기를 좋아하는데 경성에 있을 때와는 퍽이나 다릅니다. 그대들과 말하고 싶지만 구속이 매우 심하여 불가능합니다. 남쪽으로 사람이 왔기에 글을 보내 안부를 여쭙습니다. 간단히 줄입니다. 종원 올림.

■ 해 제

본편은 화재를 당한 친우에게 오히려 축하를 보내는 기이한 내용의 편지이다. 화재의 소식을 접한 후에 처음에는 놀라고, 다시 의아하게 생각하였다가, 마지막에 크게 기뻐하게 되었다며 축하를 보내는 내용이다. 부자에 대한 세간의 혐의나 정당한 평가를 가로막는 장애물을 그 화재가 제거해주리라고 생각하여 기뻐한다며, 그래서 축하를 보낸다는 것이다. 이렇게 상대를 위로하는 동시에 작자는 정의가 매몰되고 의심이 만연한 당시 사회를 폭로하고 또 비판하고 있다.

첫 단락에서 보여준 설계도에 따라 화재 소식을 접한 후에 놀라고, 의아해하고, 기뻐하게 되는 이유가 질서정연하게 전개되어 있다. 문장의 핵심어는 '기뻐함[喜]'과 '축하[賀]'이다.

발상이 매우 독특한 동시에 논리의 전개가 매우 정연하고 타당한 기문(奇文)이다.

재담이서(在儋耳書)

소식(蘇軾)

吾始至南海,[1] 環視天水無際, 悽然傷之, 曰：
"何時得出此島耶?" 已而思之, 天地在積水中,[2] 九
州在大瀛海中,[3] 中國在少海中,[4] 有生孰不在島者?

覆盆水於地, 芥浮於水, 蟻附於芥, 茫然不知所
濟. 少焉水涸,[5] 蟻卽徑去, 見其類, 出涕曰："幾不
復與子相見, 豈知俯仰之間,[6] 有方軌八達之路
乎?"[7]

念此可以一笑. 戊寅九月十二日, 與客飮薄酒小
醉, 信筆書此紙.[8]

．．．．．．．．．．．．．．．．．．

1　南海(남해) : 지금의 해남성을 가리킨다. 담이(儋耳)를 당나라 때 담주(儋
　　州)로 개명했다. 지금의 담주시는 해남성 서북부에 있다.
2　天地(천지) : 천하(天下). 세상. 積水(적수) : 강, 바다, 호수 등의 일체를
　　의미한다.
3　九州(구주) : 중국. 고대에 중국을 아홉 주로 나누었다. 大瀛海(대영해) : 큰
　　바다, 대양(大洋).
4　中國(중국) : 중원 또는 나라의 중심지를 가리킨다. 少海(소해) : 작은 바다.
　　'소해(小海)'와 같다.
5　涸(학) : 마르다.
6　俯仰之間(부앙지간) : 잠깐 사이.
7　方軌(방궤) : 수레 두 대가 병행하다. 길이 넓다는 뜻이다.
8　信筆(신필) : 붓이 가는 대로, 붓에 맡기어.

담이에서 쓰다

내가 처음에 담주(儋州)에 이르러서, 끝이 없는 하늘과 바다를 둘러보면서 처연히 슬퍼하며 말했다. "어느 때에나 이 섬에서 벗어날 수 있을까?" 그러고 나서 생각해보니, 천하는 온갖 물 가운데 있고 중국은 큰 바다 가운데 있으며 중원은 작은 바다 가운데 있다. 그러니 살아 있는 그 무엇이 섬에 있지 않은가?

동이의 물을 땅에 엎으니 작은 풀이 물에 뜨고 개미가 그 작은 풀에 붙어 멍청히 어디로 건널지 모른다. 잠시 후에 물이 마르니 개미는 지름길로 떠나가는데, 동족을 만나서는 눈물을 흘리며 말한다. "하마터면 그대들을 만나지 못할 뻔했네. 그런데 어찌 알았겠나, 잠깐 사이에 넓고 팔방으로 통하는 길이 생기리라고."

이런 생각을 하니 한바탕 웃을 만하다. 무인년(戊寅年) 9월 12일, 손님과 박주(薄酒)를 마시고 조금 취하여 붓이 가는 대로 여기에 적는다.

■ 해 제

소식이 해남성의 담주(儋州)에 쫓겨나 있을 때(63-65세)에 쓴 수필 성격의 글이다. 나이 들어 머나먼 섬에 쫓겨난 작자가 번민을 떨쳐버리고 초연함을 찾는 과정을 간결하게 기술했다. 크게 보면 모두가 같은 처지이며 또 모든 것이 변할 수 있다는 낙관적이고 광달(曠達)한 인생관을 읽을 수 있다.

송대의 대표적 우언(寓言) 작가답게 짧은 편폭에 개미의 이야기를 통해 인생을 관조하는 점이 참신하다. 세심한 관찰력과 상상력이 돋보이며, 개미에게 말을 시킨 점도 생동감을 더해준다.

잡기류(雜記類)에 속하는 이런 단편 수필은 후대의 소품문(小品文) 발달에도 많은 영향을 미쳤다. 제목이 「시필자서(試筆自書)」로 된 판본도 있다.

5.
구학(求學)과 스승

- 제갈량諸葛亮

계자서(誡子書)

제갈량(諸葛亮)

夫君子之行, 靜以修身, 儉以養德. 非澹泊無以明志,[1] 非寧靜無以致遠.[2] 學須靜也, 才須學也. 非學無以廣才, 非志無以成學. 淫慢則不能勵精,[3] 險躁則不能冶性.

年與時馳, 意與歲去, 遂成枯落, 多不接世. 悲守窮廬, 將復何及!

· ·

1 澹泊(담박) : 명리(名利)에 매달리지 않고 담담함.
2 寧靜(영정) : 고요히 정신을 집중함.
3 淫慢(음만) : 방종하고 태만함.

아들을 훈계하는 글

군자의 수행은 고요함으로 수신하고 검소함으로 덕을 함양한다. 욕심 없이 담담하지 않으면 의지를 분명히 할 수 없고, 고요하게 집중하지 않으면 원대한 경지에 이를 수 없다. 배움은 고요함 속에서 이뤄지며 재능은 배움에서 얻어진다. 배움 없이는 재능을 넓힐 수 없으며 의지 없이는 배움을 완성할 수 없다. 방종하고 태만하면 정신을 갈고 닦을 수 없으며 거칠고 조급하면 성정을 도야할 수 없다.

나이가 시간 따라 빠르게 늘어가고 지향이 세월 따라 약화되면, 마침내 메마르고 쇠락하여 대부분 세상에서 멀어지고 쓸모가 없어진다. 그때에 슬피 궁박한 집구석을 지키면서 후회한들 어찌하리?

■ 해 제

삼국시대 저명한 정치가이자 전략가로서 촉(蜀)의 승상이었던 제갈량(諸葛亮)이 54세 때에 8세의 아들 첨(瞻)에게 보낸 편지이다. 출중한 안목과 고결한 품성으로 천하의 이치를 꿰뚫어보았을 제갈량이 아버지로서 아들에게 기대를 담아 가르침을 주는 글이다.

'지혜의 화신'이라 일컬어지는 제갈량이 후인에게 수신(修身)과 입지(立志)의 자세를 요약적으로 제시해준 명구 "담박명지, 영정치원(澹泊明志, 寧靜致遠)"의 출처이다.

사설(師說)

한유(韓愈)

　古之學者必有師.　師者,　所以傳道受業解惑也.[1]
人非生而知之者,[2]　孰能無惑？惑而不從師, 其爲惑
也, 終不解矣. 生乎吾前, 其聞道也固先乎吾, 吾
從而師之. 生乎吾後, 其聞道也亦先乎吾, 吾從而
師之. 吾師道也, 夫庸知其年之先後生於吾乎?[3] 是
故無貴無賤, 無長無少, 道之所存, 師之所存也.

　嗟乎！ 師道之不傳也久矣,[4] 欲人之無惑也難矣.
古之聖人, 其出人也遠矣, 猶且從師而問焉. 今之
衆人, 其下聖人也亦遠矣, 而恥學於師. 是故聖益
聖, 愚益愚. 聖人之所以爲聖, 愚人之所以爲愚,
其皆出於此乎!

1　受業(수업) : 학업을 부여하다. '수(受)'는 '수(授)'와 통한다. 업(業)은 육경
　과 고문의 학업을 가리킨다.
2　『논어 술이(述而)』에 "子曰 : ‘我非生而知之者, 好古敏以求之者也.’"라고 하였
　다.
3　庸(용) : 어찌. '기(豈)'와 통한다.
4　師道(사도) : 여기서는 스승을 따르는 기풍이나 전통을 가리킨다.

스승에 대한 이야기

옛날에 학문하는 사람에게는 반드시 스승이 있었다. 스승이란 도리를 전수하고 학업을 지도하며 의혹을 풀어주는 존재이다. 사람은 태어나면서부터 아는 존재가 아니니, 그 누구인들 의혹이 없겠는가? 의혹이 있는데도 스승을 따르지 않는다면 그 의혹은 끝내 풀리지 않는다. 나보다 먼저 태어났고 도리를 깨우친 것이 실로 나보다 먼저라면, 나는 그를 따르며 스승으로 모신다. 나보다 뒤에 태어났어도 도를 깨우친 것이 나보다 먼저라면, 나는 그를 따르며 스승으로 모신다. 나는 도리를 스승으로 모시니, 어찌해서 그가 나보다 먼저 태어났는지 아닌지를 따지겠는가? 그러니 귀천(貴賤)도 관계없고 나이도 관계없이 도리가 있는 곳이 스승이 있는 곳이다.

아 아! 스승을 따르는 기풍이 전해지지 않은 지 오래되었으니, 사람들에게 의혹이 없기를 바라는 것이 어렵다. 옛날의 성인은 남들보다 훨씬 뛰어났어도 여전히 스승을 따르며 문의하였다. 그런데 지금의 대중들은 성인보다 훨씬 못하면서도 스승에게서 배우는 것을 부끄러워한다. 그런 까닭에 성인은 더욱 성인다워지고, 어리석은 이는 더욱 어리석어진다. 성인이 성인답고 어리석은 이가 어리석은 것은 모두 여기에서 비롯된 것이리라!

자식을 아끼어 스승을 골라 교육시키면서 자기 자신은 스승을 모시는 것을 부끄러워하니, 그것은 미혹된 일이다! 아이의 스승 저들은 글을 가르치면서 구두법이나 익혀주는 자로 내가 말하는 도리를

愛其子, 擇師而敎之, 於其身也, 則恥師焉, 惑矣! 彼童子之師, 授之書而習其句讀者, 非吾所謂傳其道解其惑者也. 句讀之不知,[5] 惑之不解, 或師焉,[6] 或不焉. 小學而大遺, 吾未見其明也.

巫醫樂師百工之人,[7] 不恥相師, 士大夫之族, 曰師曰弟子云者, 則群聚而笑之. 問之, 則曰 : "彼與彼年相若也, 道相似也. 位卑則足羞, 官盛則近諛." 嗚呼! 師道之不復可知矣! 巫醫樂師百工之人, 君子不齒.[8] 今其智乃反不能及, 其可怪也歟!

聖人無常師. 孔子師郯子萇弘師襄老聃.[9] 郯子之

5 句讀(구두) : 구두법. 문장을 끊어 읽는 규칙. 글의 의미가 끝나는 곳을 구 (句)라고 하고, 구 안에서 의미가 완성되지 않은 채 읽기가 끊기는 곳을 두 (讀)라고 한다. 즉 문장이 끝나는 곳과 쉬는 곳이다.

6 여기의 혹(或)은 전자〔句讀之不知〕의 경우, 즉 구두법을 모르는 경우를 가리킨다. 다음 구절의 혹(或)은 후자〔惑之不解〕의 경우를 가리킨다.

7 巫醫(무의) : 신에게 기도하여 치료하는 사람. 고대에 제사 지낼 때 가무로 신을 즐겁게 하며 또 축복도 하던 사람이 기도를 통해 병도 치료하였다. 또는 무당과 의사.

8 君子(군자) : 군자는 덕성이 고상한 사람이나 지위가 높은 사람을 가리킨다. 여기서는 지위가 높은 이를 의미한다. 사대부. 不齒(불치) : 하찮게 여기다, 이처럼 나란히 같은 열에 있지 않는다.

9 郯子(담자) : 춘추시대 담나라의 군주. 공자가 그에게 옛 관직 명칭의 유래에 대해 물었다고 전한다. 萇弘(장홍) : 주나라 때의 대부. 공자가 그에게 옛 음악에 대해 물었다고 전한다. 師襄(사양) : 춘추시대 노나라의 악관. 공자가 그에게 금(琴) 연주법을 물었다고 전한다. 老聃(노담) : 도가 학파의 창시자인 노자(老子). 공자가 그에게 주나라의 예법에 대해 물었다고 전한다.

전수하고 의혹을 풀어주는 존재가 아니다. 구두법을 모르거나 의혹이 풀리지 않을 때, 전자의 경우에는 스승을 모시고 후자의 경우는 모시지 않는다. 이처럼 작은 것은 배우고 큰 것은 버려두니, 내가 보기에 총명하지 못하다.

무의(巫醫)나 악사나 각종 장인들은 스승을 모시는 것을 부끄러워하지 않는데 사대부들은 스승이니 제자니 하면 떼로 모여 비웃는다. 이유를 물으면, "저 사람과 저 사람은 나이가 같고 도리를 깨우친 수준도 비슷하다. 상대의 지위가 낮으면 부끄러운 노릇이고, 관직이 높으면 아첨에 가까운 노릇이다"라고 대답한다. 아 아! 스승을 모시는 기풍이 회복될 수 없음을 알 만하다. 무의와 악사와 각종 장인들은 군자가 자신과 동등하게 여기지 않는 대상이다. 그런데 지금 그 지혜에 있어서는 오히려 그들에게 미치지 못한다. 괴이하기도 하다!

성인에게는 고정된 스승이 없다. 공자는 담자(郯子), 장홍(萇弘), 사양(師襄), 노담(老聃)을 스승으로 삼았다. 담자의 무리는 현명하기가 공자만 못하였다. 공자가 이르길, "세 사람이 같이하면 그 중에 반드시 내 스승이 있다"고 하였다. 그러니 제자가 스승보다 반드시 못한 것은 아니며, 스승이 제자보다 반드시 더 현명하지도 않다. 도리를 깨우친 것에 선후가 있고, 학문과 기예에 전공 영역이 있는 것이다. 바로 그럴 뿐이다.

이씨 집안 젊은이 반(蟠)은 나이가 열일곱인데, 고문을 좋아하여 육경(六經)의 경전(經傳) 모두에 통달하였으며, 시속(時俗)에 얽매이지 않고 나에게 배운다. 나는 그가 옛 도를 행할 줄 아는 것을 가상히 여겨 이 「사설」을 지어 선사한다.

徒, 其賢不及孔子. 孔子曰："三人行, 則必有我師."[10] 是故弟子不必不如師, 師不必賢於弟子. 聞道有先後, 術業有專攻,[11] 如是而已.

　李氏子蟠,[12] 年十七, 好古文, 六藝經傳皆通習之,[13] 不拘於時, 學於余. 余嘉其能行古道, 作「師說」以貽之.[14]

10 『논어 술이(述而)』에 "子曰 : '三人行, 必有我師焉. 擇其善者而從之, 其不善者而改之.'"라고 하였다.
11 術業(술업) : 학문과 기예.
12 이반(李蟠)은 정원 19년(803)에 진사가 되었다. 자(子)는 젊은이의 의미이다.
13 六藝經傳(육예경전) : 육예는 육경(六經), 전(傳)은 경(經)을 풀이한 책.
14 貽(이) : 주다, 증여하다, 선사하다.

■ 해 제

스승의 의미와 위상을 높이며 스승을 모셔 배울 것을 강조한 글이다. 스승의 위상이 높지 않던 당시에 큰 반향을 일으킨 글로, 유종원은 한유가 이 글을 지으며 스승이 되고자 나섰다가 광인(狂人)이란 이름을 얻었다고 하였다. 실제로 스승이 되기에 매우 적극적이었던 한유가 스승의 존재 의미, 스승의 필요성, 스승의 선택 표준 등을 제시하는 동시에 당시의 스승 경시의 풍조에 대한 비판도 겸하고 있다.

주장의 내용이 특히 선명하며 논리적인 데다 작자의 강한 의지도 느껴지는 글이다. 대략 정원(貞元) 19년(803)경에 쓴 글로, 당시에 한유는 35세로 장안에서 사문박사(四門博士)를 지냈다. 한유는 후일 국자좨주(國子祭酒, 최고위 교육기관의 최고책임자)까지 지냈으니 실제 교육 영역에도 크게 공헌한 문장가이다.

상중영(傷仲永)

왕안석(王安石)

金谿民方仲永,[1] 世隸耕.[2] 仲永生五年, 未嘗識書具, 忽啼求之. 父異焉, 借旁近與之. 卽書詩四句, 竝自爲其名. 其詩以養父母收族爲意, 傳一鄕秀才觀之. 自是, 指物作詩, 立就, 其文理皆有可觀者. 邑人奇之, 稍稍賓客其父,[3] 或以錢幣乞之. 父利其然也, 日扳仲永環謁於邑人,[4] 不使學.

予聞之也久. 明道中,[5] 從先人還家,[6] 於舅家見之, 十二三矣. 令作詩, 不能稱前時之聞. 又七年, 還自揚州, 復到舅家問焉. 曰:"泯然衆人矣."[7]

王子曰:[8] "仲永之通悟, 受之天也. 其受之天也,

. . . .

1 金谿(금계) : 지금의 강서성(江西省) 금계현(金谿縣).
2 隸(예) : 속하다. '예(隷)'와 같다.
3 賓客(빈객) : 손님으로 대접하다.
4 扳(반) : 끌어당기다. 이끌다.
5 明道(명도) : 송(宋) 인종(仁宗)의 연호.
6 先人(선인) : 세상을 떠난 아버지 왕익(王益)을 가리킨다. 명도(明道) 2년 조부가 세상을 떠났을 때 작자는 아버지를 따라 임천(臨川)에 돌아왔다.
7 泯然(민연) : 소멸한 모양.
8 王子(왕자) : 왕안석 자신을 가리킨다.

중영을 슬퍼하다

금계현의 주민 방중영(方仲永)은 집안 대대로 농사를 지었다. 중영이 다섯 살 되었을 때 문방구를 알아보지도 못하였는데 별안간 울면서 그것들을 찾았다. 아버지가 특이하게 여겨 이웃에서 빌려다 주었다. 그러자 바로 시 네 구를 쓰고는 자신의 이름을 덧붙였다. 그 시는 부모를 봉양하고 일족을 거두어들이겠다는 내용이었으며, 온 마을의 수재들에게 보도록 전해졌다. 이때부터 사물을 가리키면 시를 짓는데, 즉시 완성했으며 문채나 내용 모두 볼만하였다. 마을 사람들이 기특하게 여겨 점차 그 아버지를 손님으로 모셨는데, 어떤 이는 돈을 주며 시를 요구하였다. 아버지는 그러는 것이 이익이라 여겨, 매일같이 중영을 이끌고 마을 사람들에게 돌아가며 보여주면서 그에게 공부는 시키지 않았다.

내가 그 소문을 들은 지 오래되었다. 명도(明道) 연간에 지금은 돌아가신 아버지를 따라 고향에 돌아와 외삼촌댁에서 그를 보았는데, 그의 나이 열두세 살이었다. 시를 짓게 하니 이전의 소문에는 어울리지 않았다. 또 칠 년이 지나 양주(揚州)에서 돌아와 다시 외삼촌댁에서 그에 대해 물었다. 그랬더니 "완전히 보통사람이 되어버렸다"고 하였다.

나 왕안석은 말한다. "중영의 통달하고 총명함은 천부적인 것이었다. 그의 천부적인 능력은 후천적인 인재보다 훨씬 뛰어났다. 그런데도 끝내 보통사람이 된 것은 사람에게서 받은 것이 부족해서이

賢於材人遠矣.⁹　卒之爲衆人,　則其受於人者不至
也. 彼其受之天也, 如此其賢也, 不受之人, 且爲
衆人. 今夫不受之天, 固衆人, 又不受之人, 得爲
衆人而已耶?"

9　賢(현) : 뛰어나다. 낫다. '승(勝)'과 통함. 材人(재인) : 재능있는 사람. '재
　(材)'는 '재(才)'와 통한다. 후천적인 노력과 학습에 의한 인재를 의미한다.

다. 그의 천부적인 능력은 그토록 뛰어났어도 사람에게서 받지 않으니 보통사람이 되었다. 오늘날 천부적인 능력이 없으면 원래 보통사람인데 또 사람에게서도 받지 않는다면 보통사람이나마 될 수 있겠는가?"

■ 해 제

교육을 받지 못한 신동의 이야기이다. 천부적인 능력보다는 후천적인 교육이 얼마나 중요한지를 강조한 논변류(論辨類) 문장이다.

구체적 사실을 통해 주지를 선명하게 드러냈는데, 사실 자체도 친히 보고 들은 것을 사용함으로써 현실감을 강화했다. 서사와 의론을 간결하게 결합한 의미심장한 내용의 글이다. 억양(抑揚)의 수법으로 전후를 대비시킨 점도 효과적이다.

1043년 작자가 양주첨판(揚州簽判)으로서 고향에 들렀을 때 쓴 글이다. 당시에 작자는 23세였다.

유포선산기(遊褒禪山記)

왕안석(王安石)

褒禪山亦謂之華山.¹ 唐浮圖慧褒始舍於其址,²
而卒葬之, 以故其後名之曰"褒禪". 今所謂慧空禪
院者, 褒之廬冢也. 距其院東五里, 所謂華陽洞者,
以其乃華山之陽名之也. 距洞百餘步, 有碑仆道,
其文漫滅,³ 獨其爲文猶可識,⁴ 曰"花山". 今言"華",
如"華實"之"華"者, 蓋音謬也.

其下平曠, 有泉側出, 而記遊者甚衆, 所謂前洞
也. 由山以上五六里, 有穴窈然,⁵ 入之甚寒, 問其
深, 則其好遊者不能窮也, 謂之後洞. 余與四人擁
火以入.⁶ 入之愈深, 其進愈難, 而其見愈奇.

有怠而欲出者曰:⁷ "不出, 火且盡", 遂與之俱出.

---

1 포선산은 지금의 안휘성(安徽省) 잠산(潛山) 북방에 있다.
2 浮圖(부도) : 범어 '붓다'의 음역(音譯)으로 '불교', '승려', '불탑' 등의 의미로,
  여기에서는 승려를 가리킴.
3 漫滅(만멸) : 마멸되다. 지워져 불분명하다.
4 앞의 '文'은 비석의 본문을 가리키고, 뒤의 '文'은 개별적인 글자를 가리킨다.
5 窈然(요연) : 깊숙한 모습.
6 擁(옹) : 손에 쥐다.

포선산 유람기

  포선산(褒禪山)은 화산(華山)이라고도 부른다. 당(唐)나라 스님 혜포(慧褒)가 처음에 그 터에 머무르다가 세상을 떠나 묻힌 까닭에 후에 "포선산(褒禪山)"이라고 부르는 것이다. 지금의 이른바 혜공선원(慧空禪院)이라는 곳은 혜포의 집과 무덤이었던 곳이다. 이 선원에서 동쪽으로 오 리 떨어진 곳에 있는 이른바 화양동(華陽洞)이라는 곳은 화산(華山)의 남쪽에 있기 때문에 그렇게 부른다. 화양동에서 백여 걸음 떨어진 곳에 비석이 길에 넘어져 있었는데, 그 문장은 마멸되어 불분명하나 그래도 유독 알아볼 수 있는 글자가 있었으니, "화산(花山)"이라는 글자였다. 지금 부르는 이름의 "화"자가 "화실(華實)"의 "화(華)"인 것은 대체로 음이 같아 잘못된 것이리라.

  그 아래는 평탄하고 훤하였으며 샘이 옆에서 흘러나왔는데, 유람한 것을 적어놓은 이가 매우 많았다. 이른바 "전동(前洞)"이라는 곳이었다. 산을 따라 대여섯 리를 올라가니 깊숙한 동굴이 있었는데, 그곳에 들어가니 매우 추웠으며, 그 깊이를 물으니 유람하기 좋아하는 이도 끝까지 갈 수 없다는 것이었다. 이른바 "후동(後洞)"이라는 곳이었다. 나는 네 사람과 같이 횃불을 들고 들어갔다. 깊이 들어갈수록 나아가기가 더 어려웠으나 보이는 것은 더욱더 기이했다.

  누군가 지쳐서 나가고 싶어 하는 자가 말하길, "안 나가면 불이 곧 다돼갑니다"라고 하여, 마침내 그와 함께 다같이 나왔다. 대체로 내가 이르렀던 곳은 유람하기 좋아하는 사람의 경우와 비교할 때

蓋予所至，比好遊者尙不能十一，然視其左右，來
而記之者已少．蓋其又深，則其至又加少矣．方是
時，予之力尙足以入，火尙足以明也．旣其出，則
或咎其欲出者,[8] 而予亦悔其隨之而不得極乎遊之樂
也．

於是予有歎焉． 古人之觀於天地山川草木蟲魚鳥
獸，往往有得，以其求思之深而無不在也． 夫夷以
近則遊者衆,[9] 險以遠則至者少． 而世之奇偉瑰怪非
常之觀，常在於險遠，而人之所罕至焉． 故非有志
者不能至也． 有志矣，不隨以止也，然力不足者，亦
不能至也． 有志與力，而又不隨以怠，至於幽暗昏
惑而無物以相之,[10] 亦不能至也． 然力足以至焉而不
至，於人爲可譏，而在己爲有悔． 盡吾志也而不能
至者，可以無悔矣． 其孰能譏之乎？ 此予之所得也．

余於仆碑，又以悲夫古書之不存． 後世之謬其傳
而莫能名者，何可勝道也哉！ 此所以學者不可以不

---

7 怠(태) : 피곤하다. 지치다.
8 咎(구) : 책망하다. 나무라다.
9 夷以近(이이근) : '夷'는 '平'과 통하여 '평탄하다'는 의미이고 '以'는 '而'와 같다.
10 相(상) : 돕다. '조(助)'와 뜻이 통한다.

십분의 일도 안 되었는데, 그래도 좌우를 보니 와서 기록을 남긴 사람이 이미 적었다. 아마도 더 깊은 곳에는 왔던 사람이 더욱 적을 것이다. 바야흐로 이즈음에 나의 힘은 아직 더 들어가기에 족하였고, 횃불도 아직 밝히기에 충분하였다. 이미 나와서는 어떤 이가 그 나오고 싶어 했던 이를 나무랐는데, 나 역시 따라나와 유람의 즐거움을 끝까지 맛볼 수 없었음을 후회하였다.

이에 나는 탄식하였다. 옛사람들은 천지, 산천, 초목, 벌레와 물고기, 날짐승과 들짐승을 보면 흔히 깨달음을 얻었으니, 그것은 생각이 깊고 또 어느 곳에서나 생각하였기 때문이다. 무릇 평탄하고 가까운 곳은 유람하는 이가 많고, 험하고 먼 곳은 이르는 이가 적다. 그런데 세상의 기괴하고 뛰어나며 특별한 경관은 항상 험하고 멀며 사람이 드물게 이르는 곳에 있다. 그래서 의지를 지닌 자가 아니면 도달할 수 없다. 의지가 있어 남을 따라 멈추지 않아도 힘이 부족한 이는 역시 도달할 수 없다. 의지와 힘이 있고 또 지쳐서 남을 따라 나오지 않는다고 하여도, 깊고 어두워 헷갈리는 곳에 이르렀을 때에 도와주는 것이 없으면 역시 도달할 수 없다. 그러나 힘이 도달하기에 족한데도 도달하지 않았으면 남의 비난거리가 되고 자신에게도 후회가 남는다. 만약 자신의 의지를 다하고도 도달할 수 없는 경우는 후회가 없을 수 있다. 그리고 누가 이를 비난할 수 있겠는가? 이것이 내가 깨달은 점이다.

나는 넘어진 비석을 대하며 그로 인해 고서(古書)가 없어진 것을 또 슬퍼한다. 후세에 잘못 전해져 아무도 바른 이름을 부를 수 없는 경우를 어찌 모두 다 말할 수 있겠는가! 이것이 학문하는 이가 깊이 생각하고 신중하게 취하지 않으면 안 되는 까닭이다. 네 사람은 여릉(廬陵) 사람으로 자(字)가 군옥(君玉)인 소군규(蕭君圭)와

深思而愼取之也. 四人者, 廬陵蕭君圭君玉, 長樂

王回深父, 余弟安國平父·安上純父.[11] 至和元年

七月某日,[12] 臨川王某記.

· · · · · · · · · · · · · · · · · · · ·

11 왕안석은 칠형제의 셋째로, 안국(安國)과 안상(安上)은 차례로 넷째와 막내
   이다.
12 至和(지화) : 송(宋) 인종(仁宗) 때의 연호(1054-1056년).

장락(長樂) 사람으로 자가 심보(深父)인 왕회(王回), 그리고 내 동생으로 자가 평보(平父)인 안국(安國)과 순보(純父)인 안상(安上)이다. 지화(至和) 원년(1054) 칠월 모일, 임천(臨川) 사람 왕씨 아무개가 기록한다.

■ 해 제

포선산(褒禪山)의 동굴을 유람하고 쓴 글로 크게 두 부분으로 나뉜다. 사실의 기록이 먼저 있고 뒤에 관련된 논의가 전개된다. 즉 실(實)과 허(虛)가 긴밀히 연결되어 있다. 주된 논지는 의지와 능력과 물질적 조건이 다 갖춰져야 비로소 남다른 높은 경지에 이를 수 있다는 것이다. 특히 외부의 물질적인 조건의 필요성을 뚜렷이 인식한 점은 매우 현실적이고 객관적인 사유의 결과라고 여겨진다. 이 글은 주로 학문의 경우를 말하고 있으나 이는 비단 학문에만 해당되는 이치는 아닐 것이다. 또 자료나 근거에 대한 신중한 취사선택을 요구하는 부수적인 논지도 같은 방식으로 전개하였는데 특히 수미(首尾)가 잘 호응하고 있다. 전형적인 의론성 유기(遊記)이다.

작자가 38세(1054년)에 서주(舒州) 통판(通判)의 임기를 마치고 귀경길에 쓴 것인데, 후일 신법(新法)으로 굳건히 정치 혁신을 주도하는 정치가의 적극적인 실천철학을 엿볼 수 있는 글이기도 하다.

6.
문학론

- 소식|蘇軾

답이익서(答李翊書)

한유(韓愈)

六月二十六日, 愈白李生足下.

生之書辭甚高, 而其問何下而恭也! 能如是, 誰不欲告生以其道? 道德之歸也有日矣, 況其外之文乎? 抑愈所謂望孔子之門牆而不入於其宮者,[1] 焉足以知是且非邪? 雖然, 不可不爲生言之.

生所謂立言者是也.[2] 生所爲者與所期者甚似而幾矣.[3] 抑不知生之志蘄勝於人而取於人邪?[4] 將蘄至於古之立言者邪?[5] 蘄勝於人而取於人, 則固勝於人而可取於人矣. 將蘄至於古之立言者,[6] 則無望其速成,[7] 無誘於勢利. 養其根而俟其實, 加其膏而希

---

1 抑(억) : 그러나, 단지. 글의 흐름을 바꾸는 데 쓰이는 조사. 이 구절은 공자의 학술을 하나의 궁실에 비유하여 자신의 수준이 담장 밖에서 바라보는 낮은 정도라는 겸손한 표현이다.
2 立言(입언) : 저작으로 학설이나 주장을 펼쳐 후세에 전하는 일을 가리킨다. 『좌전』에서 입덕(立德), 입공(立功), 입언(立言)을 세 가지 불후(不朽)한 일이라 하였다.
3 幾(기) : 가깝다. 근접하다.
4 蘄(기) : 바라다. 기(祈)와 통한다.
5 將(장) : 혹은, 아니면.
6 將(장) : 만약. 여(如)와 통한다.

이익에게 답하는 글

6월 26일, 한유가 이생(李生)께 말씀드립니다.

그대가 보내주신 편지의 문사는 심히 고상한데 그 물음은 어찌 그리 겸손하고 공손하신지요! 그와 같을 수 있으니 그 누가 그대에게 그 길을 일러주려 하지 않겠습니까? 도덕이 갖추어질 날이 멀지 않았으니 하물며 그 외적 표현인 문장의 경우에야 어떻겠습니까! 다만 저는 이른바 공자의 문과 담장을 바라볼 뿐 그 집안에 들어가지는 못한 수준의 사람이니, 어찌 옳고 그름을 알겠습니까? 그렇기는 하지만 그대에게 말씀드리지 않을 수가 없습니다.

그대가 언급하신 입언(立言)에 관한 말씀은 옳습니다. 그대가 행한 바와 바라는 바는 그와 매우 유사하고 가깝습니다. 그러나 그대의 뜻이 남보다 뛰어나 남에게 선발되기를 바라시는 것인지, 아니면 옛날의 입언의 경지에 이르려는 것인지를 모르겠습니다. 만약 남보다 뛰어나 남에게 선발되기를 바라신다면, 본디 남보다 뛰어나 남에게 선발되실 수 있습니다. 만약 옛날의 입언의 경지에 이르기를 바라신다면, 서둘러 이루려고 하지 마시며, 권세와 이익에 유혹되지 마십시오. 뿌리를 기른 후에 열매를 기다리고, 기름을 부은 후에 불빛이 밝기를 바라십시오. 뿌리가 무성하면 열매가 풍성하고, 기름이 풍족하면 그 빛이 밝듯이, 인의(仁義)로운 사람의 말은 온후하고 부드럽습니다.

그러나 또한 어려움이 있으니, 제 글쓰기가 그 경지에 이르렀는지 아닌지 저 자신도 모릅니다. 그렇지만 20여년을 그렇게 공부했습니

其光. 根之茂者其實遂,[8] 膏之沃者其光曄. 仁義之人, 其言藹如也.[9]

抑又有難者, 愈之所爲, 不自知其至猶未也. 雖然, 學之二十餘年矣. 始者, 非三代兩漢之書不敢觀,[10] 非聖人之志不敢存, 處若忘, 行若遺, 儼乎其若思,[11] 茫乎其若迷. 當其取於心而注於手也, 惟陳言之務去,[12] 戛戛乎其難哉![13] 其觀於人, 不知其非笑之爲非笑也. 如是者亦有年, 猶不改, 然後識古書之正僞, 與雖正而不至焉者, 昭昭然白黑分矣, 而務去之, 乃徐有得也. 當其取於心而注於手也, 汩汩然來矣.[14] 其觀於人也, 笑之則以爲喜, 譽之則以爲憂, 以其猶有人之說者存也.[15] 如是者亦有年, 然後浩乎其沛然矣.[16] 吾又懼其雜也, 迎而距

7　無(무) : 금지를 나타내며 물(勿)과 통한다.
8　遂(수) : 풍부하다. 성(盛)과 통한다.
9　藹如(애여) : 온후하고 부드러운 모습. 애연(藹然)과 같다.
10　三代(삼대) : 하(夏), 상(商), 주(周)를 가리킨다.
11　儼乎(엄호) : 장중한 모습, 근엄한 모습. 엄(儼)은 엄(嚴)과 통한다.
12　陳言(진언) : 진부한 문사. 상투적인 표현.
13　戛戛乎(알알호) : 잘 맞지 않는 모습.
14　汩汩然(율율연) : 문사가 잘 이어져 유창한 모습, 물이 거침없이 콸콸 흐르는 모습.
15　說(열) : 좋아하다. 열(悅)과 같다.
16　浩乎(호호) : 기세가 크고 왕성한 모습. 沛然(패연) : 넘쳐나는 모습.

다. 처음에는 삼대(三代)와 양한(兩漢)의 글이 아니면 감히 보지도 않았으며, 성인의 뜻이 아니면 감히 마음에 두지도 않았습니다. 조용히 거처할 때에는 무언가 잊은 것 같았고 길을 나서면 무언가 빠뜨린 것 같았으니, 근엄하기는 무엇을 생각하는 것 같았고 막연하기는 무엇에 홀린 듯했습니다. 마음에 떠올라 손으로 쓸 때는 오로지 진부한 언사를 제거하기에 힘썼는데, 이리저리 맞지 않아 어려웠습니다. 남에게 보여주었을 때는 비웃음을 모른 척했습니다. 이렇게 하기를 몇 년이 되도록 바꾸지 않았습니다. 그런 연후에 고서 가운데 바른 것과 그른 것 그리고 비록 바르기는 해도 완전하지는 않은 것을 분별하였는데, 흑백이 나뉘듯 환했습니다. 그리고 그릇된 것과 완전하지 않은 것을 제거하는 데 힘쓰자, 서서히 깨우침이 있었습니다. 마음에 떠올라 손으로 쓸 때에는 물이 콸콸 흐르듯 생각이 이어졌습니다. 남에게 보여주었을 때 비웃으면 기뻐하고 칭찬하면 근심했습니다. 여전히 남이 좋아할 것이 존재할까 해서였습니다. 이렇게 또 몇 년을 하니 그 후에 글의 기운이 왕성하고 넘쳐났습니다. 그러나 저는 또 잘못될까 두려워 역으로 사고하여 잘못된 것을 제거하며 마음을 가라앉혀 살펴보았습니다. 그리고 모두가 순정한 연후에 펼쳐냈습니다. 비록 그렇다 해도 도덕과 학식을 함양하지 않을 수는 없습니다. 인의의 길을 가고, 『시경』과 『서경』의 근원에서 머물며, 길을 잃지 않고 근원을 끊어버리지 않기를 종신토록 할 뿐입니다.

기(氣)는 물이고, 문사는 부유물(浮游物)입니다. 물이 크면 크고 작은 부유물이 모두 뜹니다. 기와 문사의 관계도 이와 같습니다. 기가 성하면 문사의 길이와 음률의 높낮이가 모두 적의(適宜)하게 됩니다. 비록 이와 같은들 어찌 감히 스스로 완전함에 가깝다고 하겠습니까? 비록 완전함에 가깝다고 한들 남에게 쓰이는 데에 그것이 무슨

之,[17] 平心而察之, 其皆醇也, 然後肆焉. 雖然, 不可以不養也. 行之乎仁義之途, 遊之乎『詩』『書』之源, 無迷其途, 無絶其源, 終吾身而已矣.

氣, 水也, 言, 浮物也, 水大而物之浮者大小畢浮. 氣之與言猶是也, 氣盛則言之短長與聲之高下者皆宜. 雖如是, 其敢自謂幾於成乎? 雖幾於成, 其用於人也奚取焉? 雖然, 待用於人者, 其肖於器邪? 用與舍屬諸人. 君子則不然, 處心有道, 行己有方, 用則施諸人, 舍則傳諸其徒, 垂諸文而爲後世法. 如是者, 其亦足樂乎? 其無足樂也?

有志乎古者希矣![18] 志乎古必遺乎今, 吾誠樂而悲之. 亟稱其人,[19] 所以勸之, 非敢褒其可褒而貶其可貶也. 問於愈者多矣, 念生之言不志乎利, 聊相爲言之.[20]

· ·

17 迎而距之(영이거지) : 역으로 사고하여 잘못된 것을 제거하다. 영(迎)을 자발적이라는 뜻으로 풀이하기도 한다. 距(거) : 제거하다. 거절하다. 거(拒)와 통한다.
18 希(희) : 드물다. 희(稀)와 같다.
19 亟(기) : 누차. 자주.
20 相爲(상위) : 그대를 위해. 상(相)은 상대적인 어느 한 쪽을 가리키는 지시대명사로 쓰이기도 한다. 여기서는 2인칭 지시대명사에 해당한다.

쓸모가 있겠습니까? 그렇지만 남에게 쓰이기를 기다리는 것은 기물을 닮은 짓이겠지요. 쓰이고 버려지는 것이 남에게 달려있으니까요. 군자는 그와는 다릅니다. 마음 씀에는 길이 있고 행함에는 방향이 있습니다. 쓰이면 남에게 시행하고, 버려지면 문도에게 전하며, 문장에 담아 후세의 법이 되게 합니다. 이렇다면 즐거워할 만합니까? 즐거워할 만하지 않습니까?

옛것에 뜻을 둔 이가 드뭅니다! 옛것에 뜻을 두면 오늘날에는 버려지니 저는 그것을 실로 기뻐하면서도 또 슬퍼합니다. 제가 누차 그런 이를 칭찬하는 것은 그에게 권면하기 위해서입니다. 감히 칭찬할 만한 그 누군가를 칭찬하고 비판할 만한 그 누군가를 비판하는 것은 아닙니다. 제게 묻는 이가 많습니다만, 그대의 말씀이 이익에 뜻을 둔 것이 아님을 생각하여 우선 그대에게 말씀드립니다.

■ 해 제

한유가 후배인 이익(李翊)에게 학문과 글쓰기에 대한 견해를 써 보낸 답장이다. 정원(貞元) 17년(801) 작자가 34세 때에 쓴 것이다. 이익은 다음해에 진사과에 급제하였다. 응시 전에 한유는 그를 "출중한 인재〔出群之才〕"라며 칭찬하여 진사과 고시관에게 추천한 바 있다.

이 글은 문장의 형식과 내용의 관계, 작가의 수양과 창작 자세, 문장 학습의 전범, 독창성을 강조하는 창작 방법 등에 대해 두루 설명하고 있다. 또한 문장에 기(氣)의 개념을 채용하여 문기설(文氣說)을 제기하였다. 이른바 "진언무거(陳言務去: 진부한 표현을 힘써 제거한다)", "기성언의(氣盛言宜: 문장의 기세가 성하면 형식은 저절로 마땅하게 된다)"의 문학 주장이 담긴 글이다. 고문운동의 선봉에 선 한유가 자신의 문학관을 총체적으로 천명한 대표적인 글이다.

전신기(傳神記)

소식(蘇軾)

傳神之難在目. 顧虎頭云:[1] "傳形寫影, 都在阿
睹中."[2] 其次在顴頰.[3] 吾嘗於燈下顧自見頰影, 使
人就壁摹之, 不作眉目, 見者皆失笑, 知其爲吾
也.[4] 目與顴頰似, 餘無不似者. 眉與鼻口, 可以增
減取似也. 傳神與相一道,[5] 欲得其人之天, 法當於
衆口陰察之. 今乃使人具衣冠坐, 注視一物, 彼方
斂容自持, 豈復見其天乎! 凡人意思, 各有所在,
或在眉目, 或在鼻口.

虎頭云: "頰上加三毛, 覺精采殊勝." 則此人意
思, 蓋在鬚頰間也. 優孟學孫叔敖抵掌談笑,[6] 至使

---

1 顧虎頭(고호두) : 동진(東晉)시대의 대표적 화가 고개지(顧愷之). 호두(虎
頭)는 그의 어릴 적 자(字)라는 설이 있다.
2 阿睹(아도) : 눈. '이것'을 뜻하는 속어인데 여기서는 '눈'을 가리킨다.
3 顴頰(관협) : 광대뼈와 빰.
4 소식은 광대뼈가 많이 튀어나오고 긴 얼굴이었다고 한다.
5 相(상) : 관상(觀相).
6 춘추시대 초나라 재상 손숙오(孫叔敖)가 죽은 후에 그 아들은 나무를 하며
빈곤하게 지냈다. 그러자 우맹(優孟)이 손숙오의 의복을 입고 그의 흉내를
내어 왕을 깨우쳤고, 손숙오의 아들은 가난에서 벗어났다.

정신 면모의 묘사에 대한 글

정신 면모 묘사의 어려움은 눈의 묘사에 있다. 고개지(顧愷之)는 "모습을 그리는 것은 눈을 그리는 것에 달렸다"고 하였다. 그 다음은 뺨에 달렸다. 내가 일찍이 등불 아래서 고개 돌려 뺨의 그림자를 보여주며 사람들에게 벽을 보고 그리되 눈과 눈썹은 그리지 않게 하였다. 그런데 그걸 보는 사람들이 모두 웃음을 터트리며 그게 내 모습이라고 알아봤다. 눈과 뺨이 비슷하면 나머지 모두 비슷하다. 눈썹과 코는 줄이거나 늘여도 비슷하게 그릴 수 있기 때문이다. 정신 면모를 표현하는 것은 관상을 보는 것과 같으니, 그 사람의 타고난 모습을 알려면 여러 사람 틈의 그를 슬며시 관찰해야 한다. 지금 의관을 갖추고 앉아 한 곳을 주목하라고 한다면 그는 단정한 얼굴을 하게 되니, 어떻게 그의 타고난 모습을 볼 수 있겠는가! 사람의 특징은 각기 그 특징적인 부분이 있으니, 어떤 이는 눈과 눈썹에 나타나고, 어떤 이는 코에 나타난다.

고개지가 말하길, "뺨에 털 세 가닥을 더하니 유난히 정채가 있다"고 하였다. 그렇다면 그 사람의 특징은 귀밑 털에 있었을 것이다. 우맹(優孟)은 손숙오(孫叔敖)가 손뼉을 치며 담소하는 모습을 배워서 사람들이 죽은 이가 다시 살아났다고까지 말하게 만들었다. 그게 어찌 몸 전체가 모두 비슷해서였겠는가? 그 특징적인 곳을 파악한 것일 따름이다. 만약 화가가 이 이치를 깨달으면 누구나가 고개지나 육탐미(陸探微) 같은 화가가 될 수 있다. 내가 일찍이 유진(惟眞) 스님이 증노공(曾魯公)을 그리는 것을 보았는데, 처음에는 그다지 비슷하지

人謂死者復生. 此豈擧體皆似？ 亦得其意思所在而已. 使畫者悟此理, 則人人可以爲顧, 陸.[7] 吾嘗見僧惟眞畫曾魯公,[8] 初不甚似. 一日往見公, 歸而喜甚, 曰：“吾得之矣.” 乃於眉後加三紋, 隱約可見, 作俯首仰視眉揚而頞蹙者,[9] 遂大似.

南都程懷立,[10] 衆稱其能, 於傳吾神, 大得其全. 懷立擧止如諸生, 蕭然有意於筆墨之外者也.[11] 故以吾所聞助發云.[12]

· ·

7 陸(육) : 육탐미(陸探微). 고개지와 함께 동진시대의 대표적인 화가.
8 曾魯公(증노공) : 북송 인종 때의 대신 증공량(曾公亮). 노국공(魯國公)에 봉해졌다.
9 頞蹙(알축) : 콧등을 찡그리다. 알(頞)은 콧등.
10 소식이 남도(南都, 지금의 하남성 상구시商丘市)를 지나다가 당시의 화가 정회립(程懷立)에게 초상화를 부탁하였다. 그러나 그가 그릴 생각을 하지 않자 그의 흥을 돋우기 위하여 이 글을 써주었다.
11 蕭然(소연) : 삼가는 모습. 흥이 나지 않는 모습.
12 助發(조발) : 발동을 돕다. 그림 그리고 싶은 마음이 생기도록 흥을 돋움을 뜻한다.

않았다. 어느 날 그가 증노공을 보러 갔다가 돌아와 매우 좋아하면서 이르길, "깨달았다"고 하였다. 그리고는 눈썹 뒤에 주름 셋을 보일 듯 말 듯 더해놓았는데, 고개 숙인 채 위를 올려보면서 눈썹 치켜들고 콧등 찡그리는 모습이 마침내 대단히 비슷했다.

남도(南都)의 정회립(程懷立)은 내 정신 면모를 잘 표현하여 전체적인 모습을 그려낼 수 있다고 사람들이 칭찬하는 인물이다. 그런데 그의 행동은 다른 사람들과 마찬가지이고 시큰둥하니 붓 놀리는 것 외의 일에 관심을 두었다. 그래서 내가 들어 아는 바로 그의 그리려는 흥을 돋우며 이른다.

▩ 해 제

1085년 등주(嶝州)에서 예부낭중(禮部郎中)으로 승진하여 상경하는 도중에 만난 화가에게 초상화를 재촉하며 써준 글이다. 그림에 대한 견해인 동시에 일반 창작의 방법에도 적용되는 이론이다. 이른바 '형사(形似)'를 초월하여 '신사(神似)'를 중시하는 견해이다. 어떤 인물의 정신 면모이자 그만의 정체성을 표현하는 것이 중요하며, 그러기 위해서 단순히 외면의 모습이 아닌 그만의 특징, 그리고 자연스러운 모습을 파악해야 한다는 것이다.

이 글에서 이치를 설명하기 위해 예를 든 것들이 퍽이나 흥미롭고 여유롭다. 자기 견해를 설명하면서도 그 핵심과 특징만을 잘 드러냈으니 이 글의 서술 자체도 '신사(神似)'와 일맥상통한다.

정조(正祖)는 당송팔대가의 문장을 표본으로 삼고자 하여 그들의 문장을 친히 선별하여 편집 간행하였는데, 이런 수필적 문장에 반대하지만 이 글만은 특별히 수록한다고 하였다. 그 이유는 글쓰기에 도움이 되기 때문이라며 신하들에게 친히 강조하였다.(『홍재전서(弘齋全書)』권164에 보인다)

서진정보회심집(敍陳正甫『會心集』)

원굉도(袁宏道)

　世人所難得者唯趣. 趣如山上之色, 水中之味, 花中之光, 女中之態, 雖善說者不能下一語, 唯會心者知之. 今之人慕趣之名,[1] 求趣之似. 於是有辨說書畵, 涉獵古董以爲淸, 寄意玄虛, 脫迹塵紛以爲遠. 又其下則有如蘇州之燒香煮茶者.[2] 此等皆趣之皮毛, 何關神情!

　夫趣得之自然者深, 得之學問者淺. 當其爲童子也, 不知有趣, 然無往而非趣也. 面無端容, 目無定睛, 口喃喃而欲語, 足跳躍而不定, 人生之至樂, 眞無踰於此時者. 孟子所謂"不失赤子",[3] 老子所謂"能嬰兒",[4] 蓋指此也. 趣之正等正覺最上乘也.[5]

· ·

1　慕(모) : 탐내다. 추구하다.
2　蘇州(소주) : 당대 시인 위응물(韋應物)을 가리킨다. 위응물은 마지막으로 소주자사를 지냈으므로 세간에서 그를 '위소주(韋蘇州)'라고 불렀다.
3　『맹자(孟子)』에 "大人者, 不失其赤子之心.(대인은 어린아이 때의 마음을 잃지 않는다)"이라는 구절이 있다. 적자(赤子)는 갓 태어나 얼굴이 붉은 어린아이를 가리킨다.
4　『노자(老子)』 상편 10장에 "專氣致柔, 能嬰兒乎(정기를 오로지하여 부드러움

진정보의 『회심집』 서문

세상 사람들이 얻기 어려운 것은 오직 흥취(趣)이다. 흥취라는 것은 마치 산 위의 색깔, 물의 맛, 꽃의 빛깔, 여인의 자태와도 같아서 말재주가 뛰어난 사람도 그것을 한마디로 말해낼 수 없다. 오직 마음으로 깨달은 사람만이 그것을 알 수 있다. 지금의 사람들은 그 흥취의 명성만을 탐내서 멋과 유사한 것을 찾는다. 그래서 서화(書畵)를 감별하거나 골동품을 섭렵하는 것을 청담(淸)하다고 여기며, 현허(玄虛)한 것에 뜻을 두고 세속의 흔적을 떨쳐버리는 것을 심원(遠)하다고 생각한다. 또 그보다 못한 이로는 위소주(韋蘇州)처럼 향을 피우고 차나 끓이는 자들이 있다. 그런데 이런 것은 모두 흥취의 겉껍데기이니 어찌 진정한 실질이겠는가!

무릇 흥취는 자연스럽게 얻는 것이 깊은 경지요, 학문을 통해 얻는 것은 얕은 경지이다. 어린아이 때는 흥취가 무엇인지도 모른다. 그러나 어디를 가도 흥취가 없는 곳이 없다. 얼굴 표정은 단정하지 않고, 눈엔 정해진 시선이 없으며, 입은 중얼중얼 뭐라 말하려 하고, 발은 뛰어대고 가만히 두지 않는데, 인생의 지극한 즐거움은 진정 이때보다 더한 때가 없다. 맹자가 이른 "어린아이의 마음을 잃지 않는다"와 노자가 말씀하신 "어린아이와 같다"라는 말씀이 아마도 이것을 말한 것이리라. 흥취의 진정한 경지 가운데서도 가장 심오한 것이다.

산림에 사는 사람은 아무런 구속이 없어 자유자적하며 나날을 보낼 수 있다. 그래서 비록 흥취를 찾지 않아도 흥취가 가까이 온다. 어리석고 못난 자들이 흥취에 가까이 있는 것은 품격이 없어서이다.

山林之人, 無拘無縛, 得自在度日, 故雖不求趣,
而趣近之. 愚不肖之近趣也, 以無品也. 品愈卑,
故所求愈下, 或爲酒肉, 或爲聲伎, 率心而行,[6] 無
所忌憚, 自以爲絶望於世, 故擧世非笑之不顧也.
此又一趣也. 迨夫年漸長, 官漸高, 品漸大, 有身
如梏, 有心如棘, 毛孔骨節, 俱爲聞見知識所縛,
入理愈深, 然其去趣愈遠矣.

余友陳正甫,[7] 深於趣者也. 故所述會心集若干
人, 趣居其多. 不然, 雖介若伯夷,[8] 高若嚴光,[9] 不
錄也. 噫! 孰謂有品如君, 官如君, 年之壯如君,
而能知趣如此者哉!

⋯⋯⋯⋯⋯⋯⋯⋯

의 경지에 이르러, 어린아이와 같을 수 있겠는가?)"라는 구절이 있다.
5 정등정각(正等正覺)은 불교용어로서 깨달음의 최고 경지를 의미한다. 『반야
   심경(般若心經)』에 나오는 "아뇩다라삼먁삼보리"를 "무상정등정각(無上正等正
   覺)"으로 풀이하는데, 그 뜻은 가장 높고, 바르며, 원만한 깨달음이다. 상승
   (上乘)은 불법의 심원함을 가리킨다.
6 率(솔) : 따르다.
7 陳正甫(진정보) : 이름은 소학(所學), 정보(正甫)는 그의 자이다. 만력(萬曆)
   11년(1583)에 진사과에 급제하였다. 당시에 휘주지부(徽州知府)였다.
8 介(개) : 강직하다. 백이(伯夷)는 은나라의 황족으로 주 무왕이 은나라를 멸
   하자 동생 숙제(叔齊)와 함께 수양산(首陽山)에 들어가 주나라 땅의 곡식을
   먹지 않다가 죽었다.
9 嚴光(엄광) : 자가 자릉(子陵)으로 동한(東漢) 때 사람이다. 어린 시절 유수
   (劉秀)와 동문수학한 친한 사이였으나 유수가 황제에 즉위한 후에는 그의 초
   빙을 거절하고서 스스로 성과 이름을 바꾸고 은거하였다.

품격이 낮으면 낮을수록 추구하는 바도 더욱 낮아서, 혹은 술과 고기를 즐기기도 하고, 혹은 음악과 잡기를 즐기면서, 마음에 따라 행동하며 거리끼는 것이 없는데, 또 스스로 이 세상에서 희망이 없다고 여기기 때문에 온 세상이 비웃어도 상관하지 않는다. 이런 것도 또 하나의 흥취이다. 점점 나이가 들고 관직이 올라가며 품위도 높아지면 몸은 얽매이고 마음은 가시에 찔린 듯하며, 몸 구석구석 살갖과 골절이 온통 견문과 지식에 속박당하여 이치 속에 더욱 깊이 빠져든다. 그렇지만 그럴수록 흥취에서는 더욱 멀어진다.

나의 벗 진정보(陳正甫)는 흥취에 대해 깊이 아는 사람이다. 그래서 『회심집(會心集)』에 기록한 몇 사람의 이야기는 흥취가 있는 것이 대부분이다. 그렇지 못한 경우면 비록 백이(伯夷)처럼 강직한 인물이나 엄광(嚴光)처럼 고결한 인물이라도 수록하지 않았다. 아 아, 그대와 같이 품격이 있고, 그대와 같이 고관이며, 그대와 같은 연륜을 지니고서 이처럼 흥취를 잘 알 수 있으리라고 그 누가 알았겠는가!

■ 해 제

문장의 핵심은 취(趣)이다. 흥취 또는 멋과 통한다. 인간이 지닌 삶의 태도로서의 아름다움 또는 매력을 가리키고 있다. 그리고 학식이나 고매한 품격과는 오히려 배치되는, 즉 자연스러움과 진솔함에서 나온 그것을 최고 경지로 숭상하는 견해이다. 어린이거나, 산림에 사는 사람이거나, 사회적으로 천박한 인물들에게서 오히려 그것을 찾을 수 있다고 하였다. 분명 이지(李贄)의 동심설(童心說)을 계승하는 동시에 자신이 외친 "오직 성령을 펼쳐낸다〔獨抒性靈〕"는 문학 주장과 궤를 같이하고 있다.

글의 직접 대상에 대한 칭찬은 말미의 간단한 언급에 그치고 있다. 오히려 그와 어울리지 않는 대상들에 대한 긍정이 주를 이루고 있다. 그런데도 교묘한 반전으로 직접 대상으로 화제를 돌린 점이 교묘하다.

7.
상상과 동심

- 한유韓愈

모영전(毛穎傳)

한유(韓愈)

毛穎者, 中山人也.¹ 其先明眎,² 佐禹治東方土, 養萬物有功, 因封於卯地,³ 死爲十二神. 嘗曰: "吾子孫神明之後, 不可與物同, 當吐而生."⁴ 已而 果然. 明眎八世孫䶅,⁵ 世傳當殷時居中山, 得神仙 之術, 能匿光使物,⁶ 竊姮娥,⁷ 騎蟾蜍入月,⁸ 其後 代遂隱不仕云. 居東郭者曰㕙,⁹ 狡而善走, 與韓盧

----

1 中山(중산) : 전국시대의 나라이름으로 지금의 하북성 정현(定縣) 일대. 이
  곳에서 나는 토끼털이 붓을 만들기에 좋다고 한다.
2 明眎(명시) : 토끼의 별명. 옛사람들이 토끼가 눈이 밝다고 여겨 그렇게 붙
  였다. "眎"는 "視"의 옛 글자이다.
3 卯地(묘지) : 동방. 토끼에 해당하는 "묘(卯)"는 방위로는 동쪽을 가리킨다.
  계절로는 봄이다. 봄에는 만물이 새롭게 소생하는 때이므로 만물을 길렀다고
  했다.
4 吐而生(토이생) : 토끼는 새끼를 입으로 토하여 낳는다는 전설이 있다.
5 䶅(누) : 어린 토끼. 토끼의 별명.
6 匿光(익광) : 빛 속에 형체를 숨기다. 토끼는 일정한 조건 아래에서는 형체
  를 숨길 수 있다는 전설이 있다.
7 姮娥(항아) : 고대 신화 중의 인물. "항아(恒娥)"라고도 한다. 한 문제(文帝)
  유항(劉恒)의 이름자를 피하여 "항아(嫦娥)"라고 쓰기도 한다. 남편인 후예(后
  羿)가 서왕모(西王母)에게서 구해온 불사약을 훔쳐 달로 도망쳤다고 전한다.
8 蟾蜍(섬여) : 두꺼비. 달에 산다고 전한다.
9 㕙(준) : 토끼의 별명. 동곽준(東郭㕙)은 교활하고 빠르다고 전해지는 토끼
  이다. 곽(郭)은 외성(外城)이다.

모영의 전기

　모영은 중산 사람이다. 선조는 명시(明眎)인데, 우임금을 도와 동방을 다스려 만물을 기른 공로가 있어 묘(卯) 땅을 봉지로 받았으며, 죽어서는 12신(神)의 하나가 되었다. 그가 일찍이 말하길, "내 자손은 신명(神明)의 후손이니 다른 동물과 같을 수 없다. 당연히 입으로 토하여 새끼를 낳으리라"고 하였다. 후에 과연 그러하였다. 명시의 8대손은 누(𪏮)이다. 세상에 전해지기로 은나라 때 중산에 살면서 신선의 술법을 터득하여 빛 속에서 몸을 숨기고 물건을 부릴 수 있었으며, 항아(姮娥)를 속여 두꺼비를 타고 달에 들어가 그 후손들은 마침내 은거하여 벼슬하지 않았다고 한다. 동쪽 성곽에 사는 후손은 준(㕙)이라고 하는데, 교활하고 잘 달렸다. 명견 한로(韓盧)와 능력을 다투었는데, 한로가 미치지 못하자 노하여 명견인 송작(宋鵲)과 모의하여 그를 죽이고 일족도 소금에 절여 죽였다고 한다.

　진시황 때에 몽염(蒙恬) 장군이 남쪽으로 초나라를 정벌하면서 중산에 주둔하고서, 대규모 사냥을 벌여 초나라를 겁주려고 하였다. 좌·우 서장(庶長)과 군위(軍尉)를 불러 『연산(連山)』으로 점을 치니, 하늘이 인류 문명을 돕는다는 조짐이 나왔다. 점장이가 축하하며, "오늘 잡을 놈은 뿔도 송곳니도 없는 털옷 입는 족속입니다. 입은 찢어지고 긴 수염이 났는데, 구멍이 여덟 개뿐이고 책상

爭能,[10] 盧不及, 盧怒, 與宋鵲謀而殺之,[11] 醢其家.[12]

　秦始皇時, 蒙將軍恬南伐楚,[13] 次中山,[14] 將大獵以懼楚. 召左右庶長與軍尉,[15] 以『連山』筮之,[16] 得天與人文之兆. 筮者賀曰: "今日之獲, 不角不牙,[17] 衣褐之徒. 缺口而長鬚, 八竅而跗居,[18] 獨取其髦,[19] 簡牘是資, 天下其同書.[20] 秦其遂兼諸侯乎!" 遂獵, 圍毛氏之族, 拔其豪,[21] 載穎而歸, 獻俘於章臺

・・・・・・・・・・・・・・・・・・・・・・

10 韓盧(한로) : 검은색의 재빠른 명견 이름. 한자로(韓子盧) 또는 한국로(韓國盧)라고도 부른다. 전설에 의하면 산을 세 바퀴 돌고 다섯 차례 올라가는 경기에서 토끼에게 뒤졌다고 한다.
11 宋鵲(송작) : 송(宋)에 나는 명견.
12 醢(해) : 소금에 절이다.
13 蒙恬(몽염) : 진(秦)의 장군으로 흉노를 무찌르고 장성을 쌓았다. 붓을 발명했다는 설이 있다.
14 次(차) : 주둔하다.
15 진(秦)의 20급의 작위 가운데 좌서장(左庶長)은 제10급, 우서장(右庶長)은 제11급에 해당한다. 군위(軍尉)는 그 아래의 중하급 군관.
16 連山(연산) : 『주역(周易)』 이전에 사용되었던 점복서(占卜書).
17 不牙(불아) : 송곳니가 없음을 가리킨다.
18 八竅(팔규) : 여덟 개의 구멍. 사람의 몸에는 아홉 개의 구멍이 있으나 토끼는 생식기가 없이 여덟 개뿐이라고 믿었다. 跗居(부거) : 책상다리를 하고 앉다.
19 髦(모) : 긴 털. 빼어나다. 걸출한 인물을 의미하기도 한다.
20 진나라의 글자체의 통일을 의미한다.
21 豪(호) : 호걸. "호(毫)"와 통한다. "모(髦)"와 같이 인재와 좋은 토끼털의 이중의 의미로 사용되었다.

다리를 하고 앉습니다. 빼어난 놈을 취하여 문서 작성에 이용하면 천하가 같은 글자를 쓰게 되고 진나라가 끝내 제후들을 병합하겠습니다"고 하였다. 마침내 사냥을 나가, 모씨 일족을 포위하여 그 우두머리를 뽑아 모영을 싣고 돌아와서, 장대궁(章臺宮)에서 포로를 바치면서 그 일족을 모아 묶었다. 진시황은 몽염을 시켜 모영에게 탕목읍(湯沐邑)을 하사하고는 관성(管城) 지방을 봉지로 주고 관성자라 불렀다. 그리고는 날마다 만나 총애하며 일을 맡겼다.

　모영의 인물됨은 기억력이 뛰어나고 민첩하여, 끈의 매듭으로 표기하던 원시시대로부터 진나라에 이르기까지의 일을 기록 편찬하지 않은 것이 없었다. 음양(陰陽)·복서(卜筮)·점상(占相)·의방(醫方)·족씨(族氏)·산경(山經)·지지(地志)·자서(字書)·도화(圖畵)·구류백가(九流百家)·천인지서(天人之書), 그리고 불교와 노자 및 외국의 학설에 이르기까지 모두 상세히 알았다. 또 당시의 사무에 통달하여 관청의 서류와 시장의 재화 및 금전에 관한 기록도 오로지 황제가 시키는 그대로 따랐다. 진시황으로부터 태자 부소(扶蘇)와 호해(胡亥) 및 승상 이사(李斯)와 중거부령(中車府令) 조고(趙高), 그리고 아래로 평민에 이르기까지 그를 사랑하고 소중히 여기지 않는 이가 없었다. 또 남의 뜻을 잘 따랐으니, 곧고 바르건 삐뚤어졌건 그리고 재주가 좋건 나쁘건 간에 하나같이 부리는 사람의 뜻을 따랐다. 그리고 비록 버림을 당하여도 끝내 묵묵히 기밀을 누설하지 않았다. 다만 무사는 좋아하지 않았으나 요청을 받으면 역시 때맞춰 갔다.

　누차 승진하여 중서령(中書令)이 되어 황제와 더욱 허물없이 친

宮,²² 聚其族而加束縛焉. 秦皇帝使恬賜之湯沐,²³ 而封諸管城,²⁴ 號曰管城子, 日見親寵任事.

潁爲人强記而便敏, 自結繩之代以及秦事, 無不纂錄. 陰陽, 卜筮, 占相, 醫方, 族氏, 山經, 地志, 字書, 圖畫, 九流百家, 天人之書,²⁵ 及至浮圖, 老子, 外國之說,²⁶ 皆所詳悉. 又通於當代之務, 官府簿書, 市井貨錢注記, 惟上所使. 自秦皇帝及太子扶蘇, 胡亥, 丞相斯, 中車府令高,²⁷ 下及國人, 無不愛重. 又善隨人意, 正直邪曲功拙, 一隨其人. 雖見廢棄, 終默不洩. 惟不喜武士, 然見請亦時往.

累拜中書令,²⁸ 與上益狎, 上嘗呼爲中書君. 上

22 章臺宮(장대궁) : 진나라의 궁궐 이름. 섬서성 서안(西安)에 있다.
23 湯沐(탕목) : 더운 물로 목욕하다. 이곳의 "탕목(湯沐)"은 "탕목읍(湯沐邑)"을 가리킨다. 탕목읍은 천자의 목욕 비용을 부담하는 곳이다. 역시 붓 만드는 과정과 관련하여 이중의 의미로 사용되었다.
24 管城(관성) : 당나라의 현 이름으로 하남성 정주(鄭州). 주(周) 초기에는 관숙(管叔)의 봉지였다. 붓대와 뚜껑을 암시한다.
25 卜筮(복서) : 예언. 占相(점상) : 점과 관상. 族氏(족씨) : 족보. 山經(산경) : 산에 관한 사항. 地志(지지) : 지방에 관한 기록. 字書(자서) : 서예 교본. 九流百家(구류백가) : 선진시대 아홉 가지 중요한 학파와 한대(漢代) 이전까지의 제자백가. 天人之書(천인지서) : 하늘과 인류에 관한 서적.
26 浮圖(부도) : '붓다'의 음역. 불교, 불교도 등 여러 의미로 사용된다.
27 부소는 진시황의 장남, 호해는 차남. 후자는 차례로 이사(李斯)와 조고(趙高).

했는데, 황제는 일찍이 그를 중서군(中書君)이라고 불렀다. 황제가 친히 정사를 처리할 때 문서 한 섬을 달아 처리할 양으로 스스로 정하였는데, 궁인조차 옆에 있지 못하였으나 단지 모영만은 촛대를 잡는 이와 같이 항상 모시며, 황제가 쉬어야 비로소 일을 그쳤다. 모영은 강(絳) 지방 출신 진현(陳玄)과 홍농(弘農) 출신 도홍(陶泓) 및 회계(會稽) 출신 저(楮) 선생과 사이가 좋아, 서로 추천하고 끌어주며 행동을 꼭 함께하였다. 황제가 모영을 부르면 세 사람은 부름을 기다리지 않고 함께 갔으나 황제는 탓한 적이 없었다.

후일 모영이 나아가 알현하니, 황제가 맡길 일이 있어 선발하고자 하였다. 그러자 모영은 모자를 벗고 사의를 표하였다. 황제는 모영의 머리가 빠진 것을 보았고, 또 써낸 것도 마음에 들지 않았다. 황제는 웃으며, "중서군이 늙어 머리가 빠졌으니 내 일을 못 맡겠소. 내가 일찍이 그대를 중서(中書)라고 불렀는데, 이제 그대는 글을 담당하기에 적당치 않지 않소?"하고 말했다. 모영은 "저는 이른바 마음을 다하는 사람입니다"라고 대답했다. 그리하여 다시는 부르지 않자 봉읍지로 돌아가 관성(管城)에서 생을 마쳤다. 그 자손은 매우 많아 중원과 변방에 흩어져 살았는데, 모두가 관성 출신임을 내세웠다. 그러나 오직 중산에 사는 이들만이 조상의 업을 계승할 수 있었다.

태사공은 말한다. "모씨에게는 두 종족이 있다. 그 하나는 성이 희(姬)인데 문왕의 아들로 모(毛) 지방에 봉해졌다. 이른바 노(魯), 위(衛), 모(毛), 담(聃)의 제후국의 모씨이다. 전국(戰國) 시대에는 모공(毛公)과 모수(毛遂)가 있었다. 다만 중산의 종족은 근

親決事, 以衡石自程,[29] 雖宮人不得立左右, 獨穎
與執燭者常侍,[30] 上休方罷. 穎與絳人陳玄,[31] 弘農
陶泓,[32] 及會稽褚先生友善,[33] 相推致, 其出處必
偕. 上召穎, 三人者不待詔, 輒俱往, 上未嘗怪焉.

後因進見, 上將有任使. 拂拭之,[34] 因免冠謝. 上
見其髮禿, 又所摹畫, 不能稱上意,[35] 上嘻笑曰:
"中書君老而禿, 不任吾用. 吾嘗謂君中書, 君今不
中書邪?" 對曰: "臣所謂盡心者."[36] 因不復召, 歸
封邑, 終于管城. 其子孫甚多, 散處中國夷狄, 皆

----

28 中書令(중서령) : 상소문과 같은 기밀문서를 관장하며 황제의 조서 작성을
담당했다.
29 『사기』의 기록에 의하면, 진시황은 죽간 한 석(石) 즉 120근을 달아 스스로
처리할 일로 한정하고 마치지 못하면 쉬지 않았다고 한다. 程(정) : 한도를
정하다.
30 執燭者(집촉자) : 촛대 잡는 사람. 촛대를 의인화했다.
31 絳人陳玄(강인진현) : 먹을 의인화했다. 당나라 때 강주(絳州) 강군(絳郡)의
먹이 유명했다. "현(玄)"은 색깔로 붙인 이름이다.
32 弘農陶泓(홍농도홍) : 벼루를 의인화했다. 당나라 때 괵주(虢州) 홍농군의
벼루가 진상되었다. 흙을 구워 만들므로 도(陶)를 성으로 하였고, 벼루에 물
을 채우기 때문에 물이 깊고 넓다는 의미의 홍(泓)이라는 이름을 붙였다.
33 會稽褚先生(회계저선생) : 종이를 의인화했다. 월주(越州) 회계군(會稽郡)에
서 종이를 진상했다. "저(褚)"는 종이를 만드는 닥나무. "저(楮)"와 통한다.
34 拂拭(불식) : 뽑아 닦다, 선발하다. 붓을 터는 것을 의미한다. "불(拂)"은 "발
(拔)"과 통한다.
35 稱上意(칭상의) : 임금의 마음에 들다.
36 盡心(진심) : 마음을 다하다. 털이 닳았음을 의미한다.

본이 어디인지 알 수 없으나, 자손은 매우 번성하였다. 『춘추』가 완성되자 공자에게 버려졌으나 그들의 죄 때문은 아니다. 몽염 장군이 중산의 호걸을 뽑고 진시황이 그들을 관성에 봉해서 마침내 그들이 세상에 유명해지자, 희씨 성의 모씨는 잠잠해졌다. 모영은 처음에 포로로 진시황을 알현하여 마침내 임용되었으며, 진나라가 제후를 멸하는 데 참여하여 공을 세웠다. 그러나 노고에 맞는 상은 받지 못하고 늙었다고 소원하게 취급되었으니, 진나라는 진정 은혜를 베푸는 데에 박하였다!"

■ 해 제

붓을 의인화하여 열전 형식으로 쓴 가전체(假傳體) 산문이다. 『사기 열전』을 모방하였으나 실존인물의 전기가 아닌 허구성이 강한 변격의 전기로 당대 전기소설(傳奇小說)의 발단이 되며 우언의 성격도 지니고 있다.

토끼털을 가리키는 모(毛)와 뾰족한 붓끝을 암시하는 영(穎)을 사용하여 이름을 지었다. 그리고 문장 전체에서 수많은 쌍관어(雙關語)를 사용하여 문인 모영으로서의 일생과 붓으로서의 일생을 밀접하게 결부시켜 교묘하게 구성하였다.

충실히 일한 노력에 대한 보답을 받지 못하고 말년에 버려지는 문인의 억울한 심사를 대변하였다고 볼 수 있다. 또한 자신의 문학적 재능을 발휘한 오락적 작품으로의 성격도 보인다. 혹은 자신이 주도하는 새로운 글쓰기, 즉 장단이 자유로운 고문의 장점을 선전하기 위한 시도로 볼 수도 있다.

당시에 한유의 지지자였던 배도(裴度) 같은 이는 한유의 제자 이고(李翺)에게 보낸 「기이고서(寄李翺書)」에서 "문장으로 장난했다(以文爲戱)"고 비판하였다. 그리고 일찍이 장적(張籍)도 「여한유제이서(與韓愈第二書)」에서 "잡되고 내용 없는 글(駁雜無實之說)"을 경계하였는데, 본편은 이에 해당하는 것이다. 그러나 고문운동의 동반자였던 유종원은 「독한유소저모영전후제(讀韓愈所著毛穎傳後題)」

冒管城,[37] 惟居中山者, 能繼父祖業.

太史公曰: 毛氏有兩族,[38] 其一姬姓, 文王之子, 封於毛, 所謂魯衛毛聃者也,[39] 戰國時有毛公毛遂.[40] 獨中山之族不知其本所出, 子孫最爲蕃昌. 『春秋』之成, 見絶於孔子,[41] 而非其罪. 及蒙將軍拔中山之豪, 始皇封諸管城, 世遂有名, 而姬姓之毛無聞. 穎始以俘見, 卒見任使, 秦之滅諸侯, 穎與有功. 賞不酬勞, 以老見疏, 秦眞少恩哉!

. . . .

37 冒(모) : 거짓으로 내세우다. 사칭하다.
38 兩族(양족) : 두 종족. 인간과 붓의 두 부류를 말한다.
39 魯衛毛聃(노위모담) : 주나라 때의 네 제후국으로 모두 문왕의 아들들을 제후로 봉했다.
40 毛公(모공) : 조(趙)나라의 은자로 후에 위나라 신릉군(信陵君)의 문객이 되었다. 毛遂(모수) : 조나라 평원군(平原君)의 문객으로 초나라 왕에게 조나라를 도와 진(秦)나라를 공격하도록 설득했다.
41 공자가 『춘추』를 저술하며 애공(哀公) 14년 노나라 숙손(叔孫)씨가 기린을 잡은 일까지만 기록하고 절필하였다.

에서 본 편의 괴기함을 인정하면서 문학의 오락적 효용과 다양성을 강조하며 한유에게 지지를 표하였다.

예연명(瘞硯銘)

한유(韓愈)

隴西李觀元賓始從進士貢在京師,¹ 或貽之硯.² 既四年, 悲歡窮泰未嘗廢其用. 凡與之試藝春官,³ 實二年登上第. 行於褒谷,⁴ 役者劉胤誤墜之地, 毀焉. 乃匣歸, 埋於京師里中. 昌黎韓愈, 其友人也, 贊且識云:

土乎質, 陶乎成器, 復其質, 非生死類. 全斯用, 毀不忍棄, 埋而識, 之仁之義. 硯乎硯乎, 與瓦礫異.

---

1 貢(공) : 하급 관청에서 중앙에 시험에 응시하도록 추천하는 것을 가리킨다.
2 貽(이) : 증여하다.
3 試藝(시예) : 기예나 학업 따위를 시험하다. 응시하다. 春官(춘관) : 예부 (禮部)의 별칭. 무측천(武則天) 때에 예부를 춘관으로 개명한 적이 있다. 진사과 고시는 예부에서 관장하였다.
4 褒谷(포곡) : 진령(秦嶺)의 남북으로 통하는 길 이름. 포수(褒水)와 사수(斜水)의 강 옆으로 난 길이어서 포사도(褒斜道)라고도 한다.

벼루 무덤의 명문

농서(隴西) 출신으로 자가 원빈(元賓)인 이관(李觀)이 처음 진사과(進士科)에 응시토록 추천을 받아 경성에 왔을 때, 누군가 그에게 벼루를 선물하였다. 그리고 4년이 되도록 슬프거나 기쁘거나, 궁핍하거나 편안하거나 그것을 사용하지 않은 적이 없었다. 그 벼루를 지니고 예부(禮部)의 시험에 응시하여, 2년 만에 상위의 성적으로 급제하였다. 그런데 포곡(褒谷) 길을 가다가 일꾼 유윤(劉胤)이 잘못하여 땅에 떨어뜨려 훼손하였다. 이관은 그것을 상자에 넣어 가지고 돌아와 경성의 동네에 묻었다. 창려(昌黎) 출신 한유가 이관의 친구로서 그 일을 쓰고 표지를 남긴다.

흙을 바탕으로 하여 기물로 빚어졌다가, 다시 본 바탕으로 돌아가니 살고 죽는 것과는 다르다. 온전할 때 사용하더니 훼손되었다고 차마 버리지 못하고서, 묻어주고 표지를 남기니 어질고 의로운 일이다. 벼루여, 벼루여, 기왓조각과는 다르도다.

■ 해 제

깨진 벼루를 위한 일종의 비문이다. 이관(李觀)이 묻어준 깨진 벼루의 무덤에 표지를 남기는 글이다. 다소 유희적인 성분이 있다. 그러나 문인의 문방구에 대한 애착과 여유로운 마음에 공감을 불러일으키기도 한다.
산문의 본문과 운문의 명문(銘文)으로 구성된 비지류(碑誌類) 문장이다. 이관은 정원(貞元) 8년(792)에 진사과에 급제하였다. 이 글은 정원 8년에 쓴 것으로 보이는데, 당시 한유는 25세로 네 번째로 응시하여 그해에 비로소 진사과에 급제하였다. 제목의 예(瘞)는 묻는다는 의미이다.

우후유육교기(雨後遊六橋記)

원굉도(袁宏道)

寒食後雨, 予曰: "此雨爲西湖洗紅,[1] 當急與桃花作別, 勿滯也." 午霽,[2] 偕諸友至第三橋,[3] 落花積地寸餘, 遊人少, 飜以爲快.[4]

忽騎者白紈以過,[5] 光晃衣,[6] 鮮麗倍常, 諸友白其內者皆去表.[7] 少倦, 臥地上飮, 以面受花, 多者浮,[8] 少者歌, 以爲樂.

偶艇子出花間, 呼之, 乃寺僧載茶來者. 各啜一杯,[9] 蕩舟浩歌以返.[10]

---

1 洗紅(세홍) : 붉은 화장을 씻다. 꽃을 떨어뜨림을 의미한다.
2 霽(제) : 개다. 비나 눈이 그치다.
3 第三橋(제삼교) : 서호에 있는 소동파가 쌓았다는 소제(蘇堤)에 있는 여섯 개의 다리 가운데 하나.
4 飜(번) : 오히려, 반대로. '反'과 통한다.
5 紈(환) : 흰 비단(으로 만든 옷).
6 晃(황) : 밝다. 빛나다.
7 表(표) : 겉옷.
8 浮(부) : (큰 그릇의 술을) 마시다.
9 啜(철) : 마시다.
10 蕩(탕) : 흔들다. 동요시키다.

비 온 뒤 육교에서 논 일의 기록

한식 후에 비가 내리자 나는, "이 비는 서호에게 붉은 화장을 씻어 주는 것이니 빨리 복사꽃과 작별을 해야 마땅하다. 지체하지 말자"라 고 하였다. 점심에 날이 개자 여러 친구들과 함께 제3교로 갔더니 낙 화가 한 치 남짓 쌓여 있고 유람객은 적어 오히려 유쾌했다.

갑자기 말 탄 사람이 흰 비단옷을 입고 지나가는데 햇빛이 옷에 밝게 비쳐 평소보다 곱절로 선명하고 아름다웠다. 여러 친구들 중에 흰 속옷을 입은 사람은 모두 겉옷을 벗었다. 조금 피곤해지자 땅에 누워서 술을 마시면서 얼굴로 떨어지는 꽃잎을 받았다. 꽃을 많이 받 은 사람은 술을 마시고 벌주를 마시고, 적게 받은 사람은 노래를 부 르면서 즐겼다.

뜻밖에 작은 배가 꽃 가운데 나타나기에 불러보니 절의 스님이 차 를 싣고 온 것이었다. 각자 한 잔씩 마시고 배를 흔들대며 큰 소리로 노래하면서 돌아왔다.

■ 해 제

꾸밈없이 순수한 동심이 잘 드러난, 그리고 즐거움과 자유로움이 넘치는 단편이 다. 자연 속에서 자신을 해방하면서 동시에 자신을 새로이 발견하고 있다. 공안 파(公安派)의 대표작자로서 자신이 표방한 "오직 성령만을 펼쳐내며 형식에 구애 되지 않는다〔獨抒性靈, 不拘格套〕"는 문학 주장을 잘 실천한 글이다. 그들이 중 시한 것은 오직 동심이고, 멋〔趣〕이며, 참됨〔眞〕이다.

육교(六橋)는 항주(杭州) 서호의 소제(蘇堤)에 있는 여섯 개의 다리이다. 북송 때 소식이 항주 지주(知州)일 때 서호를 준설(浚渫)하고 그 흙으로 둑을 쌓아 농사에 도움을 주고 또 조경도 고려하여 오늘의 명승지가 되는 데에 공헌했다.

8.
비범한 삶

- 소순蘇洵

장중승전후서(張中丞傳後敍)

한유(韓愈)

元和二年四月十三日夜, 愈與吳郡張籍閱家中舊
書,¹ 得李翰所爲「張巡傳」.² 翰以文章自名,³ 爲此
傳頗詳密. 然尙恨有闕者, 不爲許遠立傳,⁴ 又不載
雷萬春事首尾.⁵

遠雖材若不及巡者, 開門納巡,⁶ 位本在巡上, 授
之柄而處其下, 無所疑忌, 竟與巡俱守死, 成功名.

---

1 張籍(장적, 767-830) : 자는 문창(文昌), 원적은 지금의 강소성 소주(蘇州)
   현인 오군(吳郡)이다. 한유에게 문장으로 유가의 도를 선전할 것을 적극 권
   장하였다.
2 張巡(장순, 709-757) : 이한(李翰)은 장순과 친하였으며 수양(睢陽)을 방문
   하였을 때 장순이 성을 지키는 것을 직접 보았다. 장순이 죽은 후에 누군가
   장순이 적에게 투항하였다고 무고하자 이 전기를 써서 숙종(肅宗)에게 올림
   으로써 그에 대항하였다.
3 自名(자명) : 자부하다.
4 許遠(허원) : 자는 영위(令威). 안사(安史)의 난 때 수양의 태수로서 장순과
   합세하여 반란군에게 대항하였다. 반란군에게 성이 함락된 후 포로가 되어
   낙양으로 이송되던 중에 반란군에게 굴복하지 않아 피살되었다.
5 雷萬春(뇌만춘) : 장순의 부하 장수. 얼굴에 화살 여섯 발을 맞고도 꼼짝하
   지 않고 서있었다고 한다. 성이 함락될 때 희생되었다. 이 글의 후반부에 남
   제운(南霽雲)의 사적을 기록하고 있어 여기의 '뇌만춘'은 '남제운'이어야 앞뒤
   가 맞는다. 대다수 학자가 착오임에 동의하고 있다.
6 허원이 지키던 수양성이 반란군에 의해 포위되자 허원은 장순에게 지원을 부
   탁했고, 장순은 영릉(寧陵)으로부터 군대를 이끌고 와 허원과 합세하여 수양
   성을 지켰다.

「장중승전」의 후기

원화(元和) 2년(807) 4월 13일 밤, 나는 오군(吳郡) 출신 장적(張籍)과 같이 집안의 옛글들을 읽다가 이한(李翰)이 쓴 「장순전(張巡傳)」을 발견했다. 이한은 문장력을 자부하며 이 전기를 퍽이나 상세하게 썼다. 그러나 여전히 빠뜨린 것이 있어 안타까웠으니, 허원(許遠)의 전기를 쓰지 않은 것과 뇌만춘(雷萬春, 뒤에 보이는 '남제운'의 착오로 보인다) 관련 사항의 전말을 기록하지 않은 점이 그것이다.

허원은 비록 재능은 장순만 못하였어도 성문을 열어 장순을 받아들였으며, 지위가 본래 장순보다 높았는데도 권한을 그에게 넘기고 그의 아래에서 처신하며 의심도 시기심도 없이 끝내 장순과 함께 순직함으로써 공명을 이루었다. 허원은 성이 함락되고서 포로가 되었지만, 죽은 순서가 장순의 후일 따름이다. 두 집안 자제들은 재능과 지혜가 부족하여 자기들 아버지의 뜻을 잘 알 수 없었으니, 장순은 죽었는데 허원은 포로가 되었다며 허원이 죽음을 겁내 적에게 투항하였다고 의심하였다. 허원이 정말로 죽음을 겁냈다면 어찌하여 조그만 땅을 지키느라 아끼는 사람의 살을 먹는 고생을 하면서 반란군에 맞서며 투항하지 않았겠는가? 포위를 당했을 때, 외부에서 개미 만한 작은 원조도 없었다. 충성할 대상은 나라와 주상밖에 없는데 반란군은 나라는 망하고 주상은 죽었다고 말하였다. 멀리서 보아도 구원병은 오지 않고 적은 더욱더 많아졌으니, 필시 그

城陷而虜, 與巡死先後異耳. 兩家子弟材智下, 不能通知二父志, 以爲巡死而遠就虜, 疑畏死而辭服於賊.[7] 遠誠畏死, 何苦守尺寸之地, 食其所愛之肉,[8] 以與賊抗而不降乎? 當其圍守時, 外無蚍蜉蟻子之援,[9] 所欲忠者, 國與主耳. 而賊語以國亡主滅, 遠見救援不至, 而賊來益衆, 必以其言爲信. 外無待而猶死守, 人相食且盡, 雖愚人亦能數日而知死處矣, 遠之不畏死亦明矣. 烏有城壞其徒俱死, 獨蒙媿恥求活? 雖至愚者不忍爲, 嗚呼, 而謂遠之賢而爲之邪?

說者又謂遠與巡分城而守, 城之陷自遠所分始, 以此詬遠. 此又與兒童之見無異. 人之將死, 其臟腑必有先受其病者, 引繩而絶之, 其絶必有處. 觀者見其然, 從而尤之, 其亦不達於理矣. 小人之好

7 장순의 아들이 혼자 포로가 되었던 허원은 적에게 투항한 것이라며 그의 관작을 소급하여 박탈할 것을 주상에게 청하였다. 辭服(사복) : 항복하다. 복종할 것을 말하다.
8 당시 수양성 안에 식량이 부족하자 부녀자나 노약자의 살까지 먹었다. 장순은 애첩을 죽이고 허원은 하인을 죽여 병사들이 그 살로 허기를 채우게 하였다. 『신당서 장순전』과 『자치통감』 220권의 기록에 보인다.
9 蚍蜉蟻子(비부의자) : 왕개미와 개미새끼. 아주 작음을 의미한다.

말을 믿었을 것이다. 밖으로부터 기다릴 것이 없는데도 여전히 사수한다면, 사람 살을 먹는 것도 곧 바닥이 날 것이니, 비록 어리석은 사람이라도 죽을 날을 셀 수 있고 죽을 곳을 알 수 있었다. 그러니 허원이 죽음을 겁내지 않았던 것이 분명하다. 성은 파괴되고 부하들은 다 죽는데, 어떻게 혼자서 수치를 당하며 살기를 구했겠는가? 지극히 어리석은 이라도 차마 할 수 없는 짓이거늘, 아 아, 현명한 허원이 그랬으리라고 여기는가!

어떤 논자는 또 말하기를, 허원과 장순이 성을 나누어 지켰는데 허원이 담당한 곳에서부터 성이 함락되었다며, 그 점을 가지고 허원을 탓한다. 이는 어린애들의 견해와 다를 바 없다. 사람이 죽어갈 때는 그 내장 가운데 필시 먼저 병드는 곳이 있으며, 줄을 잡아당겨 끊으면 필시 끊어지는 곳이 있다. 그런데 구경꾼이 그것을 보고 그 부분을 탓한다면 역시 이치를 모르는 것이다. 소인배가 따지기만 좋아하고 남의 훌륭함을 인정해주는 것은 좋아하지 않음이 이와 같다! 장순과 허원이 행한 바가 그렇게 뛰어났는데도 비난을 면할 수 없다면, 다른 사람의 경우에야 또 무슨 말을 하겠는가?

두 분이 처음 성을 지킬 때, 어떻게 다른 병사들이 구하러 오지 않을 것을 알아 성을 버리고 미리 철수할 수 있었겠는가? 그곳을 지킬 수 없었다면, 다른 곳으로 피한들 무슨 소용이 있었겠는가? 원군도 없고 곧 전멸할 때가 되어 부상당한 폐인과 굶주려 쇠약한 나머지 병졸을 통솔하여 떠나려 했던들 필시 성공할 수 없었을 것이다. 두 분이 현명했다는 것은 정당한 평가이다. 성 하나를 지켜 천하를 방위하고, 거의 기진맥진한 병사 십만으로 날로 늘어나는 백만의 군대와 싸워, 강회(江淮) 지역을 보호하고 적의 기세를 저지했으니, 천하가 망하지 않은 것이 그 누구의 공인가! 당시에 성

議論, 不樂成人之美, 如是哉! 如巡·遠之所成就,
如此卓卓, 猶不得免, 其他則又何說!

當二公之初守也, 寧能知人之卒不救,[10] 棄城而
逆遁?[11] 苟此不能守, 雖避之他處何益? 及其無救
而且窮也, 將其創殘餓嬴之餘,[12] 雖欲去, 必不達.
二公之賢, 其講之精矣.[13] 守一城, 捍天下, 以千百
就盡之卒, 戰百萬日滋之師, 蔽遮江淮, 沮遏其
勢,[14] 天下之不亡, 其誰之功也! 當是時, 棄城而
圖存者, 不可一二數, 擅強兵坐而觀者,[15] 相環也.
不追議此, 而責二公以死守, 亦見其自比於逆亂,
設淫辭而助之攻也.

愈嘗從事於汴·徐二府,[16] 屢道於兩府間, 親祭
於其所謂雙廟者.[17] 其老人往往說巡·遠時事云,

---

10 寧(영) : 어떻게.
11 逆遁(역둔) : 미리 도망치다. 사전에 철수하다. 역(逆)은 미리.
12 將(장) : 통솔하다. 創殘(창잔) : 부상으로 폐인이 된 자. 餓嬴(아리) : 굶
   주려 마르고 약한 자.
13 이한은 장순의 전기에서 이미 두 사람의 공적을 높이 평가하였다.
14 沮遏(저알) : 저지하다.
15 수양성이 반란군에게 포위되었을 때 주변의 여러 군대가 주둔한 채 사태를
   관망만 하고 있었다. 擅(천) : 멋대로 하다. 차지하다.
16 한유는 변주(汴州, 지금의 하남성 개봉)와 서주(徐州, 지금의 강소성 서주)
   에서 절도사의 막료인 추관(推官)을 지냈다. 당대에는 막료를 종사(從事)라

을 버리고 삶을 꾀했던 자가 한둘이 아니었고, 강한 군대를 주무르며 앉아서 구경만 하는 자들이 주위를 둘러싸고 있었다. 그런 자들은 따져 논하지 않고, 두 분이 죽음으로 지킨 것을 질책한다면, 그것은 스스로 반역행위에 다가가고 간사한 말을 만들어 두 분에 대한 공격을 돕는 짓이다.

내가 일찍이 변주(汴州)와 서주(徐州)의 막부에서 막료로 있을 때, 두 곳 사이를 여러 차례 다니면서 이른바 쌍묘(雙廟)라는 곳에서 친히 제사를 올렸었다. 그때 그곳 노인이 자주 장순과 허원의 당시 일을 일러주었다. 남제운(南霽雲)이 하란(賀蘭)에게 구원을 애걸했을 때, 하란은 장순과 허원의 명성과 공적이 자기보다 커지는 것을 시기하여 출병하여 그들을 구원하려고 하지 않았다. 그러나 남제운의 용기와 씩씩함을 아끼어, 그 말은 듣지 않고, 억지로 남겨두려고 음식과 음악을 마련하여 남제운을 끌어앉혔다. 남제운은 분개하여, "제가 올 때 수양성의 사람들은 한 달 넘게 먹지 못했소. 혼자 먹고 싶지만 의리상 차마 그러지 못하겠소. 먹는다고 하여도 넘어가지 않소!"라고 하였다. 그리고는 차고 있던 칼을 빼어 손가락 하나를 잘라 피가 흥건한 채로 하란에게 내보였다. 온 좌중이 크게 놀라고 모두 감격하여 남제운을 위해 눈물을 떨구었다. 남제운은 하란이 끝내 자기에게 군대를 내놓을 마음이 없음을 알고 바로 달려 떠나갔다. 성을 나올 즈음 화살을 뽑아 사원의 불탑에 쏘니, 화살이 상부의 벽돌에 반이나 박혔다. 그는 말했다. "내가 돌아가 반란군을 격파하고는 반드시 하란을 죽이겠다! 이 화살이 그 징표이다." 나는 정원 연간에 사주(泗州)를 지나갔는데, 배 안의 사람들도 방향을 가리키며 그 이야기를 했다. 성이 함락되고 적이 장순에게 투항하라고 칼로 위협하였으나 장순이 굽히지 않자 바로 끌

南霽雲之乞救於賀蘭也,[18]　賀蘭嫉巡・遠之聲威功
績出己上, 不肯出師救. 愛霽雲之勇且壯, 不聽其
語, 強留之, 具食與樂, 延霽雲坐. 霽雲慷慨語曰:
"雲來時, 睢陽之人不食月餘日矣. 雲雖欲獨食, 義
不忍, 雖食, 且不下咽!" 因拔所佩刀斷一指, 血淋
漓,[19] 以示賀蘭. 一座大驚, 皆感激爲雲泣下. 雲知
賀蘭終無爲雲出師意, 卽馳去. 將出城, 抽矢射佛
寺浮圖, 矢著其上甎半箭, 曰:"吾歸破賊, 必滅賀
蘭, 此矢所以志也." 愈貞元中過泗州, 船上人猶指
以相語.[20]　城陷, 賊以刃脅降巡, 巡不屈, 卽牽去,
將斬之. 又降霽雲, 雲未應. 巡呼雲曰:"南八,[21]
男兒死耳, 不可爲不義屈!" 雲笑曰:"欲將以有爲
也, 公有言, 雲敢不死!" 卽不屈.

　　張籍曰:"有于嵩者, 少依於巡, 及巡起事, 嵩常

고 하였다.
17 장순과 허원을 함께 제사 지내도록 수양 지역에 숙종이 묘당을 지어 주었다.
18 南霽雲(남제운) : 장순의 부하 장수. 賀蘭(하란) : 하남절도사로 수양 부근
　　에 주둔하였던 하란진명(賀蘭進明).
19 淋漓(임리) : 흥건하다. 방울져서 흐르는 모양.
20 당시 사주(泗州)에 하란진명이 주둔하고 있었다.
21 南八(남팔) : 남제운을 가리킨다. 남제운은 집안 형제 중에 여덟째였다.

고 가서 목을 베려 하였다. 또 남제운을 투항시키려고 하였으나 그
도 응하지 않았다. 장순이 남제운에게 소리쳤다. "제운아, 남아답게
죽으면 그만이다. 불의에 굴복해서는 안 된다!" 남제운은 웃으며 말
했다. "장차 무엇인가 이루려고 하였는데, 장군께서 그렇게 말씀하
시니 제가 감히 죽지 않을 수 있겠습니까!" 그리고는 굴복하지 않았
다.

장적은 다음과 같이 말했다. "우숭(于嵩)이라는 사람이 어려서부
터 장순에게 의탁하였는데, 장순이 싸울 때에 그도 포위망 안에 있
었답니다. 내가 대력(大曆) 연간에 화주(和州) 오강현(烏江縣)에서
우숭을 만났는데 당시에 그는 육십 여 세였습니다. 그는 장순을 따
른 일로 해서 처음에 임환현(臨渙縣)의 현위(縣尉)가 되었는데 독
서를 좋아하여 읽지 않은 것이 없었습니다. 나는 당시에 아직 어려
서 장순과 허원의 일에 대해 대충 물었기 때문에 자세히는 못 들었
습니다. 그러나 그의 말에 따르면, 장순은 키가 일곱 자 남짓이며
수염은 신선과도 같았다고 합니다. 장순이 일찍이 우숭이 『한서』를
읽는 것을 보고 '어째서 그 책을 그리 오래 읽는가?' 하고 묻기에,
우숭은 '익숙하지 못해서 그렇습니다' 라고 답하였답니다. 장순은 '나
는 책을 읽을 때 세 번을 넘기지 않는데, 죽을 때까지 잊지 않는다'
면서 우숭이 읽던 책을 외우는데, 한 권이 다 끝나도록 한 자도 틀
리지 않았답니다. 우숭이 놀라 그가 우연히 그 책만 익숙한 것이라
고 여기어, 다른 책을 아무렇게나 빼내어 시험해보았으나 모두 다
같았다고 합니다. 우숭이 다시 서가의 여러 책을 꺼내 장순에게 물
었으나, 그는 바로 받아 외우며 조금도 거침이 없었답니다. 우숭은
오랫동안 장순을 따라다녔는데도 장순이 책을 읽는 것은 일찍이 보
지도 못했답니다. 그는 문장을 쓸 때에도 붓과 종이를 가져다가 바

在圍中,[22]　籍大曆中於和州烏江縣見嵩,　嵩時年六十餘矣.　以巡初嘗得臨渙縣尉.　好學,　無所不讀.　籍時尙小,　粗問巡・遠事,　不能細也.　云,　巡長七尺餘,　鬚髥若神.　嘗見嵩讀『漢書』,　謂嵩曰: ‘何爲久讀此?’ 嵩曰: ‘未熟也.’ 巡曰: ‘吾於書,　讀不過三徧,　終身不忘也.’　因誦嵩所讀書,　盡卷不錯一字.　嵩驚,　以爲巡偶熟此卷,　因亂抽他帙以試,　無不盡然.　嵩又取架上諸書,　試以問巡,　巡應口誦無疑.　嵩從巡久,　亦不見巡常讀書也.　爲文章,　操紙筆立書,　未嘗起草.　初守睢陽時,　士卒僅萬人,[23]　城中居人戶,　亦且數萬,　巡因一見問姓名,　其後無不識者.　巡怒,　鬚髥輒張.　及城陷,　賊縛巡等數十人坐,　且將戮,　巡起旋,　其衆見巡起,　或起或泣.　巡曰: ‘汝勿怖,　死,　命也.’ 衆泣不能仰視.　巡就戮時,　顏色不亂,　陽陽如平常.[24] 遠寬厚長者,　貌如其心.　與巡同年生,　月日後於巡,　呼巡爲兄.　死時年

---

22 常(상): 일찍이. 상(嘗)과 같다.
23 僅(근): 거의.
24 陽陽(양양): 태연자약한 모습.

로 쓰고 초고는 쓴 적이 없었답니다. 처음 수양 지방을 맡았을 때 군사가 거의 만 명이었고 성 안의 주민도 수만 명에 가까웠는데, 장순은 한 번 만나 이름을 물으면 그 후로는 기억 못하는 사람이 없었답니다. 그는 화가 나면 수염이 바로 뻗쳤다고 합니다. 성이 함락되고 반란군이 장순 등 수십 인을 포박해 앉히고는 막 죽이려 할 때, 장순이 일어나 선회하자, 군중들은 그가 일어난 것을 보고 따라 일어나기도 하고 눈물을 흘리기도 하였답니다. 장순이 '너희는 두려워하지 말라! 죽는 것은 운명이다'라고 하자, 군중들은 흐느끼 며 올려다보지 못했답니다. 장순은 처형될 때에도 얼굴빛이 흐트러 지지 않고 평상시처럼 태연자약하였답니다. 허원은 너그럽고 어른 다운 사람으로 외모도 그 마음과 같았답니다. 장순과는 동갑이었으 나 생일이 그보다 뒤였으므로 장순을 형님이라 불렀으며, 죽을 때 의 나이는 마흔아홉이었답니다. 우숭은 정원(貞元) 초년에 박송(亳 宋) 지역에서 죽었습니다. 혹자가 전하는 말에 따르면, 우숭은 박 송 지역에 농지를 소유했는데 무인(武人)이 빼앗아 차지하자 주의 관청에 소송하러 가려다가 살해되었다고 합니다. 우숭에게는 자식 이 없습니다." 이상은 장적이 한 말이다.

■ 해 제

수양성(睢陽城)을 지키다 장렬하게 순직한 장순(張巡, 709-757)의 전기를 읽고 그와 관련된 내용을 보완하고 찬양한 글이다. 장순과 관련된 사적을 보완하면서 또 그와 같이 싸웠던 허원(許遠)과 남제운의 사적을 비교적 자세히 기록하였다. 장순은 개원(開元) 말년에 진사에 급제하였으며, 안록산이 반란을 일으켰을 때 군사를 일으켜 적은 병사로 큰 전공도 올렸다. 지덕(至德) 2년(757)에 허원과 합세하여 수양성을 지켰는데, 성이 열 달 동안 반란군에게 포위되어 양식 부족 으로 함락되는 과정에서 부하 장수들과 함께 순직했다. 성을 오래 지켜 반란군

四十九. 嵩貞元初死於亳宋間.[25] 或傳嵩有田在亳
宋間, 武人奪而有之, 嵩將詣州訟理, 爲所殺. 嵩
無子." 張籍云.

25 亳宋(박송) : 수양군(睢陽郡) 지역. 수양군이 후에 송주(宋州)로 바뀌었으며
그 본청이 고대 박(亳) 지방에 있었으므로 그렇게 불렀다.

저지에 큰 역할을 하였음에도 불구하고, 반란이 평정된 후에 적에게 투항하였다는 비판이 일자 그에 분개하여 기존의 전기를 보완하여 이 글을 썼다.

장순과 허원에 대한 혹자의 비판을 당시 상황을 분석하여 논리적으로 반박하는 동시에, 해당 지역을 오고가며 당시의 증인들에게서 직접 들은 것과 친구 장적에게서 전해들은 이야기를 통해 그들의 또다른 특출한 일면을 기록하고 있다.

적절한 화법을 사용하면서 간결하면서도 생동감 있게 관련 인물들의 의롭고 장렬한 모습을 기록한 점이 돋보인다. 구체적 사실의 명료한 서술과 함께 주인공의 정신 실질을 보여주는 핵심적인 사실을 기록하여 이른바 '신사(神似)'의 필치를 보여주는 글이다. 또 정보의 출처를 일일이 밝힌 점은 작자의 사적의 기록에 대한 신중한 자세를 보여준다.

807년 작자가 40세의 나이로 국자박사일 때 쓴 글이다. 후서(後敍)는 후서(後序)라고도 쓰며 발문(跋文)처럼 어떤 책이나 시문 뒤에 덧붙여 쓰는 글이다. 이한이 썼다는 「장순전」은 아쉽게도 지금은 전해지지 않는다.

동우기전(童區寄傳)

유종원(柳宗元)

柳先生曰, 越人少恩,[1] 生男女, 必貨視之. 自毀
齒已上,[2] 父兄鬻賣,[3] 以覬其利,[4] 不足, 則盜取他
室, 束縛鉗梏之.[5] 至有鬚鬣者,[6] 力不勝, 皆屈爲
僮.[7] 當道相賊殺以爲俗. 幸得壯大, 則縛取幺弱
者. 漢官因以爲己利,[8] 苟得僮, 恣所爲不問. 以是
越中戶口滋耗,[9] 少得自脫. 惟童區寄以十一歲勝,[10]
斯亦奇矣. 桂部從事杜周士爲余言之.[11]

童寄者, 柳州蕘牧兒也.[12] 行牧且蕘, 二豪賊劫

....

1 월(越)은 광동·광서·복건·절강 및 호남성 일대를 가리킨다.
2 毀齒(훼치) : 이를 갈다. 이를 갈 즈음의 어린이.
3 鬻賣(육매) : 팔다.
4 覬(기) : (분에 넘치는 것을) 바라다, 넘겨다보다.
5 鉗梏(겸곡) : 목에 채우는 칼과 수갑. 동사로 사용되었다.
6 鬚鬣(수렵) : 수염.
7 僮(동) : 하인, 종, 어린이.
8 漢官(한관) : 한족(漢族) 관리. 지방관으로 파견된 한족의 관리.
9 滋耗(자모) : 더욱 줄어들다.
10 區(우) : 성(姓)으로 쓰이면 독음이 '우'이다.
11 桂部(계부) : 계관경략관찰사(桂管經略觀察使)의 관할지역을 가리키며 지금
   의 계림(桂林)을 중심으로 한 광서성 동북 일대를 말한다. 從事(종사) : 지
   방장관의 보좌관. 두주사(杜周士)는 정원(貞元) 17년(801)에 진사에 급제하
   였고 원화(元和) 연간(806-820)에 계관경략관찰사의 종사를 지냈다.

어린이 우기의 전기

유선생이 말한다. 월(越) 지방 사람들은 인정이 적어 아들딸을 낳으면 반드시 그들을 재물로 간주한다. 이를 갈 나이가 지나면 아버지나 형이 그들을 팔아서 이익을 챙기며, 그래도 부족하면 다른 집에서 잡아와 포박하고 칼과 수갑을 채운다. 심지어 수염이 긴 성인도 힘이 부족하면 모두 굴복하여 종이 된다. 길 복판에서 해치고 살육하는 것이 풍속이 되었다. 다행히 힘센 어른이 되고 나면 어리고 약한 이를 잡아간다. 한족 관리는 이를 이용하여 자기 이익을 챙기며, 종을 얻게라도 되면 그러한 행위를 멋대로 방치한다. 이 때문에 월 지방의 호구는 더욱 줄어들며, 그런 처지에서 벗어나는 이가 드물다. 오직 우기(區寄) 어린이만이 열한 살의 나이로 이를 극복하였으니 역시 기특한 일이다. 계부(桂部)의 보좌관이었던 두 주사(杜周土)가 나에게 말해준 것이다.

기(寄) 어린이는 유주(柳州)에서 나무하고 방목하던 아이이다. 방목하고 나무하는 중에, 강도 둘이 그를 잡아다가 손을 뒤로 묶고 입을 자루로 뒤집어씌우고는 사십 리도 넘는 시장으로 팔러 갔다. 기 어린이는 거짓으로 어린애처럼 울고 겁에 떨며 어린이의 보통 모습을 보였다. 강도는 그를 얕잡아보고는 마주하여 술을 마시고는 취하였다. 강도 하나가 흥정하러 갔고, 하나는 누웠는데 칼은 길에 꽂아두었다. 아이는 살며시 그가 잠들기를 살펴, 포승을 칼에 대고 힘껏 상하로 비벼 줄을 끊었다. 그리고는 칼을 잡아 그를 죽였다.

持反接,[13] 布囊其口,[14]   去逾四十里之墟所賣之.[15]
寄僞兒啼, 恐慄爲兒恒狀. 賊易之, 對飮酒醉. 一
人去爲市,[16] 一人臥, 植刃道上. 童微伺其睡, 以縛
背刃, 力下上, 得絶, 因取刃殺之.

　　逃未及遠, 市者還, 得童大駭. 將殺童, 遽曰:
"爲兩郎僮, 孰若爲一郎僮耶? 彼不我恩也. 郎誠
見完與恩, 無所不可." 市者良久計曰: "與其殺是
僮, 孰若賣之, 與其賣而分, 孰若吾得專焉. 幸而
殺彼, 甚善." 卽藏其尸, 持童抵主人所, 愈束縛牢
甚.

　　夜半, 童自轉, 以縛卽爐火燒絶之, 雖瘡手勿
憚,[17] 復取刃殺市者. 因大號, 一墟皆驚. 童曰:
"我區氏兒也, 不當爲僮, 賊二人得我, 我幸皆殺之
矣, 願以聞於官."

　　墟吏白州, 州白大府, 大府召視, 兒幼願耳.[18] 刺

12 蕘(요) : 땔나무. 나무하다. 나무꾼.
13 反接(반접) : 손을 등 뒤로 하여 묶다.
14 囊(낭) : 주머니. 가려 씌우다.
15 墟所(허소) : 시장.
16 爲市(위시) : 흥정하다. 원매자(願買者)를 찾음을 가리킨다.
17 瘡(창) : 상처나다. 憚(탄) : 꺼리다.

멀리 도망가기 전에 흥정하러 갔던 자가 돌아와 아이를 잡고는 크게 놀랐다. 그리고 막 아이를 죽이려고 할 때 아이가 급히 말했다. "두 주인님의 종보다는 한 주인님의 종이 되는 것이 낫지 않겠습니까? 저 사람은 제게 인정을 보이지 않았습니다. 주인님이 정말 저를 살려주시어 은혜를 베푸신다면 무슨 일이나 다하겠습니다." 흥정하러 갔던 자가 한참동안 궁리하였다. "이 종놈을 죽이느니 파는 것이 낫겠다. 팔아서 나누느니 내가 독차지하는 것이 낫겠다. 다행히 저 자를 죽였으니 참 잘됐다." 곧바로 그 시체를 숨기고 아이를 끌고 그를 살 주인집에 가서는 더욱 단단히 묶어놓았다.

밤이 깊어지자 아이는 몸을 굴려 포승을 화롯불에 대어 끊었다. 비록 손에 상처가 났지만 꺼리지 않고 다시 칼을 잡아 흥정했던 그 자를 죽였다. 그리고는 크게 울부짖으니, 그 소리에 온 시장 사람들이 모두 놀랐다. 아이는 말했다. "저는 우(區)씨 집안 아들입니다. 종이 되는 것은 마땅치 않습니다. 강도 둘이 저를 잡았는데, 다행히 제가 모두 죽였습니다. 관가에 알려주십시오."

시장의 관리가 주(州)에 고하고, 주에서는 상급 관청에 알렸다. 상급 관청에서 그를 불러 보니 아이가 어리고 성실했다. 자사(刺史) 안증(顔證)이 그를 기특하게 여겨 남겨두어 말단 관리로 삼으려 하였으나 아이는 원하지 않았다. 그리하여 옷을 주고 관리의 보호하에 고향으로 돌려보냈다. 고향의 납치범들은 곁눈질로 보며 감히 그 집 문 앞도 지나가지 못했다. 모두들 말하는 것이었다. "이 아이는 진무양(秦武陽)보다 두 살이 어린데도 강도 둘을 죽였으니 어떻게 접근할 수 있겠는가!"

史顔證奇之,[19] 留爲小吏, 不肯. 與衣裳, 吏護還之鄕. 鄕之行劫縛者, 側目莫敢過其門. 皆曰: "是兒少秦武陽二歲,[20] 而討殺二豪, 豈可近耶!"

18 願(원) : 성실하다. '원(愿)'과 통한다.
19 顔證(안증) : 원화(元和) 초에 계주자사(桂州刺史)와 계관관찰사(桂管觀察使)를 겸했다.
20 秦武陽(진무양) : 전국시대 연(燕)나라 사람으로 열세 살 때에 살인했다. 후에 진시황을 살해하려는 자객 형가(荊軻)와 동행했다가 실패하여 피살되었다.

납치범에 맞서 그들을 죽인 용감한 소년 우기(區寄)의 탈출기이다. 작자가 유주 (柳州)의 자사로 있던 때에 쓴 글이다. 당시 유주는 몹시 미개한 곳이었으며 인 신매매가 극성하였다. 이 글은 소년 우기의 용기를 찬양하고 동시에 사회의 비 열한 풍속을 폭로하였다.

이 글은 「자객열전(刺客列傳)」과 분위기가 유사하며, 호협류(豪俠類) 전기소설 (傳奇小說)의 싹이 보이기도 한다. 사실에 상상력을 가하여 창작한 글로써, 불의 에 대항하는 어린이의 용기와 침착한 기지가 매우 잘 형상화되었으며 사건이 긴 장감 속에 핍진하게 전개된다.

유주자사였던 유종원은 빚을 못 갚아 억울하게 종이 된 이들을 위한 방도를 마 련하여 그들을 구제하였는데, 이 시책은 한유의 극찬을 받은 바 있으며 다른 주 에서 시행되어 큰 효과를 보기도 하였다. 후일 한유는 그 업적을 「유자후묘지명 (柳子厚墓誌銘)」에 기록했다.

9.
가족애와 추념(追念)

- 귀유광歸有光

제십이랑문(祭十二郞文)

한유(韓愈)

年月日, 季父愈聞汝喪之七日, 乃能銜哀致誠, 使建中遠具時羞之奠,¹ 告汝十二郎之靈.

嗚呼! 吾少孤, 及長, 不省所怙,² 惟兄嫂是依. 中年兄歿南方,³ 吾與汝俱幼, 從嫂歸葬河陽,⁴ 旣又與汝就食江南,⁵ 零丁孤苦,⁶ 未嘗一日相離也. 吾上有三兄, 皆不幸早世. 承先人後者,⁷ 在孫惟汝, 在子惟吾, 兩世一身, 形單影隻.⁸ 嫂嘗撫汝指

---

1 建中(건중) : 한유가 조카 십이랑의 제사를 돕도록 파견한 부하의 이름. 時羞(시수) : 제철 음식. 奠(전) : 제수, 제물.
2 所怙(소호) : 아버지. 어머니는 '소시(所恃)'. "호(怙)"와 "시(恃)"는 모두 '의지하다'의 의미. 한유의 부친 한운경(韓雲卿)은 한유가 세 살 때인 대력(大曆) 5년(770)에 세상을 떠났다.
3 한유의 형 한회(韓會)는 대력 13년(778) 42세의 나이로 소주(韶州)자사 임지에서 세상을 떠났다.
4 河陽(하양) : 지금의 하남성 맹현(孟縣)으로 한씨 선영의 소재지이다.
5 건중(建中) 2년(781)에 병란을 피해 형수와 함께 연고가 있는 선주(宣州)로 옮겨가 생활했다.
6 零丁(영정) : 의지할 곳 없이 외로운 모양.
7 先人(선인) : 돌아가신 부친 한운경(韓雲卿)을 가리킨다.
8 形單影隻(형단영척) : 몸 하나와 그림자 하나. 짝이 없이 외로운 처지임과 둘이 늘 같이 지냈음을 암시한다.

조카 한노성(韓老成)을 위한 제문

모년 모월 모일, 막내 숙부인 나는 네가 죽었다는 소식을 들은 지 이레가 지나서야 슬픔을 머금고 정성을 들여 건중(建中)을 시켜 멀리서 제철 음식의 제물을 갖추어 가 너 십이랑의 영령에 고하노라.

아, 아! 나는 어려서 고아가 되어 성장하면서 아버지를 알지 못하였고, 오로지 형님과 형수님에게만 의지하였도다. 중년의 나이로 형님이 남방에서 돌아가셨을 때, 나와 너는 모두 어린 나이로 형수님을 따라서 하양(河陽) 땅에 돌아가 장례를 치렀도다. 그 후에는 너와 함께 강남에서 생활을 하면서도 쓸쓸히 외로운 처지로 하루도 떨어져 지내지 않았도다. 내 위로 형님이 세 분 계셨는데, 불행히 모두 일찍 세상을 떠나셨으니, 돌아가신 우리 아버지의 뒤를 이을 사람은 손자 세대에선 너뿐이고 아들 세대에선 나뿐이었도다. 두 세대에 한 사람씩만 남았으니 외롭고 외로운 몸이었도다. 형수께서 일찍이 너를 쓰다듬고 나를 가리키며 말씀하셨다. "한(韓)씨 두 세대에 오직 이 아이들뿐이로구나."그때에 너는 매우 어렸으니 당연히 기억하지 못하리라. 나는 당시에 비록 기억해둘 수는 있었지만 역시 그 말이 얼마나 슬픈 말인지는 몰랐도다.

나는 열아홉에 처음 장안에 올라왔고, 그 후 네 해가 지나 돌아

吾而言曰: "韓氏兩世, 惟此而已!" 汝時尤小, 當不復記憶. 吾時雖能記憶, 亦未知其言之悲也.

吾年十九, 始來京城. 其後四年, 而歸視汝. 又四年, 吾往河陽省墳墓, 遇汝從嫂喪來葬.[9] 又二年, 吾佐董丞相於汴州,[10] 汝來省吾, 止一歲, 請歸取其孥.[11] 明年, 丞相薨,[12] 吾去汴州, 汝不果來. 是年, 吾佐戎徐州,[13] 使取汝者始行, 吾又罷去,[14] 汝又不果來. 吾念汝從於東, 東亦客也, 不可以久, 圖久遠者, 莫如西歸, 將成家而致汝. 嗚呼! 孰謂汝遽去吾而歿乎! 吾與汝俱少年, 以爲雖暫相別, 終當久相與處, 故舍汝而旅食京師,[15] 以求斗斛之

9 형수 정씨는 정원 9년(793) 한유가 26세로 진사과에 급제하기 이전에 세상을 떠났다.
10 변주(汴州)에서 선무군절도사(宣武軍節度使) 겸 변주자사였던 동진(董晉)의 막료인 절도추관(節度推官)을 지냈다. 변주는 지금의 개봉(開封).
11 孥(노): 처자식. 가족.
12 薨(훙): 제후의 죽음을 이르는 말이나 당대에는 2품 이상 고관의 경우에도 그렇게 말했다. 정원 15년(799)에 동진이 죽고 바로 이어서 변주에서 군란이 일어났다.
13 서주(徐州)의 무령절도사(武寧節度使) 장건봉(張建封) 밑에서 절도추관을 지냈다.
14 정원 15년 가을, 장건봉에게 초빙되었다. 이듬해에 장건봉이 죽자 낙양으로 돌아왔다.
15 정원 17년(801) 장안에서 사문박사(四門博士)로 선발되고 이듬해에 감찰어사가 되었다.

가 너를 만났도다. 또 네 해가 지나 하양(河陽)에 성묘하러 갔을 때, 형수님의 장례를 치르는 너를 만났도다. 다시 두 해가 지나 내가 변주(汴州)에서 동승상(董丞相)을 보좌할 때 네가 나를 보러 왔으나, 한 해만에 처자식을 데려오겠다고 했도다. 그리고 이듬해에 동승상이 돌아가시어 내가 변주를 떠나는 바람에 너는 올 수가 없었도다. 그 해에 나는 서주(徐州)에서 군무를 보좌하게 되었는데, 너를 데려올 사람이 막 떠날 즈음 내가 또 그만두게 되어 너는 또다시 올 수 없었도다. 나는 네가 동쪽에서 나를 따른다지만 그곳도 역시 객지인지라 오래 있을 수는 없다고 생각하였고, 길게 앞날을 계획하자면 서쪽으로 돌아가 가정을 이룬 후에 너를 불러오는 것만한 방법이 없다고 생각했도다. 아, 아! 누가 알았으랴! 네가 갑자기 나를 버리고 세상을 떠나리라고! 나와 네가 모두 어리니 비록 잠시 떨어져 있기는 해도 결국에는 당연히 오래도록 같이 지내리라고 여겼도다. 그래서 나는 너를 버려두고 장안에서 객지생활을 하며 얼마 되는 않는 봉록을 구하였도다. 진정 이리 될 줄 알았다면, 수레 만대의 큰 봉록을 누리는 공(公)이나 재상의 자리라 할지라도 하루라도 너를 버리고 그 자리에 앉지는 않았으리라!

작년에 맹동야(孟東野)가 그리로 가는 편에 너에게 편지를 보내 일렀도다. "내 나이 마흔도 안 되었는데, 눈은 침침하고 머리는 희끗희끗하며 이도 흔들린다. 여러 숙부님들과 형님들이 모두 건강했는데도 일찍 세상을 떠나신 것을 생각하면, 나처럼 쇠약한 사람이 오래 살 수 있겠는가! 내가 너에게 갈 수 없고 너도 내게 오려 하

祿,[16] 誠知其如此, 雖萬乘之公相, 吾不以一日輟汝而就也!

　去年孟東野往,[17] 吾書與汝曰: "吾年未四十, 而視茫茫,[18] 而髮蒼蒼,[19] 而齒牙動搖. 念諸父與諸兄, 皆康強而早世, 如吾之衰者, 其能久存乎? 吾不可去, 汝不肯來, 恐旦暮死, 而汝抱無涯之戚也." 孰謂少者歿而長者存, 強者夭而病者全乎? 嗚呼! 其信然邪?[20] 其夢邪? 其傳之非其眞邪? 信也, 吾兄之盛德而夭其嗣乎? 汝之純明, 而不克蒙其澤乎? 少者強者而夭歿, 長者衰者而存全乎? 未可以爲信也. 夢也, 傳之非其眞也, 東野之書, 耿蘭之報,[21] 何爲而在吾側也? 嗚呼! 其信然矣! 吾兄之盛德而

---

16 斗斛之祿(두곡지록) : 적은 봉록. 곡(斛)은 열 말들이 큰 말.
17 孟東野(맹동야) : 한유의 시우(詩友) 맹교(孟郊). 동야는 그의 자이다. 당시에 강남의 율양현위(溧陽縣尉)로 나갔다.
18 茫茫(망망) : 넓고 멀어 아득한 모양, 여기서는 시력이 나빠져 잘 보이지 않음을 가리킴.
19 蒼蒼(창창) : 머리카락이 희끗희끗한 모양.
20 其(기) : 추측을 나타내며 긍정과 부정의 경우 모두에 쓰인다. 기(豈)와도 통하여, '어찌 ~이겠는가'나 '설마'처럼 부정의 의미로도 쓰이고, '어찌 ~이 아니겠는가'나 '아마도'처럼 긍정의 경우에도 쓰인다. 여기서는 전자의 의미로 쓰였다. 바로 뒤에 보이는 두 구절의 경우에는 후자의 경우에 해당된다.
21 耿蘭(경란) : 한유의 하인 이름.

지 않으니, 내가 별안간 죽으면 네가 한없는 슬픔에 잠길까 두렵다"
고. 누가 알았으랴, 젊은이가 죽고 나이든 사람이 살며, 건강한 사
람이 요절하고 병자가 온전할 줄을! 아, 아! 이것이 설마 사실인
가? 아마도 꿈이겠지? 아마도 전해온 소식이 사실이 아니겠지? 사
실이라면, 우리 형님은 덕이 그렇게 크신데도 후사를 요절케 하셨
다는 말인가? 너는 그렇게 순수하고 총명한데도 그 은택을 입지 못
했단 말인가? 젊고 건강한 사람은 요절하고 나이들고 쇠약한 사람
이 온전하단 말인가? 믿을 수가 없도다. 꿈이라면, 전해 온 것이
사실이 아니라면, 맹동야의 편지와 경란(耿蘭)의 통지서가 어찌하
여 내 곁에 있는가? 아, 아! 사실이었도다. 우리 형님은 덕이 그리
크신데도 후사를 요절케 하셨도다! 너처럼 그렇게 순수하고 총명하
여 마땅히 가업을 이어야 할 사람이 그 은택을 입을 수 없었도다!
이른바 하늘의 뜻이란 참으로 헤아리기 어렵고, 신령이란 진정 이
해하기 어렵도다! 이른바 이치라는 것은 추측하기 어렵고, 수명이
라는 것도 알 수가 없도다!

그렇기는 하지만, 나도 올해부터 희끗희끗하던 머리가 하얗게 변
하고, 흔들거리던 이가 어떤 것은 빠져나갔도다. 터럭과 혈기는 날
로 쇠하고, 의욕과 기운은 날로 미약해지니, 너를 따라 죽지 않고
살아있을 날이 얼마나 되겠는가! 죽어서도 지각이 있다면, 헤어져
있을 날이 그 얼마나 되겠는가! 지각이 없다면, 슬픔의 기간은 얼
마 되지 않고 슬프지 않을 기간은 영원하리라! 너의 아들이 이제
겨우 열 살이고 내 아들은 겨우 다섯 살인데, 젊고 건강한 사람도

天其嗣矣! 汝之純明宜業其家者, 不克蒙其澤矣! 所謂天者誠難測, 而神者誠難明矣! 所謂理者不可推, 而壽者不可知矣!

雖然, 吾自今年來, 蒼蒼者或化而爲白矣, 動搖者或脫而落矣. 毛血日益衰, 志氣日益微, 幾何不從汝而死也![22] 死而有知, 其幾何離! 其無知, 悲不幾時,[23] 而不悲者無窮期矣! 汝之子始十歲,[24] 吾之子始五歲,[25] 少而强者不可保, 如此孩提者,[26] 又可冀其成立耶! 嗚呼哀哉! 嗚呼哀哉!

汝去年書云:"比得軟脚病,[27] 往往而劇." 吾曰: "是疾也, 江南之人, 常常有之." 未始以爲憂也.[28] 嗚呼! 其竟以此而殞其生乎? 抑別有疾而致斯乎?[29] 汝之書, 六月十七日也. 東野云汝歿以六月

....

22 幾何(기하) : 얼마나 되겠는가? 머지않다.
23 不幾時(불기시) : 기간이 얼마 되지 않다.
24 십이랑에게 두 아들 한상(韓湘)과 한방(韓滂)이 있었다. 차남 한방은 이 해에 돌이 막 지났다. "十歲"가 "一歲"로 된 판본도 있다. 장남 한상의 나이가 열 살이었는지는 알 수 없다.
25 한유에게 세 아들이 있었는데 장남 한창(韓昶)이 이때 다섯 살이었다.
26 孩提者(해제자) : 어린아이.
27 比(비) : 근자에, 요즈음. 軟脚病(연각병) : 각기병.
28 未始(미시) : 미증(未曾)과 같다. 일찍이 ~하지 않다.
29 抑(억) : 아니면. 혹은.

생명을 보장할 수 없으니, 이렇게 어린아이들이 잘 성장하기를 또 기대할 수 있겠는가! 아 아, 슬프도다! 아 아, 슬프도다!

너는 작년 편지에서 이르길, "요즈음 각기병이 생겼는데, 자주 매우 심합니다"고 하였도다. 나는, "그 병은 강남 사람에게는 흔히 있는 것이다"고 답하였도다. 그리고는 일찍이 걱정거리로 여긴 적이 없었도다. 아 아! 결국 그 병 때문에 생명을 잃은 것인가? 아니면 다른 병이 있어 이 지경에 이른 것인가? 너의 편지는 6월 17일에 쓴 것인데, 동야는 네가 6월 2일에 세상을 떠났다고 하였도다. 또 경란의 통지서에는 날짜가 없도다. 아마도 동야의 심부름꾼이 가족에게 날짜를 물을 줄 몰랐고, 경란의 통지서의 경우는 마땅히 날짜를 알려야 하는 것을 몰랐던 것이리라. 동야가 내게 편지를 쓰면서 심부름꾼에게 물었을 때, 그가 멋대로 대답한 것일 뿐이리라. 그러한가? 그렇지 아니한가?

오늘 내가 건중(建中)을 시켜 너에게 제사를 지내고 너의 아들과 유모에게 조문케 하노라. 그들에게 상이 끝날 때까지 지킬 수 있는 식량이 있다면 상이 끝나기를 기다려 데려오리라. 만약 상을 끝까지 지킬 수 없으면 바로 데려오리라. 나머지 노비들도 함께 너의 상을 지키도록 하리라. 내 힘으로 개장할 수 있게 되면 너를 끝내 조상들의 묘소에 이장할 것이로다. 그런 연후에 그들의 희망대로 해주리라.

아, 아! 네가 병이 났어도 나는 언제인지 몰랐고, 네가 죽었어도 그 날짜를 몰랐도다. 살아있을 때에 보살피며 함께 생활하지 못했

二日. 耿蘭之報無月日. 蓋東野之使者不知問家人
以月日, 如耿蘭之報, 不知當言月日. 東野與吾書,
乃問使者, 使者妄稱以應之耳. 其然乎? 其不然
乎?

今吾使建中祭汝, 弔汝之孤與汝之乳母. 彼有食
可守以待終喪,[30] 則待終喪而取以來, 如不能守以
終喪, 則遂取以來.[31] 其餘奴婢, 竝令守汝喪. 吾力
能改葬, 終葬汝於先人之兆,[32] 然後惟其所願.[33]

嗚呼! 汝病吾不知時, 汝歿吾不知日. 生不能相
養以共居, 歿不得撫汝以盡哀, 斂不憑其棺,[34] 窆
不臨其穴.[35] 吾行負神明, 而使汝夭. 不孝不慈, 而
不能與汝相養以生, 相守以死. 一在天之涯, 一在
地之角, 生而影不與吾形相依, 死而魂不與吾夢相
接, 吾實爲之, 其又何尤![36] 彼蒼者天, 曷其有

30 終喪(종상) : 3년의 복상(服喪)을 마치는 것.
31 遂(수) : 즉시, 곧.
32 兆(조) : 묘소, 묘지.
33 惟(유) : 따르다. '유(由)'와 통한다.
34 斂(염) : 염(殮)과 통한다. 주검을 관 안에 넣는 일.
35 窆(폄) : 하관(下棺). 관을 묘혈에 넣는 것.
36 尤(우) : 원망하다, 탓하다.

고, 세상을 떠났을 때에 어루만지며 마음껏 슬퍼하지 못했도다. 염을 할 때에도 관에 기대지 못하고, 하관할 때에도 묘혈에 가보지 못하는도다. 나의 행실이 신명의 뜻을 저버려 너를 요절하게 하였도다. 효성스럽지도 자애롭지도 못하여 너와 함께 서로 보살피고 도우며 살아가 죽을 때까지 지켜주지 못했도다. 한 사람은 하늘 끝에 있고 다른 한 사람은 땅의 한 모퉁이에 있어, 살아서는 네 그림자와 내 몸이 서로 의지하지 못하고, 죽어서는 혼백조차 나의 꿈에 나타나지 않는도다. 실로 내가 그렇게 만들었으니 또 누구를 원망하리오! 저 짙푸른 하늘이시여, 언제나 이 슬픔 다하리오!

오늘 이후로 나는 인간 세상에 뜻이 없도다! 마땅히 몇 경(頃)의 밭을 이수(伊水)와 영수(潁水) 가에 마련하여 여생을 보내리다. 내 자식과 네 자식을 가르쳐 성장하기를 바라고, 내 딸과 네 딸을 길러 출가하기를 기다릴 것이로다. 그뿐이로다. 아, 아! 말은 마쳤으나 슬픈 정은 끝이 없도다. 너는 아는가, 모르는가? 아 아, 슬프도다! 제물을 받기 바라노라!

■ 해 제

유일한 숙부로서 유일한 조카 한노성(韓老成)의 죽음을 슬퍼하는 제문이다. 정원 19년(803) 36세 때 쓴 글이다. 당시에 젊은이를 낭자(郎子)라고 불렀으며 줄여서 낭(郎)이라고 하였다.

조카 한노성은 본래 한유의 둘째 형님 한개(韓介)의 아들이었으나 큰형님 한회(韓會)에게 자식이 없어 그의 양자가 되었다. 한유도 부모님을 일찍 여의어 어릴 때부터 큰형님에게 의지하며 조카와 함께 살았다. 더욱이 한유는 숙부들과 친형제들도 일찍 세상을 떠났으며, 유일하게 의지하던 형님마저 한유가 11세 때

極!³⁷

自今已往, 吾其無意於人世矣! 當求數頃之田, 於伊潁之上,³⁸ 以待餘年. 教吾子與汝子, 幸其成, 長吾女與汝女, 待其嫁. 如此而已. 嗚呼! 言有窮而情不可終, 汝其知也邪? 其不知也邪? 嗚呼哀哉! 尙饗!

• •

37 曷(갈) : '하(何)'와 같다.
38 伊潁(이영) : 이수(伊水)와 영수(潁水). 이수와 영수는 하남성에 있는 강 이름으로 작자의 고향을 가리킨다.

세상을 떠났다. 따라서 숙질간의 두 사람은 지극히 외로운 집안에서 서로 의지할 유일한 존재였다.

이 글은 숙부로서 보살피지 못한 데에 대한 자책과 후회 그리고 아쉬움이 끊어질 듯 이어지며 비통함을 더해준다. 특히 인위적인 수식이나 과장 없이, 그리고 대학자의 냄새를 남기지 않고 누구나가 공감할 수 있는 보통사람의 본연의 반응과 감정을 솔직하게 표현하고 있어서 그 슬픔에 깊이 공감하게 된다. 명문이 되는 까닭이기도 하다. 혹자는 이 글을 읽고 눈물을 흘리지 않으면 우애심이 없는 자라고도 하였다.

상강천표(瀧岡阡表)

구양수(歐陽修)

嗚呼！惟我皇考崇公,[1] 卜吉於瀧岡之六十年,[2] 其子修始克表於其阡.[3] 非敢緩也, 蓋有待也.

修不幸, 生四歲而孤. 太夫人守節自誓,[4] 居窮, 自力於衣食, 以長以敎, 俾至於成人. 太夫人告之曰："汝父爲吏, 廉而好施與, 喜賓客, 其俸祿雖薄, 常不使有餘, 曰：'毋以是爲我累.' 故其亡也, 無一瓦之覆, 一壟之植,[5] 以庇而爲生,[6] 吾何恃而能自守邪？ 吾於汝父, 知其一二, 以有待於汝也. 自吾爲汝家婦, 不及事吾姑, 然知汝父之能養也.

---

1 皇考(황고) ：'고(考)'는 돌아가신 아버지의 호칭이고 '황(皇)'은 존칭이다. 남송 이후로는 황실 외에서는 이 존칭을 사용하지 못했다. 구양수의 아버지 구양관(歐陽觀)은 사후에 숭국공(崇國公)으로 증봉되었다.
2 卜吉(복길) ：길일을 점치다. 매장하다. 瀧岡(상강) ：강서성(江西省) 영풍현(永豊縣) 남쪽 봉황산(鳳凰山)에 있는 구양수 부친의 묘지가 있는 곳.
3 克(극) ：'능(能)'과 통한다. 表於其阡(표어기천) ：묘도(墓道) 즉 묘 앞에 묘비를 세우다. 표(表)는 묘표(墓表). 묘비(문).
4 太夫人(태부인) ：홀로된 어머니를 이르는 말.
5 壟(농) ：밭이랑. 언덕.
6 庇(비) ：의탁하다.

상강 묘도(墓道)의 비문

아 아! 아버지 숭국공(崇國公)께서 상강(瀧岡)에 묻히신 지 육십 년 만에 비로소 자식 수(修)가 묘 앞에 비를 세울 수 있게 되었다. 감히 늦추려고 해서가 아니라 기다리는 바가 있어서였다.

나는 불행히도 네 살 때에 아버지를 잃었다. 어머니는 수절하시기로 맹세하고 곤궁한 가운데 자력으로 의식을 해결하며 나를 키우고 가르쳐 어른이 되게 하셨다. 어머니는 내게 말씀해주셨다. "너의 아버지는 관리일 때 청렴하고 베풀기를 좋아하셨으며 손님을 좋아하셨다. 비록 박봉이기는 하였으나 늘 남기지 못하게 하시며 말씀하셨다. '이 일로 내게 누가 되지 않게 하시오.' 그 때문에 돌아가셨을 때에는 지붕 덮을 기와 한 장, 농사지을 땅 한 두덩이 없어 믿고 살아갈 것이 아무것도 없었다. 그러니 내가 무엇을 믿고 나 자신을 지켜나갈 수 있었겠느냐? 내 너의 아버지에 대해 한두 가지는 아니, 그래서 너에게 기대하는 바가 있다. 내 너의 집안에 시집온 이래 시어머니를 모시지는 못했으나 너의 아버지가 잘 봉양하신 것은 안다. 네가 아버지도 없고 어려서 나는 네가 반드시 성공할지는 알 수 없었다. 그러나 네 아버지에게 반드시 훌륭한 자식이 있으리라는 것은 알았다. 내가 처음 시집왔을 때 너의 아버지는 어머니 복상(服喪)이 막 해를 넘긴 때였는데, 때에 따른 제사 때면 반드시 눈물로 흐느끼며 말씀하셨다. '제사를 풍성하게 지내도 변변치 않게 봉양함만 못하다.' 간혹 술과 음식을 드리면 또 눈물로 흐느끼

汝孤而幼, 吾不能知汝之必有立, 然知汝父之必將
有後也. 吾之始歸也,⁷ 汝父免於母喪方逾年, 歲時
祭祀, 則必涕泣, 曰：‘祭而豐, 不如養之薄也.’間
御酒食,⁸ 則又涕泣曰：‘昔常不足而今有餘, 其何
及也!’吾始一二見之, 以爲新免於喪適然耳.⁹ 旣
而其後常然, 至其終身未嘗不然. 吾雖不及事姑,
而以此知汝父之能養也.”

“汝父爲吏, 嘗夜燭治官書, 屢廢而嘆. 吾問之,
則曰：‘此死獄也, 我求其生不得爾.’吾曰：‘生可
求乎?’曰：‘求其生而不得, 則死者與我皆無恨也,
矧求而有得邪!¹⁰ 以其有得, 則知不求而死者有恨
也. 夫常求其生, 猶失之死, 而世常求其死也.’回
顧乳者劍汝而立於旁,¹¹ 因指而嘆曰：‘術者謂我歲
行在戌將死, 使其言然, 吾不及見兒之立也, 後當
以我語告之.’其平居敎他子弟, 常用此語, 吾耳熟

7 歸(귀)：(여자가) 결혼하다. 시집가다.
8 御(어)：바치다. 차려드리다.
9 適然(적연)：당연히 그러하다.
10 矧(신)：하물며.
11 劍(검)：동사로 쓰였다. 칼을 안듯 비스듬히 안다.「선군묘표(先君墓表)」에
　　는 ‘포(抱)’로 되어 있다.

며 말씀하셨다. '전에는 늘 부족하였는데 지금은 넉넉하지만 그게 무슨 소용이 있는가!' 나는 처음에 한두 번 보았을 때는 막 복상을 끝냈기에 당연히 그럴 뿐이라고 여겼다. 그러나 후에도 늘 그러하였고 종신토록 그렇지 않은 적이 없었다. 내가 비록 시어머니를 모시지는 못했으나 그것으로 네 아버지가 잘 봉양할 수 있었음을 안다.”

“네 아버지가 관리일 때, 일찍이 밤에 촛불을 켜고 공문을 처리하셨는데 여러 차례 멈추고는 탄식하셨다. 내가 물으면 답하셨다. '이 건은 사형 건이오. 내가 살려주고자 하나 불가능하오.' 내가, '살릴 수 있습니까?'하고 물으면 말씀하셨다. '살리려고 했다가 안 되면 죽는 자나 나 모두 유한이 없소. 그러니 살리려 하여 가능하다면 얼마나 좋겠소! 살아난 경우도 있었으니, 살리려 하지 않아 죽는다는 것을 알면 한이 남지요. 늘 살리려 하여도 잘못하여 처형하게 되는데 세상에서는 늘 죽이려 하오.' 유모가 너를 비스듬히 안고 옆에 서 있는 것을 돌아보시고는 가리키며 탄식하셨다. '점장이가 내게 술(戌)년에 죽으리라고 하였으니, 만약 그 말이 맞는다면 나는 아들이 성장한 것을 보지 못할 것이오. 후에 내 이 말을 일러주어야 하오.' 평상시 다른 자제들을 가르칠 때에도 늘 이 말씀을 하셔서 내 귀에 익었기에 자세히 기억할 수 있다. 밖에서의 일처리는 내 알 수 없다. 그러나 집에 계실 때에는 뽐내거나 꾸미는 일이 없으셨고 행하신 바가 모두 그와 같았으니, 이는 진정 마음에서 우러나온 것이리라. 아 아! 인자함이 넉넉한 마음을 지니신 분이셨다. 이 때문에 나는 네 아버지에게 반드시 훌륭한 자식이 있을 것을 알았다. 너는 노력하거라! 봉양은 반드시 풍성할 필요는 없으니, 중요한 것은 효심이다. 비록 이로움을 만물에 널리 줄 수는 없

焉, 故能詳也. 其施於外事, 吾不能知, 其居於家,
無所矜飾, 而所爲如此, 是眞發於中者邪! 嗚呼!
其心厚於仁者邪! 此吾知汝父之必將有後也. 汝其
勉之!¹² 夫養不必豐, 要於孝, 利雖不得博於物,
要其心之厚於仁. 吾不能敎汝, 此汝父之志也." 修
泣而志之, 不敢忘.

先公少孤力學, 咸平三年進士及第,¹³ 爲道州判
官,¹⁴ 泗綿二州推官,¹⁵ 又爲泰州判官, 享年五十有
九, 葬沙溪之瀧岡.¹⁶ 太夫人姓鄭氏, 考諱德儀, 世
爲江南名族. 太夫人恭儉仁愛而有禮, 初封福昌縣
太君,¹⁷ 進封樂安安康彭城三郡太君.¹⁸ 自其家少微
時, 治其家以儉約, 其後常不使過之, 曰:"吾兒不
能苟合於世, 儉薄所以居患難也." 其後修貶夷陵,
太夫人言笑自若, 曰:"汝家故貧賤也, 吾處之有素

12 其(기) : 기대의 어기를 나타낸다.
13 咸平(함평) : 진종(眞宗)의 연호.
14 判官(판관) : 문서 담당 참모.
15 推官(추관) : 형사 담당의 막료.
16 沙溪(사계) : 강서성 영풍현(永豊縣) 남방에 있다.
17 太君(태군) : 관료의 어머니에게 주어졌던 봉호(封號).
18 樂安(낙안), 安康(안강), 彭城(팽성) : 모두 고대의 현 이름. 칭호만 주고 실
   제 봉지로 주지는 않았다.

어도 중요한 것은 인자함이 넉넉한 마음이다. 내 너를 가르칠 수는 없다. 다만 이상이 네 아버지의 뜻이다." 나는 흐느끼며 이 말을 기억하며 감히 잊지 못한다.

아버지는 어려서 부친을 여의고 학문에 힘쓰시어, 함평(咸平) 삼년(1000)에 진사과에 급제하여 도주(道州) 판관이 되셨고, 사주(泗州)와 면주(綿州) 두 주의 추관(推官)을 지내시고 또 태주(泰州)의 판관이 되셨다. 향년 쉰아홉으로 사계(沙溪)의 상강(瀧岡)에 묻히셨다. 어머니는 성이 정(鄭)이고 외조부님은 이름이 덕의(德儀)로 대대로 강남의 명문 집안이셨다. 어머니는 공손하고 검소하며 인애롭고 예절이 밝으셨으며, 처음에는 복창현태군(福昌縣太君)에 봉해지셨다가 낙안(樂安), 안강(安康), 팽성(彭城) 세 군(郡)의 태군(太君)으로 증봉되셨다. 집안이 어려울 때부터 검약으로 집안을 관리하셨으며 후에도 늘 분수에 넘지 않게 하시며 말씀하셨다. "내 아이는 세속에 구차하게 영합할 수 없으니 검소함이 환난 속에 사는 방법이다." 그 후에 내가 이릉(夷陵)으로 좌천되었을 때도 어머니는 태연히 웃으시며 말씀하셨다. "네 집안은 본디 빈천하였으니 내 그렇게 사는 것이 평소 습관이다. 네가 편안하다면 나 역시 편안하다."

아버지께서 돌아가신 후 이십 년이 지나 내가 비로소 봉록을 받아 어머니를 봉양하였다. 다시 십이 년이 지나 조정의 관료가 되어 비로소 아버지에 대한 봉호가 주어졌다. 또 십 년이 지나 나는 용도각직학사(龍圖閣直學士), 상서이부낭중(尙書吏部郞中), 유수남경(留守南京)이 되었다. 어머니는 질병으로 관사에서 돌아가셨는데 향년 일흔둘이었다. 또 팔 년이 지나 나는 재능도 없이 추밀원(樞密院)에 부사(副使)로 들어갔으며 마침내 참지정사(參知政事)가 되

矣.[19] 汝能安之, 吾亦安矣."

自先公之亡二十年, 修始得祿而養. 又十有二年, 列官於朝, 始得贈封其親. 又十年, 修爲龍圖閣直學士尙書吏部郎中, 留守南京, 太夫人以疾終於官舍, 享年七十有二. 又八年, 修以非才, 入副樞密, 遂參政事, 又七年而罷. 自登二府,[20] 天子推恩, 褒其三世, 故自嘉祐以來, 逢國大慶, 必加寵錫.[21] 皇曾祖府君累贈金紫光祿大夫太師中書令,[22] 曾祖妣累封楚國太夫人.[23] 皇祖府君累贈金紫光祿大夫太師中書令兼尙書令,[24] 祖妣累封吳國太夫人.[25] 皇考崇公累贈金紫光祿大夫太師中書令兼尙書令, 皇妣累封越國太夫人.[26] 今上初郊,[27] 皇考賜爵爲崇國公, 太夫人進號魏國.

• •

19 素(소) : 평소의 일이나 습관.
20 二府(이부) : 중서성(中書省)과 추밀원(樞密院)을 가리킨다.
21 錫(석) : 상. 하사품. '사(賜)'와 통함.
22 皇曾祖府君(황증조부군) : 증조부. 累贈(누증) : 마지막으로 추증되는 관작.
23 曾祖妣(증조비) : 증조모.
24 皇祖府君(황조부군) : 조부.
25 祖妣(조비) : 조모.
26 皇妣(황비) : 모친.
27 郊(교) : 교제(郊祭). 교외에서 하늘에 바치는 제사.

었다. 또 칠 년이 지나 그만두었다. 두 부(府)에 있을 때부터 천자께서 은혜를 베푸시어 삼대에 포상하셨으며, 가우(嘉祐) 이래로 국가의 경사를 맞으면 반드시 총애의 상을 더해주셨다. 증조부님은 금자광록대부(金紫光祿大夫), 태사(太師), 중서령(中書令)이 추증되었으며, 증조모님은 초국태부인(楚國太夫人)에 봉해지셨다. 조부님은 금자광록대부, 태사, 중서령 겸 상서령이 추증되었으며, 조모님은 오국태부인(吳國太夫人)에 봉해지셨다. 아버지 숭공(崇公)은 금자광록대부, 태사, 중서령 겸 상서령이 추증되었으며, 어머니는 월국태부인(越國太夫人)에 봉해지셨다. 지금의 주상께서 처음에 교제(郊祭)를 올리실 때에 아버지는 숭국공(崇國公)의 작위를 하사받으셨고 어머니는 위국태부인(魏國太夫人)에 봉해지셨다.

그리하여 자식인 나는 흐느끼며 아뢰었다. "아 아! 선을 행하면 보답하지 않는 법이 없고 이르고 늦고의 시기만 있으니, 이것이 불변하는 이치입니다. 조부님과 아버님께서 선행을 쌓으시고 덕을 갖추셨으니 그 융성함을 누리심이 마땅합니다. 비록 친히 누리실 수는 없었으나, 작위와 봉호를 받으시고 빛나는 영예와 표창이 실로 삼대에 내려졌습니다. 이렇다면 족히 후세에 드러내어 그 자손들을 도울 만합니다." 이에 대대의 가보를 열거하여 상세히 묘비에 새긴다. 또 아버지 숭국공의 유훈(遺訓)을 기재하고 어머니께서 내게 가르치고 기대하신 바를 함께 묘도(墓道)에 게시한다. 그리함으로써 내가 비록 박덕하고 무능하나 시운을 타서 자리를 차지하고 다행히 절개를 온전히 지켜 조상을 욕되게 하지 않은 데에는 그 근원이 있음을 알리고자 한다.

희령(熙寧) 삼년 경술(庚戌)년 사월 십오일 을해(乙亥)일에, 추성보덕숭인익대공신(推誠保德崇仁翊戴功臣), 관문전학사(觀文殿學

於是, 小子修泣而言曰: "嗚呼! 爲善無不報, 而遲速有時, 此理之常也. 惟我祖考, 積善成德, 宜享其隆, 雖不克有於其躬, 而賜爵受封, 顯榮褒大, 實有三朝之錫命.[28] 是足以表見於後世, 而庇賴其子孫矣." 乃列其世譜, 具刻於碑. 旣又載我皇考崇公之遺訓, 太夫人之所以敎, 而有待於修者, 幷揭於阡, 俾知夫小子修之德薄能鮮, 遭時竊位, 而幸全大節, 不辱其先者, 其來有自.

熙寧三年,[29] 歲次庚戌, 四月辛酉朔,[30] 十有五日乙亥, 男推誠保德崇仁翊戴功臣・觀文殿學士・特進行兵部尙書・知靑州軍州事兼管內勸農使・充京東東路安撫使・上柱國・樂安郡開國公,[31] 食邑四千三百戶, 食實封一千二百戶,[32] 修表.

---

28 三朝(삼조) : 인종(仁宗), 영종(英宗), 신종(神宗)의 삼대를 가리킨다.
29 熙寧(희령) : 신종(神宗)의 연호. 희령 3년은 1070년.
30 辛酉朔(신유삭) : 초하루가 신유(辛酉)일인 달, 즉 사월.
31 男(남) : 아들이 자신을 지칭하는 말.
32 食邑(식읍) : 그곳 조세를 봉록으로 받는 봉지(封地). 당시에 명목상의 식읍과 실제 식읍에는 차이가 있었다.

士), 특진행병부상서(特進行兵部尙書), 지청주군주사겸관내권농사
(知靑州軍州事兼管內勸農使), 충경동동로안무사(充京東東路安撫使),
상주국(上柱國), 낙안군개국공(樂安郡開國公)으로 식읍(食邑) 사천
삼백 호(戶)에 실제 식읍이 천이백 호인 수(修)가 쓴다.

■ 해 제

60년 전에 돌아가신 아버지 구양관(歐陽觀)의 묘 앞에 세운 묘표(墓表)의 문장
이다. 1070년 64세 때에 쓴 글로서 1053년에 썼던 「선군묘표(先君墓表)」를
17년 만에 고쳐 쓴 것이다.

이 글은 작자의 유년 시기의 가정형편과 아버지의 인품과 유훈(遺訓), 어머니의
부덕(婦德)과 가르침, 자신의 관료생활 및 집안의 영광 등을 상세하게 기술하였
다. 대부분을 어머니의 말을 직접 인용함으로써 생동감과 진실감을 살리고 있다.
특히 이를 통해 아버지의 청렴함, 효성스러움, 인자함 등을 간결하게 표현하는
동시에, 자연스럽게 어머니의 아버지에 대한 존경과 믿음, 그리고 검약함까지도
매우 효과적으로 부각하고 있다.

말미에서 조상의 사후 작위와 자신의 경력을 자세히 기록한 것은 과시 같기도
하다. 그러나 성공하여 조상의 명예를 높이는 것을 궁극적인 효도로 여기는 유
가적 사고방식을 고려하면, 그것은 효도의 중요한 실천이라고 볼 수 있다. 전체
적으로 부모의 공덕과 은덕을 치하하며 효도를 실천한 정격의 비문이다.

명이자설(名二子說)

소순(蘇洵)

輪輻蓋軫皆有職乎車, 而軾獨若無所爲者. 雖然, 去軾則吾未見其爲完車也. 軾乎, 吾懼汝之不外飾也.[1]

天下之車, 莫不由轍, 而言車之功者, 轍不與焉. 雖然, 車仆馬斃, 而患亦不及轍, 是轍者, 善處乎禍福之間也. 轍乎, 吾知免矣.

---

1 不外飾(불외식) : 외부를 꾸미지 않음. 직선적이고 노골적인 처신을 의미한다.

두 아들의 이름 이야기

윤(輪, 바퀴), 폭(輻, 바퀴살), 개(蓋, 덮개), 진(軫, 뒤턱 가로
대)은 모두 수레에서 역할이 있는데 식(軾, 앞턱 가로대)만은 유독 하
는 일이 없는 듯하다. 그렇다고 해도 이 앞턱 가로대 식(軾)을 없앤
다면 나는 그것이 완전하다고 보지 않는다. 식(軾)아, 나는 네가 외
부를 꾸미지 않는 것을 걱정한다.

세상의 수레는 모두 철(轍, 바퀴자국)을 내지만 수레의 공을 말할
때 철을 언급하지는 않는다. 그렇기는 해도 수레가 엎어지고 말이 죽
을 때도 그 화(禍)가 철에게는 미치지 않으니, 이 철은 화와 복의 사
이에서 잘 대처하는 것이다. 철(轍)아, 나는 네가 화를 면하리라는
것을 안다.

■ **해 제**

아버지 소순(蘇洵)이 두 아들의 이름을 지은 속뜻을 말한 글이다. 큰아들 소식
(蘇軾)에게는 없어서는 안 될 존재가 되기를 바라면서 동시에 지나치게 직선적
이고 노골적인 처신을 경계하였고, 작은아들 소철(蘇轍)에게는 공을 이루는 것
보다는 무엇보다 화를 당하지 않기를 바라는 마음을 전하고 있다.
이 글은 소순이 39세에 지은 것으로 당시에 소식은 11세, 소철은 8세였다. 재
능을 자부했던 소순은 앞서 38세에 과거에 낙방하고 고향에 돌아와, 조정과 과
거제도에 대한 믿음을 접고 두 아들에 대한 기대를 이 글로 드러낸 것이다. 아
버지의 자식에 대한 애정과 기대가 잘 드러난 단편이다. 오늘날의 자식 이름 짓
기는 어떠한가?

항척헌지(項脊軒志)

귀유광(歸有光)

項脊軒,¹ 舊南閣子也. 室僅方丈, 可容一人居.
百年老屋, 塵泥滲漉,² 雨澤下注.³ 每移案, 顧視無
可置者. 又北向, 不能得日, 日過午已昏. 余稍爲
修葺,⁴ 使不上漏. 前闢四窗,⁵ 垣牆周庭, 以當南
日, 日影反照, 室始洞然.⁶ 又雜植蘭桂竹木於庭,
舊時欄楯,⁷ 亦遂增勝. 借書滿架, 偃仰嘯歌,⁸ 冥然
兀坐,⁹ 萬籟有聲. 而庭階寂寂, 小鳥時來啄食, 人
至不去. 三五之夜, 明月半牆, 桂影斑駁,¹⁰ 風移影
動, 珊珊可愛.¹¹ 然予居於此, 多可喜, 亦多可悲.

---

1 항척헌(項脊軒)이라는 이름은 귀유광(歸有光)의 조부 귀도융(歸道隆)이 일찍
   이 태창현(太倉縣)의 항척경(項脊涇)에 거처하였기에 그렇게 붙여졌다.
2 滲漉(삼록) : 스며들다.
3 雨澤(우택) : 빗물.
4 修葺(수집) : 수리하다.
5 闢(벽) : (창을) 내다. '개(開)'와 통한다.
6 洞然(통연) : 훤한 모습.
7 欄楯(난순) : 난간.
8 偃仰(언앙) : 뒹굴거리다. 편안히 지내다. 嘯歌(소가) : 큰 소리로 노래하다.
9 兀坐(올좌) : 똑바로 앉다. 정좌하다.
10 斑駁(반박) : 얼룩얼룩하다.

항척헌의 기록

항척헌(項脊軒)은 옛 남쪽 별실이다. 방은 겨우 사방 한 길로 한 사람이 거주할 만하였다. 백 년이 된 낡은 집이라 먼지와 진흙이 틈으로 스며들었고, 비가 오면 빗물이 아래로 흘러내렸다. 매번 책 상을 옮기려고 둘러봐도 옮겨놓을 곳이 없었다. 또 북향인지라 햇 빛이 비치지 않아 정오가 지나면 이미 어두워졌다. 내가 약간 보수 하여 위에서 새지 않게 만들었다. 앞쪽으로 창 네 개를 내고 마당 을 담장으로 둘러쳐 남쪽 해를 마주보게 하니 햇빛이 반사되어 방 안이 비로소 훤해졌다. 또 마당에 난초, 계수나무, 대나무 등을 섞 어 심었더니 옛 난간도 마침내 더 멋있게 되었다. 빌린 책은 서가 에 가득한데, 뒹굴뒹굴 누웠다 엎드렸다 하면서 큰 소리로 노래하 기도 하고 또 조용히 똑바로 앉아있기도 하였는데, 그러면 온갖 소 리가 들렸다. 그러나 마당과 계단은 고요하여 작은 새들이 수시로 먹이를 쪼았는데 사람이 다가가도 도망가지 않았다. 보름날 밤에는 담장의 반쯤에 달빛이 비치고 계수나무 그림자가 얼룩얼룩한데, 바 람이 불면 그 그림자가 흔들려 하늘하늘 귀여웠다. 그러나 내가 여 기에 살면서 기쁜 일도 많았지만 슬픈 일도 많았다.

이 이전에는 마당이 남북으로 통해 하나였는데, 아버지 형제들이 취사를 따로 하면서부터 안팎에 작은 문과 담을 많이 만들어 도처 에 생겼다. 동쪽 집의 개가 서쪽을 향해 짖고, 손님이 주방을 넘어 서 식사하러 오고 닭이 대청에서 쉬었다. 마당 가운데에 처음엔 울

先是, 庭中通南北爲一, 迨諸父異爨,[12] 內外多置小門牆, 往往而是. 東犬西吠, 客踰庖而宴, 雞棲於廳. 庭中始爲籬, 已爲牆, 凡再變矣. 家有老嫗嘗居於此.[13] 嫗, 先大母婢也. 乳二世, 先妣撫之甚厚.[14] 室西連於中閨, 先妣嘗一至. 嫗每謂予曰: "某所, 而母立於茲."[15] 嫗又曰: "汝姊在吾懷, 呱呱而泣,[16] 娘以指扣門扉,[17] 曰: '兒寒乎? 欲食乎?' 吾從板外相爲應答." 語未畢, 余泣, 嫗亦泣.

余自束髮讀書軒中. 一日, 大母過余曰:[18] "吾兒, 久不見若影,[19] 何竟日默默在此? 大類女郎也!" 比去,[20] 以手闔門自語曰: "吾家讀書久不效,[21] 兒之成, 則可待乎?" 頃之, 持一象笏至, 曰: "此吾祖

---

11 珊珊(산산) : 하늘하늘 어여쁜 모양.
12 異爨(이찬) : 부엌일을 따로 하다. 취사를 따로 하다.
13 嫗(구) : 할미. 늙은 여자. 여자.
14 先妣(선비) : 돌아가신 어머니.
15 而(이) : 너. 2인칭으로 '여(汝)'와 통한다.
16 呱呱(고고) : 아기 우는 소리.
17 扣(구) : 두드리다. 門扉(문비) : 문짝. 문틀.
18 大母(대모) : 할머니.
19 若(약) : 너. '여(汝)'와 통한다.
20 比(비) : ~ 즈음에.
21 귀유광의 조부와 부친은 모두 진사(進士)는 물론 거인(擧人)에도 들지 못하여 벼슬하지 못했다.

타리를 쳤었는데 뒤에 담장을 쌓았으니 두 번 변했다. 집안에 일찍이 노파 한 분이 여기 항척헌에 거처하였었다. 그는 돌아가신 할머니의 하녀로 2대에 걸쳐 젖을 먹였으므로 돌아가신 어머니도 그를 후하게 대했다. 방 서쪽은 내실로 연결되어 있어 어머니가 일찍이 한 번 여기에 오셨었는데, 노파는 매번 그 일을 내게 말해주며 "저기는 네 어머니가 서 계셨던 곳이란다"라고 하였다. 노파는 또 말했었다. "네 누이가 내 품안에서 응애응애 울면 어머니가 손가락으로 문짝을 두드리며, '아기가 추운가? 배가 고픈가?'라고 하였고, 나는 문 너머에서 대답했단다." 말이 끝나기 전에 나는 흐느꼈고 노파 역시 흐느꼈었다.

나는 머리를 묶으면서부터 이 항척헌에서 공부하였다. 하루는 할머니가 건너오시어 말씀하셨다. "내 자식, 오래 네 모습을 못 보았구나. 어떻게 하루종일 말없이 여기에 있니? 꼭 여자애 같구나!" 떠날 즈음엔 손으로 문을 닫으며 혼잣말을 하셨다. "우리 집안은 공부해도 오래도록 효험이 없었는데 이 아이에겐 성공을 기대해도 될까?" 조금 후에 상아 홀(笏)을 가지고 오시어 말씀하셨다. "이건 우리 조부님 태상공(太常公)께서 선덕(宣德) 연간에 황제를 알현할 때 들었던 것인데, 후일 네가 이걸 써야 한다." 유물을 보면 마치 어제 있었던 일 같아서 대판 울음을 참을 수 없다.

헌(軒) 동쪽은 전에는 주방이었는데 거기에 가려면 헌 앞을 지나서 갔다. 나는 창문을 닫고 지냈는데 오래 지내다보니 발걸음소리로도 누구인지 분별하였다. 헌은 네 차례나 불이 났는데도 다 타버리지 않았으니 아마도 신령님의 보호가 있어서였을 것이다.

나 항척생(項脊生)은 말한다. 촉 지방 과부 청(淸)은 단사(丹砂) 구덩이를 간수하여 수입이 천하제일이 되었고 후에 진시황이 여회

太常公宣德間執此以朝,　他日汝當用之.”　瞻顧遺
跡, 如在昨日, 令人長號不自禁.[22]

　軒東故嘗爲廚, 人往, 從軒前過. 余扃牖而居,[23]
久之能以足音辨人. 軒凡四遭火, 得不焚, 殆有神
護者.

　項脊生曰:[24]　蜀淸守丹穴,[25]　利甲天下, 其後秦皇
帝築女懷淸臺. 劉玄德與曹操爭天下, 諸葛孔明起
隴中.[26]　方二人之昧昧於一隅也, 世何足以知之?
余區區處敗屋中,　方揚眉瞬目,[27]　謂有奇景,　人知
之者, 其謂與埳井之蛙何異![28]

　余旣爲此志, 後五年, 吾妻來歸. 時至軒中, 從
余問古事, 或憑几學書. 吾妻歸寧, 述諸小妹語曰:
“聞姊家有閣子,　且何謂閣子也?”　其後六年,　妻

---

22 長號(장호) : 통곡하다. 크게 울다.
23 扃牖(경유) : 창을 닫다.
24 項脊生(항척생) : 귀유광의 자호(自號).
25 촉(蜀) 지방 과부 청(淸)은 집안에 단사가 나오는 동굴을 가지고 있어서 매
　우 부유했고, 진시황은 그녀를 위해 여회청대(女懷淸臺)를 세웠다.
26 隴中(농중) : 제갈량이 젊었을 때 은거하던 융중(隆中) 지역을 가리킨다.
27 揚眉瞬目(양미순목) : 눈썹을 치켜올리고 눈을 깜빡거리다. 득의만만한 모습
　을 가리킨다.
28 埳井之蛙(감정지와) : 우물 안 개구리. 埳(감) : 구덩이. 坎(坎)의 이체자이다.

청대(女懷淸臺)를 세워 주었다. 유현덕이 조조와 천하를 다툴 때 제갈공명이 융중(隆中)에서 등장하였다. 청과 제갈공명 두 사람이 한참 한 구석에서 존재가 없을 때, 세상이 어떻게 그들을 알아줄 수 있었겠는가? 나는 미미한 존재로 허물어진 방안에 거처하면서도 한참 눈썹을 치켜세우고 눈을 깜박거리며 멋진 경관이 있다고 여겼는데, 누군가 그걸 알았으면 아마도 우물 안 개구리와 뭐가 다르냐고 했을 것이다!

내가 이 지(志)를 쓰고 5년이 지나 내 아내가 시집왔다. 아내는 때때로 이 헌에 와서 내게 옛이야기를 묻기도 하고 탁자에 기대어 글씨쓰기를 배웠다. 친정에 다녀와서는 여러 처제들이 "언니 집에 별실이 있다는데 별실이 뭐야?"라고 물었던 이야기를 하였다. 그 후 6년이 지나 아내가 죽었고 헌도 파괴되고 수리되지 않았다. 그 후 2년이 지나 내가 오랜 와병 중에 무료하여 사람을 시켜 남쪽 별실을 다시 보수하게 하였는데 그 구조가 전과는 약간 달랐다. 그러나 그때부터 나는 대부분 밖에서 지내며 그곳에 상주하지는 않았다.

마당에는 비파나무가 있는데, 아내가 죽던 해에 직접 심은 것이다. 지금은 우뚝하니 마치 양산과도 같다.

■ 해 제

자신의 거처했던 항척헌(項脊軒)과 관련된 일을 기록한 비망록으로 잡기류(雜記類)에 속하는 글이다. 이 글은 항척헌을 배경으로 하여 가정의 변천에 대한 감상과 할머니, 어머니, 아내에 대한 애정과 그리움을 토로했다. 여성다운 세심한 묘사로 여성과 관련된 일을 주로 기록으로 남겼으며, 그 안의 정서 역시 여성적이다.

간단한 몇 마디 기록이지만 죽은 아내의 이미지와 행복했던 짧은 혼인생활을 기록한 부분은 대단히 함축적이다. 할머니의 기대와 대비되는 낙담한 심정 역시

死,²⁹　室壞不修.　其後二年,　余久臥病無聊,　乃使
人復葺南閣子,　其制稍異於前.　然自後余多在外,
不常居.

　庭有枇杷樹,　吾妻死之年所手植也,　今已亭亭如
蓋矣.³⁰

· · · · · · · · · · · · · · · · · · · ·

29 귀유광이 30세일 때(1535년) 아내가 죽었다.
30 亭亭(정정) : 우뚝 높이 솟은 모양. 蓋(개) : 우산이나 양산. 수레의 덮개.

아내, 어머니, 할머니에 대한 그리움과 어우러져 퍽이나 안타까운 감정을 불러일으킨다. 친히 심어 지금은 우뚝해진 비파나무로 아내가 죽은 후에 더욱 커져가는 그리움을 대변한 것도 대단한 함축미를 보이는 부분이라 하겠다.

이 글은 19세에 처음 기록하고, 5년 후에 아내를 얻고, 6년 후에 아내가 죽고, 다시 2년 후 와병 중에 부서진 항척헌을 보수한 얼마 후, 대략 35세 이후에 보완한 글로 여겨진다.

한화장지(寒花葬志)

귀유광(歸有光)

婢, 魏孺人媵也.[1] 嘉靖丁酉五月四日死, 葬虛丘.[2] 事我而不卒, 命也夫!

婢初媵時, 年十歲, 垂雙鬟,[3] 曳深綠布裳. 一日天寒, 爇火煮荸薺熟,[4] 婢削之盈甌.[5] 余入自外, 取食之, 婢持去, 不與. 魏孺人笑之. 孺人每令婢倚几旁飯, 卽飯, 目眶冉冉動.[6] 孺人又指予以爲笑. 回思是時, 奄忽便已十年.[7] 吁! 可悲也已!

---

1 孺人(유인) : 명청(明淸)시대 7품 이하 관리의 아내나 어머니에게 주어지는 봉호(封號). 일반적으로 아내를 높여 부르는 데 쓰이기도 한다. 귀유광의 아내는 위(魏)씨였다. 媵(잉) : 시집갈 때 딸려 보내는 남자나 여자.
2 虛丘(허구) : 묘지. 구허(丘虛), 즉 황무지로 풀이하기도 한다. 또 산동성 소재의 고유명사로 보는 견해도 있으나 하녀의 매장지로 보기에는 무리가 있다.
3 鬟(환) : 쪽진 머리.
4 爇(열) : 불사르다. 불붙이다. 荸薺(발제) : 올방개. 뿌리를 먹는 다년초.
5 甌(구) : 사발.
6 目眶(목광) : 눈자위. 冉冉(염염) : 천천히 움직이는 모습.
7 奄忽(엄홀) : 갑자기. 문득. 어느새.

한화를 매장한 기록

하녀 한화는 아내 위(魏)씨가 시집올 때 딸려온 아이이다. 가정 (嘉靖) 정유년(丁酉年, 1537) 5월 4일에 죽어 묘지에 묻혔다. 나를 모셨지만 끝까지 모시지 못했는데, 운명이다!

하녀 한화가 처음 아내를 따라온 것은 열 살 때로, 두 개로 둥글게 쪽진 머리를 늘어뜨리고 짙은 녹색 치마를 끌고 있었다. 추운 어느 날 불을 피워 올방개를 삶았는데 한화가 사발 가득히 깎아 놓았다. 나는 밖으로부터 들어와 그것을 얻어먹으려 했으나 한화가 가지고 가버리고 주지 않았다. 아내는 그 모습을 보고 웃었다. 아내는 매번 한화를 상 옆에 붙여서 밥을 먹게 했는데, 한화는 밥을 먹으며 눈자위를 천천히 돌렸다. 아내는 또 나를 가리키며 웃었다. 그때를 회상하니 어느새 이미 십 년이 되었다. 아 아! 슬프다!

■ 해 제

죽은 하녀 한화를 매장한 기록이다. 묘지(墓誌)의 변형으로 비지류에 분류하는 것이 타당해 보인다. 아내가 시집오면서 데리고 온 하녀 한화는 아내가 죽은 다음해에 죽었다.

112자에 불과한 짧은 편폭의 이 글은 사소한 세 가지 일을 평범하게 기술하였는데, 그를 통해 철없는 어린 계집아이의 형상이 매우 생동감 있게 잘 드러나고 있다. 또한 이 하녀의 일을 통해 실제로는 죽은 아내를 기억해내며 그에 대한 그리움을 함축적으로 표현하고 있다. 또한 매우 소박하고 평범한 수사도 두드러진다.

10.
우언 속의 풍자와 교훈

- 구양수歐陽修

종수곽탁타전(種樹郭橐駝傳)

유종원(柳宗元)

郭橐駝,[1] 不知始何名. 病僂,[2] 隆然伏行, 有類橐
駝者, 故鄕人號之駝. 駝聞之曰: "甚善, 名我固
當." 因捨其名, 亦自謂橐駝云. 其鄕曰豊樂鄕, 在
長安西. 駝業種樹, 凡長安豪富人爲觀遊及賣果者,[3]
皆爭迎取養.[4] 視駝所種樹, 或移徙, 無不活, 且碩
茂蚤實以蕃.[5] 他植者雖窺伺傚慕,[6] 莫能如也.

有問之, 對曰: "橐駝非能使木壽且孳也,[7] 能順
木之天, 以致其性焉爾. 凡植木之性, 其本欲舒,
其培欲平, 其土欲固, 其築欲密. 旣然已, 勿動勿
慮,[8] 去不復顧. 其蒔也若子,[9] 其置也若棄, 則其天

1 橐駝(탁타) : 낙타. 전기 주인공의 별명.
2 僂(누) : 곱사등이.
3 觀遊(관유) : 큰 규모의 정원.
4 取養(취양) : 고용하다.
5 蚤(조) : 일찍. 조(早)와 같다. 以(이) : 접속사 이(而)처럼 쓰인다. 蕃(번)
　 : 많다. 다(多)와 통한다.
6 窺伺(규사) : 엿보다. 훔쳐보다. 傚慕(효모) : 본받다. 흉내내다.
7 孳(자) : 불리다. 새끼를 낳다.
8 勿(물) : ~하지 않다. 금지를 나타내는 외에 여기에서처럼 부정을 나타내며

나무 심는 곽탁타의 전기

　곽탁타(郭橐駝)는 원래 이름이 무엇인지 모른다. 곱사병을 앓아 불룩하니 엎드려 다녀 그 모습이 낙타와 유사했으므로 마을 사람들이 타(駝)라고 불렀다. 타도 듣고는, "매우 좋다. 내 이름으로 정말 적당하다"고 하고는 제 이름을 버리고 스스로도 탁타라고 하였다. 그의 고향은 풍락향(豊樂鄉)으로 장안의 서쪽에 있다. 타는 나무 심는 일을 업으로 하였는데, 장안의 호족 부자로 큰 정원을 꾸미는 사람에서 과일 장수에 이르도록 모두들 다투어 그를 맞이해 고용하고자 하였다. 타가 나무 심는 것을 보면 혹 옮겨 심어도 죽는 것이 없고 또 크고 무성하였으며 일찍 그리고 많은 열매를 맺었다. 다른 나무 심는 사람들이 훔쳐보고 흉내를 내지만 아무도 그와 같을 수가 없었다.

　누군가가 물으니 그는 답했다. "저 탁타가 나무를 오래 살고 불어나게 할 수 있는 것은 아닙니다. 나무의 천성에 맞추어 그 본성대로 자라도록 할 수 있을 뿐입니다. 나무의 본성이란 그 뿌리는 펴지기를 바라고, 배토(培土)는 고르기를 바라며, 흙은 옛것을 바라고, 다지기는 촘촘하기를 바랍니다. 그렇게 되었으면 그뿐으로, 건드리지도 않고 염려하지도 않으며 떠나가 다시 돌아보지도 않습니다. 심을 때는 자식같이 대하고, 내버려둘 때는 버린 듯이 하면 천성이 온전히 보존되고 본성대로 자랍니다. 그러니 저는 그 성장을 해치지 않을 따름이지, 크고 무성하게 만들 수 있는 것은 아닙

者全而其性得矣. 故吾不害其長而已, 非有能碩茂

之也. 不抑耗其實而已,[10] 非有能蚤而蕃之也. 他

植者則不然, 根拳而土易,[11] 其培之也, 若不過焉

則不及. 苟有能反是者, 則又愛之太殷,[12] 憂之太

勤, 旦視而暮撫, 已去而復顧. 甚者爪其膚以驗其

生枯,[13] 搖其本以觀其疎密, 而木之性日以離矣.

雖曰愛之, 其實害之, 雖曰憂之, 其實讎之, 故不

我若也. 吾又何能爲哉!"[14]

　　問者曰: "以子之道, 移之官理可乎?" 駝曰: "我

知種樹而已, 理, 非吾業也. 然吾居鄕, 見長者好

煩其令,[15] 若甚憐焉, 而卒以禍. 旦暮吏來而呼曰:

'官命促爾耕, 勗爾植,[16] 督爾穫.[17] 蚤繰而緖,[18] 蚤

．．．．．．．．．．．．．．．．．．．．．．

불(不)과 같이 쓰이기도 한다.

9　蒔(시) : 심다.

10　抑耗(억모) : 억제하고 감소시키다.

11　拳(권) : 굽다. 뭉치다.

12　殷(은) : 많다. 크다.

13　爪(조) : 손톱. 동사로 쓰여 손톱으로 할퀸다는 뜻이다.

14　爲(위) : 작용하다, 역할을 하다.

15　長者(장자) : 관리를 가리킨다. 好煩(호번) : 번거롭게 하기를 좋아하다.

16　勗(욱) : 힘쓰다.

17　督(독) : 단속하다.

18　繰(소) : 실을 뽑다. 緖(서) : 실 가닥. 而(이) : 너. 위의 이(爾)와 같이 2
인칭에 쓰인다.

니다. 그 결실을 억제하고 줄이지 않을 뿐이지 일찍 맺고 많이 맺게 할 수 있는 것은 아닙니다. 다른 이가 심는 것은 그렇지 않으니, 뿌리는 뭉치고 흙은 바뀌며, 배토할 때는 지나치지 않으면 모자랍니다. 그렇지 않을 수 있는 사람은 또 너무 많이 아끼고 너무 힘써 걱정하여, 아침에 보고 저녁에 어루만지며 이미 떠났다가도 다시 돌아봅니다. 심한 경우에는 껍질에 손톱질하여 살았는지 말랐는지 알아보고, 뿌리를 흔들어 빽빽한지 성근지 살펴보니, 나날이 나무는 그 본성을 잃어갑니다. 비록 아낀다고 하지만 실은 해치고, 걱정한다고 하지만 실은 원수로 대합니다. 그래서 저만 못한 것입니다. 제가 또 어찌 무슨 작용을 할 수 있겠습니까!"

물었던 이가 말했다. "그대의 도리를 관가의 다스림에 옮겨 적용해도 되겠는지요?" 탁타가 대답했다. "저는 나무 심는 일만 알 뿐입니다. 다스리는 일은 제 직업이 아닙니다. 그러나 제가 마을에 살면서 윗자리에 계신 분들이 번거롭게 명령 내리기를 좋아하시어 마치 매우 불쌍하게 여기는 듯하지만 끝내는 화를 부르는 것을 봅니다. 아침저녁으로 관리들이 와서 외쳐댑니다. '관청에서 명하니, 그대들의 밭 갈기를 재촉하라, 그대들의 심는 일에 힘쓰라, 그대들의 수확을 단속하라, 일찍 그대들의 실을 뽑으라, 일찍 그대들의 명주를 짜라, 그대들의 아이를 기르라, 그대들의 닭과 개를 키우라.' 북을 울려 사람들을 모으고 나무토막을 두드려 불러댑니다. 우리들 서민들은 아침식사 저녁식사를 멈추고 관리들을 접대하기에도 쉴 틈이 없으니, 또 어떻게 우리의 생산을 늘리고 본성에 맞춰 안주하겠습니까? 그래서 병이 나고 또 지칩니다. 이와 같다면 제 직업의 경우와도 역시 유사함이 있겠지요?"

물었던 이가 기뻐하며 말했다. "훌륭하지 않은가! 나무 기르는

織而縷,¹⁹ 字而幼孩,²⁰ 遂而雞豚.'²¹ 鳴鼓而聚之, 繫木而召之. 吾小人輟飧饔以勞吏者,²² 且不得暇, 又何以蕃吾生而安吾性耶? 故病且怠.²³ 若是, 則與吾業者其亦有類乎?"

問者嘻曰: "不亦善夫! 吾問養樹, 得養人術." 傳其事以爲官戒.

•••••••••••••••••••••••••

19 縷(루) : 명주.
20 字(자) : 기르다. 부양하다.
21 遂(수) : 키우다. 성장시키다.
22 小人(소인) : 서민. 백성. 輟(철) : 멈추다. 飧饔(손옹) : 저녁밥과 아침밥. 勞(로) : 위로하다. 접대하다.
23 怠(태) : 지치다.

것을 물어 백성 양육하는 방법을 깨달았다." 이에 그 일을 기록하여
관청의 계율로 삼는다.

■ 해 제

나무 가꾸는 일로 시정의 방침을 논한 변격의 전기문이다. 전장류(傳狀類)에 속
하는 전기문이지만 초점이 그 주인공에 있지 않고 자기의 주장을 설파하기 위한
우언의 성분이 농후한 글이다. 곽탁타(郭橐駝)라는 식목 전문가의 입을 통해 관
청에서 번거롭게 명령하고 간섭하는 행태의 폐해를 고발한 점이 참신하다. 주장
의 내용이 상당 부분 도가사상의 경향을 띠고 있다.

전체를 대화 방식으로 구성하여 간결함과 현장감을 강화하였다. 번거롭게 명령
을 내리는 부분은 서술 자체를 매우 번거롭게 반복하여 그 효과를 높이고 있는
점, 또 짧은 구절로 연속되어 속도감을 높임으로써 다급함을 느끼게 하는 점도
두드러지는 점이다.

유종원의 전기문은 대다수가 당시 사회에서는 미천한 존재를 대상으로 하였다.
그들을 통해 정치적 견해를 피력하거나 사회문제를 고발하고 풍자함으로써 전기
문의 영역을 확대하고 있다. 약재 상인이 주인공인 「송청전(宋淸傳)」, 목수가 주
인공인 「재인전(梓人傳)」, 납치된 어린아이가 주인공인 「동우기전(童區寄傳)」
등이 있으며, 작은 곤충이 주인공인 「부판전(蝜蝂傳)」과 심지어 변소에 빠져죽
는 미치광이 시인이 주인공인 「이적전(李赤傳)」과 색정에 빠져든 여인이 주인공
인 「하간전(河間傳)」도 있다.

임강지미(臨江之麋)

유종원(柳宗元)

臨江之人,¹ 畋得麋麑, 畜之.² 入門, 羣犬垂涎, 揚尾皆來. 其人怒, 怛之.³ 自是日抱就犬, 習示之, 使勿動, 稍使與之戲. 積久, 犬皆如人意.

麋麑稍大, 忘已之麋也, 以爲犬良我友, 抵觸偃仆, 益狎. 犬畏主人, 與之俯仰甚善,⁴ 然時啖其舌.⁵

三年, 麋出門, 見外犬在道甚衆, 走欲與爲戲. 外犬見而喜且怒, 共殺食之, 狼藉道上. 麋至死不悟.

---

1 臨江(임강) : 지금의 강서성 청강현(淸江縣).
2 畜(휵) : 기르다. 사육하다.
3 怛(달) : 겁주다.
4 俯仰(부앙) : 머리를 들고 내리다. 맞장구치다.
5 啖(담) : 먹다. 여기서는 핥다의 뜻으로 첨(舔)과 통한다.

임강 지방의 고라니

　임강(臨江) 지방 사람이 사냥하여 고라니를 잡고는 집안에 기르고자 하였다. 집안에 들어서니 뭇 개들이 침을 흘리며 꼬리를 세우고서 몰려왔다. 주인은 화를 내며 그들을 겁주었다. 이때부터 고라니를 안고 개들에게 다가가 익숙하게 보여주며 건드리지 못하게 하면서 조금씩 같이 놀게 하였다. 오래되자 개들은 모두들 주인의 뜻을 따랐다.

　고라니는 점점 자라자 자신이 고라니인 것을 잊고 개들이 진정 자신의 친구라고 여기어, 맞서고 나뒹굴며 더욱더 허물없이 굴었다. 개들은 주인을 겁내 고라니와 함께 맞장구를 치며 매우 잘 지냈다. 그러나 수시로 입맛을 다셨다.

　삼 년이 지나 고라니는 문을 나섰는데, 밖의 개들이 길가에 많이 있는 것을 보고는 달려가 함께 장난하려고 하였다. 밖의 개들이 고라니를 보고 좋아하기도 하고 화도 내면서 모여들어 죽여 먹어치우니 그 흔적이 길에 낭자했다. 고라니는 죽으면서도 그 까닭을 깨닫지 못하였다.

▓ 해 제

세 편의 동물 이야기로 이루어진 「삼계(三戒)」의 첫 번째 글이다. 좌천되어 영주(永州)에서 사마(司馬)로 지내던, 실제로는 귀양생활을 하던 때의 글이다. 서문에서 자기의 근본을 망각하고 외부의 힘에 기대어 멋대로 구는[不推己之本, 而乘物以逞] 것을 증오한다고 하였다. 짧은 이야기가 긴밀한 짜임새를 지니고 전개되며 복선(伏線)의 설정도 돋보인다. 작자는 당대의 대표적인 우언(寓言) 작가로서 동물을 소재로 하여 주로 통치계층을 신랄하게 풍자하는 글을 많이 지었다. 득의만만하던 젊은 시기에 결정적인 정치적 좌절을 겪은 데서 오는 분노와 좌천된 미개지에서의 긴 자연 속 생활이 창작 배경으로 존재한다.

양어기(養魚記)

구양수(歐陽修)

折簷之前有隙地,[1] 方四五丈, 直對非非堂,[2] 修竹環繞蔭映,[3] 未嘗植物, 因洿以爲池.[4] 不方不圓, 任其地形, 不甃不築,[5] 全其自然. 縱鍤以濬之,[6] 汲井以盈之. 湛乎汪洋,[7] 晶乎清明, 微風而波, 無波而平, 若星若月, 精彩下入. 予偃息其上, 潛形於毫芒, 循漪沿岸,[8] 渺然有江湖千里之想.[9] 斯足以舒憂隘而娛窮獨也.[10]

乃求漁者之罟,[11] 市數十魚,[12] 童子養之乎其中.[13]

....

1 折簷(절첨) : 처마가 꺾인 곳. 처마 모퉁이. 隙地(극지) : 공터.
2 非非堂(비비당) : 작자가 낙양에 세운 건물. 작자는 「비비당기(非非堂記)」도 지었다.
3 修(수) : 길다. 장(長)과 통한다. 蔭映(음영) : 그림자로 덮어 가리다.
4 洿(오) : 웅덩이.
5 甃(추) : 벽돌 담. 동사로 쓰여 '벽돌을 쌓다'의 의미로 쓰였다.
6 濬(준) : 깊이 파내다.
7 湛乎(잠호) : 투명한 모습. 잠연(湛然)과 같다.
8 漪(의) : 잔물결.
9 渺然(묘연) : 아득한 모습.
10 憂隘(우애) : 근심과 답답함. 窮獨(궁독) : 곤궁함 속에서 자신을 바르게 잘 지켜나감. 독(獨)은 독선기신(獨善其身)을 의미한다.
11 罟(고) : 그물. 동사로 쓰여 '투망하다'의 의미로 쓰였다.
12 市(시) : 사다. 흥정하다.

물고기 기른 일의 기록

처마 모퉁이 앞에 공터가 있는데 크기는 사방 네다섯 길이 되며 비비당(非非堂)을 똑바로 마주하고 있다. 이곳은 긴 대나무가 둘러서 그늘로 덮고 있고 아무것도 심지 않았기에 그 웅덩이를 이용해 연못을 만들었다. 모나지도 않고 둥글지도 않게 지형 그대로, 벽돌도 쌓지 않고 흙도 쌓지 않아 온전한 자연 그대로였다. 삽질을 하여 깊이 파내고 우물물을 길어다 채웠다. 투명하게 넘실대고 반짝반짝 맑은데, 미풍이 불면 물결이 일고, 물결이 사라지면 평온하여 별빛 달빛이 아름답게 물밑까지 비쳤다. 내가 그 물가에서 누워 쉬노라면 그 모습이 털끝마저 훤히 물에 잠기고, 잔물결을 따라 물가를 돌면 아득히 천리 밖 강호에 있는 느낌이었다. 이곳은 근심과 답답함을 풀어버리고 곤궁함 속에서도 자신만을 잘 지켜나감을 즐기기에 충분하였다.

이에 투망하는 어부를 찾아 물고기 수십 마리를 사다가 동자에게 그 연못 안에 기르게 하였다. 동자는 적은 물로는 그 용량을 확대할 수 없다고 여겨, 대충 작은 고기는 그 안에 살려주고 큰 고기는 버렸다. 내가 이상하게 여겨 그 까닭을 물으니 그렇게 대답하였다. 아, 아! 이 동자가 어찌 어리석고 무식한 것이 아니겠는가! 내가 보니 큰 고기는 옆에서 말라가며 제자리를 찾지 못하고, 작은 고기들만 낮고 좁은 곳에서 장난치며 만족하는 모습이다. 이에 느끼는 바가 있어 「양어기(養魚記)」를 짓는다.

童子以爲斗斛之水不能廣其容,[14]　　蓋活其小者而棄
其大者. 怪而問之, 且以是對. 嗟乎! 其童子無乃
罷昏而無識矣乎![15]　予觀巨魚枯涸在旁,　不得其所,
而群小魚遊戲乎淺狹之間,　有若自足焉. 感之而作
養魚記.

. . . .

13 사역을 나타내는 말이 없으나 전후의 맥락상 사역의 어기이다.
14 斗斛之水(두곡지수) : 적은 물. 크고 작은 말 단위의 물.
15 無乃~乎(무내~호) : ~이 아니겠는가. 罷昏(은혼) : 어리석다.

222 중국의 고전 산문

서정과 풍자를 겸한 잡기류(雜記類)의 수필이다. 연못가에서의 편안한 느낌을 표현하는 동시에 사회 현실에 대해 풍자하는 내용도 담았다. 작자가 25세 즈음, 낙양(洛陽)에서 서경유수(西京留守)의 추관(推官)일 때 지은 것이다.

전반부의 경물 묘사와 함께 그곳에서 즐거움을 얻는 소박한 정신이 잘 표현되었다. 그러나 후반부에 이르러 내용이 급변하여, 큰인물이 제자리를 잃고 버려지며 소인배들만이 유유자적하는 현실에 대한 불만과 그렇게 만드는 존재에 대한 멸시를 함께 드러내고 있다.

작자의 자족을 추구하는 정신 면모가 보이기는 하지만, 그보다는 불공평한 현실을 고발하고 개혁하려는 내재된 정신상태가 드러나는 글이다.

이어설(二魚說)

소식(蘇軾)

　河之魚，有豚其名者．游於橋間，而觸其柱，不知遠去，怒其柱之觸已也，則張頰植鬐,[1] 怒腹而浮於水，久之莫動．飛鳶過而攫之,[2] 磔其腹而食之.[3]

　好游而不知止，因游以觸物．而不知罪己，乃妄肆其忿，至於磔腹而死，可悲也夫．

　海之魚，有烏賊其名者，呴水而水烏.[4] 戲於岸間，懼物之窺已也，則呴水以自蔽．海鳥疑而視之，知其魚也而攫之．

　嗚呼！ 徒知自蔽以求全，不知滅跡以杜疑，爲識者之所窺，哀哉！

1　張頰植鬐(장협식렵) : 주둥이를 벌리고 지느러미를 세우다.
2　攫(확) : 움켜쥐다.
3　磔(책) : 찢다.
4　呴(구) : (물이나 거품을) 뿜다.

두 가지 물고기 이야기

　강의 고기 가운데 이름이 복어인 놈이 있다. 이놈이 다리 사이에서 놀다가 기둥을 들이받고는 멀리 피해갈 줄은 모르고 그 기둥이 자기를 받았다고 화를 내며 주둥이를 벌리고 지느러미는 세우고서 배를 부풀려 물에 떠서는 오래도록 움직이지 않았다. 그러자 솔개가 지나다가 잡아채서는 그 배를 찢어 먹어버렸다.

　놀기 좋아하고 그칠 줄 모르더니 놀다가 무엇인가 건드렸다. 그리고선 제 탓 할 줄은 모르고 망령되이 화만 내다가 배가 갈려 죽었다. 슬픈 일이다!

　바다의 고기 가운데 이름이 오징어란 놈이 있는데 물을 뿜으면 물이 시꺼멓게 된다. 이놈이 해안에서 놀다가 남이 자기를 엿볼까 두려우면 물을 뿜어 자신을 가린다. 그러면 바닷새가 이상하게 여겨 살펴보다가 고기가 있음을 알고 잡아챈다.

　아 아! 단지 자신을 가려 안전을 꾀할 줄만 알았지 흔적을 없애 의심을 없앨 줄은 몰라서 똑똑한 존재에게 들켜버렸다. 슬프도다!

■ **해 제**

작자는 망령되이 화를 내다가 후회하고, 덮으려다 오히려 더 드러나게 하는 어리석음을 안타깝게 생각한다고 하였다. 또한 유종원의 「삼계(三戒)」를 읽고 스스로 경계하기 위해 썼다고 밝히고 있다.
우언(寓言)은 경기병(輕騎兵)에 비유되기도 한다. 짧고 정밀하고 날카롭다. 유종원이 당(唐)대의 대표적인 우언작가였듯이 소식은 송대의 대표적인 우언작가이다. 오대시안(烏臺詩案)이라는 엄중한 필화사건을 겪은 것도 영향을 미쳤을 것이다.

11.
유람과 탐색

- 도연명陶淵明

도화원기(桃花源記)

도연명(陶淵明)

晉太元中,[1] 武陵人捕魚爲業.[2] 緣溪行, 忘路之遠近, 忽逢桃花林, 夾岸數百步, 中無雜樹, 芳草鮮美, 落英繽紛.[3] 漁人甚異之, 復前行, 欲窮其林.[4] 林盡水源, 便得一山, 山有小口, 彷彿若有光,[5] 便捨船, 從口入.

初極狹, 纔通人.[6] 復行數十步, 豁然開朗. 土地平曠, 屋舍儼然,[7] 有良田美池桑竹之屬. 阡陌交通,[8] 雞犬相聞. 其中往來種作, 男女衣著, 悉如外人. 黃髮垂髫,[9] 並怡然自樂.

---

1 太元(태원) : 동진(東晉) 효무제(孝武帝)의 연호(376-396년).
2 武陵(무릉) : 군(郡) 이름으로 지금의 호남성 상덕(常德) 일대.
3 英(영) : 꽃. 繽紛(빈분) : 어지러이 많은 모습.
4 窮(궁) : 끝까지 가다. 동사로 쓰였다.
5 彷彿(방불) : 비슷하다. ~인 듯하다.
6 纔(재) : 겨우.
7 儼然(엄연) : 정돈된 모습. 가지런한 모습.
8 阡陌(천맥) : 밭 사이의 길. 남북 방향의 길[阡]과 동서 방향의 길[陌].
9 黃髮(황발) : 노인. 머리색이 노랗게 탈색된다고 하여 그렇게 말한다. 垂髫 (수초): 어린이. 더벅머리를 드리운 아이.

도화원에 관한 기록

진(晉)나라 태원(太元) 연간에 고기잡이를 업으로 하는 무릉(武陵) 사람이 있었다. 그가 시내를 따라가다가 길을 잃었고 홀연히 복숭아나무숲을 만났는데, 시내를 끼고 수백 보를 가도록 잡목은 없고 향초만이 신선하고 아름다웠으며 떨어진 꽃잎이 어지러웠다. 어부는 몹시 이상하게 여겨 다시 앞으로 나아가 숲 끝까지 가고자 했다. 숲은 시내의 발원지에서 끝났는데 그곳에서 산을 만났다. 산에는 작은 동굴이 있었는데 마치 빛이 비치는 듯하였다. 그는 곧 배를 떠나 동굴로 들어갔다.

처음에는 매우 좁아서 한 사람이 겨우 들어갈 만하였다. 다시 수십 보를 가니 시원스레 활짝 넓어졌다. 땅은 넓고 평평했으며 집들은 잘 정돈되었고 좋은 밭과 멋진 연못과 뽕나무와 대나무 따위가 있었다. 마을간에 길이 이리저리 통하고 닭 우는 소리와 개 짖는 소리가 들릴 거리였다. 그 가운데 오가며 농사일을 하는데 그들 남녀의 옷차림이 온통 다른 세상 사람들 모습 같았다. 노인이나 아이들도 모두들 유쾌하게 즐기고 있었다.

그들은 어부를 보더니 크게 놀라며 어디서 왔는지 물었고 어부는 자세히 답했다. 그러자 집으로 초대하여 술상을 차리고 닭 잡고 밥을 지었다. 마을에 그런 사람이 나타났다는 말을 듣고는 모두들 와서 소식을 물었다. 그들은 스스로 말하길, 선대에 진(秦)나라 때의 난리를 피해 처자와 마을 사람들을 이끌고 이곳 동떨어진 곳에 와서는 다시는 밖으로 나가지 않았으며, 그래서 마침내 외부 사람들과 멀어졌다

見漁人, 乃大驚, 問所從來, 具答之. 便要還家,
設酒殺雞作食. 村中聞有此人, 咸來問訊. 自云:
先世避秦時亂, 率妻子邑人來此絶境, 不復出焉,
遂與外人間隔. 問今是何世, 乃不知有漢, 無論魏
晉. 此人一一爲具言所聞, 皆歎惋.[10] 餘人各復延
至其家, 皆出酒食. 停數日, 辭去. 此中人語云:
"不足爲外人道也."

既出, 得其船, 便扶向路, 處處志之. 及郡下,
詣太守, 說如此. 太守卽遣人隨其往, 尋向所志,
遂迷不復得路.

南陽劉子驥,[11] 高尙士也, 聞之, 欣然規往.[12] 未
果,[13] 尋病終,[14] 後遂無問津者.[15]

- -

10 歎惋(탄완) : 탄식하고 안타까워하다.
11 劉子驥(유자기) : 유인지(劉驎之). 자기(子驥)는 그의 자(字). 산수 유람을
   좋아했던 동진 때 사람.
12 規(규) : 계획하다.
13 未果(미과) : 결과가 없다. 실행하지 못하다.
14 尋(심) : 머지않아. 얼마 후에.
15 問津(문진) : 나루터를 묻다. 길을 묻다.

고 하였다. 그리고 지금이 무슨 시대인지 물었는데, 한(漢)나라가 있었던 것도 모르니 위진(魏晉)시대를 모르는 건 말할 나위가 없었다. 그 어부가 하나하나 모두 일러주니 그들은 듣는 이야기마다 안타까워하고 탄식하였다. 나머지 사람들도 각기 자기 집으로 이끌고는 모두들 술과 음식을 내놓았다. 그가 수일을 머물고 하직을 고하자, 그 중 한 사람이 말했다. "외부인에게 말할 게 못됩니다."

그는 밖으로 나온 후에 배를 찾아 바로 옛길을 따라 곳곳에 표시하였다. 군(郡) 아래에 이르러 태수에게 가 그 사정을 이야기하였다. 태수는 바로 사람을 파견하여 그를 따라 이전에 표시했던 곳을 찾게 하였다. 그러나 끝내 길을 잃고 다시는 옛길을 찾지 못하였다.

남양(南陽)사람 유자기(劉子驥)는 고상한 선비인데, 그 이야기를 듣고는 기뻐하며 그곳에 가려고 계획하였다. 그러나 실행하지 못하고 얼마 후에 병으로 죽었다. 그 후로는 그 길을 묻는 이가 없었다.

■ 해 제

어부의 별천지 방문에 대한 기록이다. 작자의 오언고시 「도화원시(桃花源詩)」와 연계하여 쓴 것이다. 작자 자신의 소박한 이상향을 그린 글이라고 할 수 있다. 그러나 그런 곳이 실제 존재했을 가능성도 배제할 수 없다. 지금도 중국에 외부와의 왕래가 극히 어려운 외지의 험한 곳에서 마을 공동체를 이루어 살아가는 곳이 많이 있다.

중국에는 소위 도화원(桃花源)이라는 곳이 여러 지방에 있다. 무릉(武陵) 지방의 도화원이 그래도 그 원조인 셈이다.

고무담서소구기(鈷鉧潭西小丘記)

유종원(柳宗元)

得西山後八日, 尋山口西北道二百步,¹ 又得鈷鉧潭.² 潭西二十五步, 當湍而浚者爲魚梁.³ 梁之上有丘焉, 生竹樹. 其石之突怒偃蹇,⁴ 負土而出, 爭爲奇狀者, 殆不可數. 其嶔然相累而下者,⁵ 若牛馬之飮于溪, 其衝然角列而上者,⁶ 若熊羆之登於山.

丘之小不能一畝,⁷ 可以籠而有之.⁸ 問其主, 曰: "唐氏之棄地, 貨而不售".⁹ 問其價, 曰: "止四百".

1 尋(심) : '연(沿)'과 통한다. 따라서.
2 鈷鉧潭(고무담) : 못 이름. 지금의 호남성(湖南省) 영주시(永州市) 서남방에 있다. 모양이 다리미같이 생겨 붙여진 이름이다.
3 湍(단) : 여울, 급류. 浚(준) : 깊은 물. 魚梁(어량) : 고기 잡는 통발을 설치할 수 있도록 중간에 공간을 둔 둑.
4 突怒(돌노) : 돌출하여 우뚝 솟은 모양. 노한 느낌을 준다. 偃蹇(언건) : 비스듬히 솟은 모양. 건방진 느낌을 준다.
5 嶔然(금연) : 암석 등이 높게 솟은 모양.
6 衝然(충연) : 앞을 향해 돌출해 있는 모양. 角列(각렬) : 짐승의 뿔처럼 비스듬히 나열되다.
7 能(능) : 미치다, 다다르다. 급(及)과 의미가 통한다. 畝(묘) : 전답의 넓이 단위. 고대에는 사방 여섯 자를 1보(步), 100보를 1묘라 하였다. 진(秦) 이후에는 240보를 1묘라고 하였다. 국내에서는 30평을 1묘라고 한다.
8 籠(농) : 삼태기. 여기서는 동사로 쓰여, 삼태기로 담다 또는 포괄하다는 의미로 쓰였다.

고무담 서쪽 작은 언덕의 기록

　서산(西山)을 발견한 후 여드레 되는 날에 산의 입구를 따라 서북쪽으로 200보 되는 곳에서 또 고무담(鈷鉧潭)을 발견하였다. 그 고무담 서쪽으로 25보 되는 곳에, 물살이 급하고 깊은 곳에 고기 잡는 통발을 설치하는 둑을 쌓아놓았다. 둑 위쪽에 언덕이 있는데 대나무와 잡목이 자라고 있었다. 그 바위 가운데 우뚝하게 혹은 비스듬히 흙을 지고 나와 다투어 이상한 모양을 하고 있는 것들이 거의 수를 다 셀 수 없었다. 높이 솟아 서로 포개져 아래로 향한 것들은 마치 소나 말이 계곡 물을 마시는 것 같았고, 뿔처럼 나란히 돌출해 위로 향한 것들은 마치 곰들이 산을 오르는 것 같았다.

　언덕은 작아 한 묘(畝)도 채 안 되었으니 삼태기로 담아낼 수 있음직하였다. 주인에 대해 물으니, "당(唐)씨가 버려둔 땅입니다. 매물로 내놓았지만 팔리지 않습니다"라고 했다. 그 가격을 물으니, "사백 문(文)이면 됩니다"라고 했다. 나는 불쌍히 여겨 그 땅을 샀다. 이때 이심원(李深源)과 원극기(元克己)와 같이 유람 중이었는데, 모두 뜻밖이라고 크게 기뻐하였다. 그리하여 도구를 바꿔가며 잡초를 베고 나쁜 나무를 벌목해서 사나운 불에 태웠다. 그러자 멋진 나무가 서고, 아름다운 대나무가 드러났으며, 기이한 돌들이 드러났다. 그 가운데에서 바라보니 높은 산, 떠있는 구름, 흐르는 계곡물, 멋대로 노는 새와 짐승들이 모두 즐겁게 재주를 부리어 이

余憐而售之. 李深源, 元克己時同遊, 皆大喜出自意外. 卽更取器用,[10] 剗刈穢草,[11] 伐去惡木, 烈火而焚之. 嘉木立, 美竹露, 奇石顯. 由其中以望, 則山之高, 雲之浮, 溪之流, 鳥獸之遨遊,[12] 擧熙熙然迴巧獻技,[13] 以效玆丘之下.[14] 枕席而臥,[15] 則淸泠之狀與目謀,[16] 瀯瀯之聲與耳謀,[17] 悠然而虛者與神謀, 淵然而靜者與心謀. 不匝旬而得異地者二,[18] 雖古好事之士, 或未能至焉.

噫! 以玆丘之勝, 致之灃鎬鄠杜,[19] 則貴遊之士爭買者,[20] 日增千金而愈不可得. 今棄是州也, 農

9 貨而不售(화이불수) : 파는 상품으로 내놓았지만 팔리지 않다. '수(售)'는 '매(賣)'와 '매(買)'의 뜻을 모두 가짐.
10 器用(기용) : 기구. 뒤에 언급되는 제초나 벌목용 작업도구를 가리킨다.
11 剗刈(산예) : 풀이나 나무 따위를 벰. 穢草(예초) : 잡초.
12 遨遊(오유) : 즐겁게 놀다. 멋대로 놀다.
13 熙熙然(희희연) : 즐거워하는 모양. 迴(회) : 표현하다.
14 效(효) : 바치다.
15 枕席(침석) : 베고 깔다.
16 淸泠(청령) : 맑고 깨끗함.
17 瀯瀯(영영) : 샘물 흐르는 소리.
18 匝旬(잡순) : 만 열흘. '잡(匝)'은 '차다'의 의미.
19 灃鎬鄠杜(풍호호두) : 모두 장안(長安) 근교의 지명. 당나라 때 많은 부호들이 이곳에 별장을 가지고 있었다.
20 貴遊之士(귀유지사) : 놀기 좋아하는 귀족 자제. 『주례(周禮)』의 주석에 따르면 왕공의 자제로 벼슬 없이 노는 이를 가리킨다.

언덕 아래에 바쳤다. 돌을 베고 땅을 깔고 누우니, 곧 맑고 깨끗한 경치가 눈에 들어오고, 잉잉하는 물소리가 귀에 들어오며, 아득하고 텅 빈 듯한 느낌이 머리에 느껴지며, 깊숙하며 고요한 느낌이 마음에 들어왔다. 열흘이 채 안 되어 기이한 곳 두 곳을 발견했으니, 옛날에 산수를 좋아했던 사람도 아마 이 정도에는 못 미쳤을 것이다.

아, 아! 이 언덕의 빼어남을 풍(灃), 호(鎬), 호(鄠), 두(杜) 등의 장안 부근에 옮겨 놓는다면, 놀기 좋아하는 귀족 자제로 다투어 사려는 이들이 날마다 천금을 올려가면서도 더욱더 살 수 없을 것이다. 그런데 지금 이 영주에 버려지니, 농부와 어부가 지나며 거들떠보지 않고, 사백 문의 값에도 몇 해를 두고 팔리지 않았다. 그런데 나와 심원과 극기만이 유독 이곳을 얻은 것을 즐거워한다. 이렇다면 과연 만남이란 것이 있는 것이리라! 바위에 글을 쓰니, 이는 이 작은 언덕이 우리를 만난 것을 축하하기 위해서이다.

■ **해 제**

작자가 영주(永州)에서 쓴 여덟 편의 연작 유기(遊記)인 「영주팔기(永州八記)」 중 세 번째 작품이다. 작자는 직함만 사마(司馬)일 뿐 아무 권한도 대우도 없는 오직 죄인 신분으로 영주에서 십 년을 지냈다. 그러나 그 자연 경관과 울적하고 두려우며 분개하는 마음이 결합되어 많은 명작을 남겼다. 특히 「영주팔기」는 중국 유기문(遊記文)의 선봉이자 당대 유기문 가운데 독보적인 작품으로서 산문의 영역 확대와 서정성 확보에도 크게 기여하였다.

이 글은 경물을 생동하고 핍진하게 묘사하였는데, 특히 교묘한 비유로 자신의 정서를 언덕이라는 경물에 기탁하여 이른바 정경교융(情景交融)을 구현하였다. 이 언덕은 자신의 분신으로서, 훌륭한 경치를 지니고도 '버려지고〔棄〕' '팔리지 않는〔不售〕' '가련한〔憐〕' 존재였는데, 끝내는 작자와의 '만남〔遭〕'이 이루어져 팔

夫漁父過而陋之, 賈四百, 連歲不能售. 而我與深源克已獨喜得之, 是其果有遭乎! 書於石, 所以賀茲丘之遭也.

리고 또 그 진면목이 드러나게 되었다. 그러한 만남에 대한 축하는 자신도 '만남'에 의해 정당한 평가를 받고 싶다는 열망의 큰 외침인 것이다.

「영주팔기」 가운데 작자의 심사를 매우 효과적으로 대변하는 글인데, 혹자는 작자의 의도가 너무 노골적이라고 저평가하기도 한다.

석종산기(石鐘山記)

소식(蘇軾)

水經云:¹ "彭蠡之口,² 有石鐘山焉." 酈元以爲下臨深潭,³ 微風鼓浪, 水石相搏, 聲如洪鐘. 是說也, 人常疑之. 今以鐘磬置水中, 雖大風浪, 不能鳴也, 而況石乎? 至唐李渤始訪其遺踪,⁴ 得雙石於潭上, 扣而聆之, 南聲函胡,⁵ 北音淸越, 枹止響騰,⁶ 餘音徐歇,⁷ 自以爲得之矣. 然是說也, 余尤疑之. 石之鏗然有聲者,⁸ 所在皆是也, 而此獨以鐘名, 何哉?

元豐七年六月丁丑,⁹ 余自齊安舟行適臨汝, 而長

---

1 水經(수경) : 중국의 하천을 기록한 지리책. 한나라 상흠(桑欽)이 지었다고 하나, 일설에는 곽박(郭璞)이 지었다고 한다.

2 彭蠡(팽려) : 파양호(鄱陽湖). 강서성 북부에 있음.

3 酈元(역원) : 본명은 역도원(酈道元). 북위(北魏) 때의 지리학자로 『수경(水經)』에 주를 붙여 『수경주(水經注)』를 편찬했다.

4 李渤(이발) : 당나라 때 강주(江州)자사를 지냈으며 석종산을 방문하고 「변석종산기(辨石鐘山記)」를 남겼다.

5 函胡(함호) : 흐리멍덩하다.

6 枹(부) : 북채. 채로 두드리다. 동사로 쓰였다. 騰(등) : 올라가다. 퍼지다.

7 歇(헐) : 멈추다.

8 鏗然(갱연) : 금속이 부딪치는 소리.

석종산에 관한 기록

『수경(水經)』에 이르기를, "팽려호의 입구에 석종산이 있다"고 하였다. 역도원(酈道元)은 석종산은 깊은 못에 임해 있어 미풍이 파도를 때리면 물과 바위가 맞부딪치는데 그 소리가 큰 종이 울리는 소리와 같다고 하였다. 이 설에 대해 사람들은 늘 의아하게 생각하였다. 지금 종이나 경쇠를 물속에 넣으면 큰 풍랑이 일어도 울리지 못하니, 하물며 바위의 경우에야 어떠하겠는가. 당나라 이발(李渤)에 이르러 비로소 그 자취를 찾았는데, 못가에서 바위 두 개를 찾아 두드려 들어보니 남쪽 것은 흐리멍덩한 소리가 나고 북쪽 것은 맑고 여운이 있어 두드림을 멈춰도 울림이 퍼지고 여음이 서서히 사라졌다. 그리하여 산 이름의 연유를 알았다고 여겼다. 그러나 이 설을 나는 더욱 의아하게 생각한다. 쨍하고 소리가 나는 돌은 어디에나 있다. 그런데도 이 산만이 유독 종(鐘)으로 명명한 것은 어째서인가?

원풍(元豊) 7년 6월 정축(丁丑)일에 나는 제안(齊安)에서 배를 타고 임여(臨汝)로 가고, 큰 아들 매(邁)는 요주(饒州) 덕흥현(德興縣) 현위(縣尉)로 부임하는 터라, 그를 호수 입구까지 배웅하였다. 그리하여 이른바 석종산이라는 곳을 볼 수 있었다. 스님이 어린아이에게 도끼를 가지고 어지럽게 깔린 돌 가운데 한두 개를 골라 두드리게 하니 쿵쿵 소리가 났다. 나는 실로 실소를 지으며 믿지 않았다. 밤이 되고 달이 밝자 단지 아들 매(邁)만 데리고 작은 배를 타고 절벽 아래에 이르렀다. 큰 바위는 천 자 높이로 옆에 서있는데 마치 맹수와 기괴한 귀신이 으스스 덤벼들려고 하는 듯하였다. 또 산 위에서 쉬던

子邁將赴饒之德興尉, 送之至湖口, 因得觀所謂石
鐘者. 寺僧使小童持斧, 於亂石間擇其一二扣之,
硿硿然, 余固笑而不信也. 至暮夜月明, 獨與邁乘
小舟至絕壁下. 大石側立千尺, 如猛獸奇鬼, 森然
欲搏人.¹⁰ 而山上栖鶻, 聞人聲亦驚起, 磔磔雲霄
間,¹¹ 又有老人欬且笑於山谷中者.¹²

　或曰: "此鸛鶴也." 余方心動欲還, 而大聲發於
水上, 噌吰如鐘鼓不絕,¹³ 舟人大恐. 徐而察之, 則
山下皆石穴罅,¹⁴ 不知其淺深, 微波入焉, 涵澹澎
湃以爲此也.¹⁵ 舟廻至兩山間, 將入港口, 有大石
當中流,¹⁶ 可坐百人, 空中而多竅, 與風水相吞吐,
有窾坎鏜鞳之聲,¹⁷ 與向之噌吰者相應, 如樂作焉.

....

9　元豊(원풍) : 신종(神宗)의 연호. 원풍 7년(1084)에 소식의 나이는 48세였
　　다.
10　森然(삼연) : 으스스 두려운 모습. 또는 빽빽하게 선 모양.
11　磔磔(책책) : 찢을 책. 새 날개짓 소리. 새 지저귀는 소리. 雲霄(운소) : 구
　　름이 떠가는 하늘. 극히 높은 곳.
12　欬(해) : '해(咳)'와 같음. 기침하다.
13　噌吰(쟁횡) : 쇠북소리.
14　罅(하) : 구멍. 틈.
15　涵澹(함담) : 물길이 휘도는 모습 또는 그 소리. 澎湃(팽배) : 파도가 서로
　　부딪치는 모습 또는 그 소리.
16　當(당) : 가로막다.
17　窾坎(관감) : 북소리 또는 물건 부딪치는 소리. 鏜鞳(당탑) : 종소리.

송골매가 사람 소리를 듣고 역시 놀라 날아올라, "채액채액"하고 구름 떠가는 하늘 높이 짖어댔다. 또 산골짜기에서는 노인이 기침도 하고 웃기도 하는 소리가 났다.

누군가 "황새 소리요"라고 하였다. 내가 막 마음이 흔들려 돌아가려는데, 물가에서 큰 소리가 나는데 "떼엥뗑"하고 종소리 북소리 같은 것이 끊이지 않았고 사공도 몹시 겁을 냈다. 천천히 살펴보니 산 아래는 온통 바위 구멍인데 그 깊이를 알 수 없었다. 작은 파도가 그 안에 들어가서 휘돌고 서로 부딪치며 그런 소리를 내는 것이었다. 배를 두 산 중간까지 돌려 포구로 들어오는데 큰 바위가 물길 가운데를 막고 있었다. 그 바위는 백 사람은 앉을 만한데, 가운데가 빈 데에다 구멍이 많아 바람과 물을 삼키고 토해내며 "콰앙쾅" "따앙땅"하는 소리를 냈는데, 앞서 울리던 "떼엥뗑" 소리와 호응하여 마치 음악을 연주하는 듯하였다. 그리하여 웃으며 아들 매에게 말했다. "너 알겠느냐? '떼엥뗑' 소리는 주(周) 경왕(景王)의 무역종(無射鐘) 소리고, '콰앙쾅' '따앙땅' 소리는 위장자(魏莊子)의 가종(歌鐘) 소리다. 옛사람은 나를 속이지 않았도다."

사실에 대해 눈으로 보고 귀로 듣지 않고서 그 유무를 억단한다면 되겠는가? 역도원이 보고 들은 것이 대체로 나와 같았는데 설명이 자세하지 않았다. 사대부는 끝내 작은 배로 밤에 절벽 아래에 정박하려 하지 않았기에 실상을 알 수 없었다. 그리고 어부나 사공은 알기는 해도 표현할 줄 몰랐다. 이것이 세상에 전해지지 않은 까닭이다. 그런데 고루한 이가 도끼로 두드려 그 이름이 붙은 경위를 찾아 스스로 그 실상을 알았다고 여겼다. 그래서 내가 이 일을 기록하며 역도원의 간략한 기록을 한탄하고 이발의 고루함을 비웃는다.

因笑謂邁曰:"汝識之乎? 噌吰者, 周景王之無射
也.[18] 窾坎鏜鞳者, 魏莊子之歌鐘也.[19] 古之人不余
欺也."

　事不目見耳聞而臆斷其有無, 可乎? 酈元之所見
聞, 殆與余同,[20] 而言之不詳. 士大夫終不肯以小
舟夜泊絕壁之下, 故莫能知. 而漁工水師, 雖知而
不能言. 此世所不傳也. 而陋者乃以斧斤考擊而求
之,[21] 自以爲得其實. 余是以記之, 蓋歎酈元之簡,
而笑李渤之陋也.

---

18 無射(무역) : 종 이름.
19 魏莊子(위장자) : 춘추시대 진(晉)나라 대부 위강(魏絳)의 시호. 歌鐘(가종)
　 : 고대 악기 이름. 편종(編鐘).
20 殆(태) : 대체로. 대략.
21 考(고) : 두드리다. '고(拷)'와 같다.

■ 해 제

석종산(石鐘山)을 유람하고 그 산 이름의 유래를 밝힌 글이다. 석종산은 강서성
(江西省) 호구현(湖口縣)의 파양호(鄱陽湖) 호반에 있으며 상종산(上鐘山)과 하
종산(下鐘山)으로 나뉜다. 작자가 황주(黃州)에서 여주(汝州)로 가는 도중에 밤
에 배를 타고 답사하여 알아낸 사실을 기록하면서 지나치게 소략한 기록이나 억
단(臆斷)의 문제점을 지적했다. 작자의 과학적 실증 정신을 알 수 있으며, 당시
사대부의 고루한 학문태도를 비판하고 있음도 알 수 있다.

특히 이 글은 유람한 사실을 기록하면서 수많은 의성어를 동원하여 문장의 중심
을 소리의 묘사에 두면서 그를 통해 분위기까지 생생하게 전달한 점이 매우 참
신하다. 일반적인 유기(遊記)와 크게 차별되는 점이다. 다만 천 년이 지난 시대
의 종소리를 기억하는 듯이 언급한 부분은 다소 실감이 나지 않고 공감하기 어
렵게 느껴진다. 또한 후대에 석종산의 이름은 소리 때문에 붙여진 것이 아니고
그 형체 때문이라는 주장이 제기되었는데 많은 학자가 그에 동의하고 있다.

서호칠월반(西湖七月半)

장대(張岱)

　　西湖七月半, 一無可看, 止可看看七月半之人. 看七月半之人, 以五類看之. 其一, 樓船簫鼓, 峨冠盛筵,[1] 燈火優傒,[2] 聲光相亂, 名爲看月而實不見月者, 看之. 其一, 亦船亦樓, 名娃閨秀,[3] 攜及童孌,[4] 笑啼雜之, 環坐露台,[5] 左右盼望, 身在月下而實不看月者, 看之. 其一, 亦船亦聲歌, 名妓閑僧, 淺斟低唱,[6] 弱管輕絲, 竹肉相發, 亦在月下, 亦看月而欲人看其看月者, 看之. 其一, 不舟不車, 不衫不幘,[7] 酒醉飯飽, 呼群三五, 躋入人叢,[8] 昭慶斷橋,[9] 囂呼嘈雜,[10] 裝假醉, 唱無腔曲,[11] 月亦看,

---

1 峨冠(아관) : 높은 모자. 盛筵(성연) : 성대한 잔치.
2 優傒(우혜) : 연예인과 하인.
3 名娃閨秀(명왜규수) : 이름난 미인과 재주 좋은 여인.
4 童孌(동련) : 예쁜 아이.
5 露台(노대) : 발코니.
6 淺斟(천짐) : 천천히 마시다.
7 衫(삼) : 적삼. 幘(책) : 두건. 동사로 쓰였다.
8 躋(제) : 밀치다. 제(擠)와 통한다.
9 昭慶(소경) : 소경사(昭慶寺). 斷橋(단교) : 서호에 백거이가 쌓았다는 둑인

서호의 칠월 보름

　서호의 7월 보름날은 볼만한 것이 전혀 없으니 단지 이 7월 보름날의 구경꾼을 볼 뿐이다. 7월 보름날의 구경꾼을 다섯 부류로 나누어 구경한다. 그 한 부류는 다락 있는 유람선의 풍악 속에서, 높은 모자를 쓰고 성대한 잔치를 여는, 등불 아래 연예인과 하인들이 왁자지껄 어지러운, 명분은 달구경이지만 실제는 달을 보지도 않는 부류이다. 그들을 본다. 또 한 부류는 역시 다락 있는 유람선에서, 미인과 규수 그리고 예쁜 아이 데리고 있는 이들이, 웃는 소리 우는 소리 어지러운 가운데 발코니에 둥글게 앉아 이리저리 바라보는, 몸은 달 아래 있으나 실제는 달을 보지 않는 부류이다. 그들을 본다. 또 한 부류는 역시 배를 타고 노래도 부르는, 이름난 기녀와 한가한 스님이 천천히 마시며 나지막하게 노래하고, 가벼운 관현악기 반주에 피리소리 목소리 함께 어우러지는, 달 아래 있으면서 달도 보지만 또 남이 자기의 달구경을 봐주기를 바라는 부류이다. 그들을 본다. 또 한 부류는 배도 수레도 타지 않고, 적삼도 입지 않고 두건도 하지 않고, 취하게 마시고 배불리 먹고서 서넛으로 떼를 지어 군중 틈에 파고들어, 소경사(昭慶寺)와 단교(斷橋) 등에서 왁자지껄 시끄럽게 불러대고 지껄이며, 취한 척 엉터리 노래를 불러대는, 달도 보고 달 보는 사람도 보고 또 달 안 보는 사람도 보는, 실은 아무것도 보지 않는 부류이다. 그들을 본다. 또 한 부류는 작은 배에 가벼운 막을 치고, 깔끔한 차탁에 따끈한 화로를 놓고, 차

看月者亦看，不看月者亦看，而實無一看者，看之.
其一，小船輕幌，[12] 淨几暖爐，茶鐺旋煮，[13] 素瓷静
遞，好友佳人，邀月同坐，或匿影樹下，或逃囂裏
湖，[14] 看月而人不見其看月之態，亦不作意看月
者，[15] 看之.

杭人遊湖，巳出酉歸，[16] 避月如仇.[17] 是夕好名，[18]
逐隊爭出，多犒門軍酒錢，[19] 轎夫擎燎，[20] 列俟岸
上. 一入舟，速舟子急放斷橋，[21] 趕入勝會. 以故二
鼓以前，[22] 人聲鼓吹，如沸如撼，如魘如囈，[23] 如聾

· ·

백제(白堤)에 있는 다리.
10 囂呼嘈雜(효호조잡) : 왁자지껄 불러대고 시끄럽게 지껄이다.
11 無腔曲(무강곡) : 곡조에 맞지 않는 노래.
12 輕幌(경황) : 가벼운 장막이나 휘장.
13 旋煮(선자) : 곧 끓다. '선(旋)'은 '곧바로', '머지않아'의 뜻을 지녔다.
14 囂(효) : 시끄러움.
15 作意(작의) : 주의하다. 집중하다.
16 巳(사) : 오전 9시-11시. 酉(유) : 오후 5시-7시.
17 仇(구) : 원수.
18 好名(호명) : 좋은 이름의 날. 음력 7월 15일은 중원절(中元節)로 속칭 7월
   반(七月半), 귀절(鬼節)이라고도 하는데 조상의 산소를 정돈하고 제사를 올린
   다.
19 犒(호) : (군사에게) 음식으로 위로하다. 門軍(문군) : 성문을 지키는 군인.
20 擎(경) : 들어올리다.
21 速(속) : 재촉하다.
22 二鼓(이고) : 이경(二更), 대략 오후 11시 전후.
23 魘(엽) : 무서운 꿈에 놀라다. 가위눌리다. 囈(예) : 잠꼬대하다.

주전자 막 끓으려는 즈음에 무늬 없는 자기 잔을 조용히 돌려가며 좋은 친구 미인들이 달을 청해 같이 앉았는데, 어떤 이는 나무 아래 숨고 어떤 이는 호수 가운데로 시끄러움 피해 도망치는, 달을 보지만 남들에게는 자기가 달 보는 모습을 보이지 않는데 그렇다고 또 열심히 달을 보지도 않는 부류이다. 그들을 본다.

항주 사람들의 호수 유람은 오전 10시경에 출발해 오후 6시경에 돌아온다. 그러니 원수를 피하듯 달을 피하게 된다. 이날 저녁은 좋은 이름의 날인지라 줄지어 다투어 성을 나서면서 문지기 병사에게 술값을 좀 더 쓰는데, 가마꾼은 횃불을 들어올리고 강가 언덕에서 줄지어 기다린다. 그리고 일단 배를 타면 사공을 재촉하여 급히 단교로 가서 서둘러 행사에 참여한다. 그래서 11시 이전에 사람소리 북소리 피리소리가 물이 끓는 듯하고 땅이 요동치는 듯하고, 악몽에 놀란 듯 잠꼬대하는 듯, 마치 벙어리나 귀머거리 같아진다. 크고 작은 배들이 일제히 모여드니 아무것도 보지 못하고 상앗대가 부딪치고 배가 부딪치며 어깨와 어깨가 닿고 얼굴 맞대는 것을 볼 뿐이다. 잠시 후 흥이 가시고 관청의 자리가 파하면 말단 관리가 소리쳐 길을 열며 떠나간다. 가마꾼은 배에 탄 이들에게 성문이 닫힌다고 겁을 주어 불러대는데, 그러면 등불과 횃불이 줄지어 펼쳐진 별과 같이 되어 무더기 무더기로 떠나간다. 언덕 위의 사람들도 줄지어 서둘러 성문으로 달려가니 점점 사람이 드물어져 잠깐 사이에 모두 흩어진다.

우리들이 막 가까운 물가에 배를 대니 단교의 돌다리도 막 식었다. 다리 위에 자리 펴고 손님 불러 마음껏 마셔댔다. 이즈음 달은 갓 닦은 거울 같은데 산은 다시 화장을 정돈하고 호수는 다시 세수했다. 앞서 천천히 마시고 나지막하게 노래하던 이가 나타나고, 나

如啞. 大船小船一齊湊岸,[24] 一無所見, 止見篙擊篙,[25] 舟觸舟, 肩摩肩, 面看面而已. 少刻興盡, 官府席散, 皂隸喝道去.[26] 轎夫叫船上人怖以關門, 燈籠火把如列星, 一一簇擁而去.[27] 岸上人亦逐隊趕門, 漸稀漸薄, 頃刻散盡矣.

吾輩始艤舟近岸,[28] 斷橋石磴始涼,[29] 席其上呼客縱飲. 此時月如鏡新磨,[30] 山復整妝, 湖復靧面,[31] 向之淺斟低唱者出, 匿影樹下者亦出. 吾輩往通聲氣, 拉與同坐. 韻友來,[32] 名妓至, 杯箸安, 竹肉發. 月色蒼涼, 東方將白, 客方散去. 吾輩縱舟, 酣睡於十里荷花之中, 香氣拍人, 清夢甚愜.[33]

- - - - - - - - - - - - - - - - - - -

24 湊(주) : 모이다.
25 篙(호) : 상앗대.
26 皂隸(조예) : 관청의 말단 관리. 검은 옷을 입었기에 그렇게 불렀다. 喝道(갈도) : 소리쳐서 길을 열다.
27 簇擁(족옹) : 무더기로 모여들다.
28 艤(의) : 배를 대다.
29 石磴(석등) : 돌다리.
30 옛날의 거울은 구리를 갈아서 만들었으므로 '마(磨)' 즉 갈았다는 표현을 썼다.
31 靧(회) : 씻다. 세수하다.
32 韻友(운우) : 멋을 아는 친구 또는 시우(詩友).
33 愜(협) : 만족스럽다. 상쾌하다.

무 아래 숨었던 이도 나타났다. 우리들은 가서 간단히 인사를 건네고 끌어들여 같이 앉았다. 멋을 아는 친구가 오고 이름난 기녀도 왔다. 잔과 수저가 제대로 놓이니 피리소리 목소리 시작되었다. 달빛 희끗희끗 맑아지며 동쪽이 밝아지려 하니 마침 손님들도 흩어졌다. 우리들은 아무렇게나 배를 띄워 십 리나 되는 연꽃 속에서 달콤하게 잠들었다. 향기는 두드리듯 퍼지고 맑은 꿈은 몹시도 만족스러웠다.

■ 해 제

서호에서 벌이는 칠월반(七月半) 즉 7월 보름날의 행사에 모여든 사람들의 모습과 그날의 즐거웠던 일들을 기술한 글이다. 칠월반은 중원절(中元節)의 별명이며 귀절(鬼節)이라고도 한다. 불교의 우란분절(盂蘭盆節)도 같은 날이다.

이 글은 시선을 유람객들의 각양각색의 모습에 두어 상세하고 핍진하게 묘사하는 한편, 자신의 남다른 유람의 즐거움을 기술했다. 당시 유람 문화와 문인의 생활상을 잘 반영하고 있다. 자연 경물이나 유적을 대상으로 한 당송 시기의 유기(遊記)와는 달리 세간의 모습을 그 중심 대상으로 하고 있다. 또 자신의 성령(性靈)을 표현하는 데에 치중하여 당송(唐宋)의 유기가 서정이나 의론에 치중한 것과는 큰 차이를 보이고 있다.

12.
전원생활과 지족(知足)

− 주돈이周敦頤

귀거래사(歸去來辭)

도연명(陶淵明)

歸去來兮,[1] 田園將蕪胡不歸?[2] 旣自以心爲形役,
奚惆悵而獨悲?[3] 悟已往之不諫,[4] 知來者之可追.
實迷途其未遠, 覺今是而昨非.

舟搖搖以輕颺,[5] 風飄飄而吹衣.[6] 問征夫以前路,[7]
恨晨光之熹微.[8] 乃瞻衡宇,[9] 載欣載奔.[10] 僮僕歡
迎, 稚子候門. 三徑就荒,[11] 松菊猶存. 携幼入室,
有酒盈樽.[12] 引壺觴以自酌, 眄庭柯以怡顔.[13] 倚南

---

1 兮(혜) : 의미 없이 음절을 조절하는 데 쓰인다.
2 蕪(무) : 황폐하다. 잡초가 무성하다. 胡(호) : 어찌. 하(何)와 통한다.
3 奚(해) : 어찌. 하(何)와 통한다. 惆悵(추창) : 상심하다. 슬퍼하다.
4 諫(간) : 되돌리다. 막다.
5 颺(양) : 떠서 가다.
6 飄飄(표표) : 가볍게 날리는 모습.
7 征夫(정부) : 행인. 길손.
8 晨光(신광) : 새벽 빛.
9 瞻(첨) : 바라보다. 衡宇(형우) : 막대로 문을 삼은 집. 초라한 집을 가리킨다.
10 載~ 載~(재~ 재~) : ~하며 ~하다. 欣(흔) : 즐거워하다. 신이 나다.
11 三徑(삼경) : 세 갈래 좁은 길. 집안의 작은 길. 서한(西漢) 때 장후(蔣詡)
   가 나라가 망하자 사직하고서 집 앞의 대나무 밭 사이로 세 갈래 길을 내어
   뜻이 맞는 이들과만 왕래하였다.
12 樽(준) : 술단지.

귀향의 글

돌아가자! 전원이 곧 황폐해지려는데 어째서 돌아가지 않으랴!

이미 스스로 마음을 육신의 노예로 만들어놓고서, 어찌 상심하여 홀로 슬퍼만 하겠는가?

이미 지난 일은 돌이킬 수 없음을 깨달았고, 앞으로 다가올 일은 추구할 수 있음을 알았다.

기실 길을 잃었어도 그리 멀리 벗어나지는 않았고, 지금이 옳고 과거가 틀렸음을 깨달았다.

배는 흔들흔들 가볍게 떠가고, 바람은 살랑살랑 옷깃을 날린다.

길손에게 앞길을 물으며, 희미한 새벽빛을 원망한다.

이윽고 막대 걸쳐놓은 집 바라보며, 신이 나서 달려간다.

하인은 기쁘게 맞아주고, 어린 자식은 문에서 기다린다.

세 갈래 샛길은 황폐해졌어도, 소나무와 국화는 여전히 남아있다.

아이들 손을 잡고 방안에 들어가니, 술단지에 술이 가득하다.

술병과 술잔 끌어당겨 자작하며, 뜨락의 나뭇가지 넌지시 보며 얼굴을 편다.

남쪽 창에 기대어 거만을 떨면서, 좁디좁은 집안에서의 편안함을 확인한다.

날마다 정원 걸어 재미를 보니, 문은 달렸어도 늘 닫혀 있다.

窗以寄傲,¹⁴ 審容膝之易安. 園日涉以成趣,¹⁵ 門雖設而常關. 策扶老以流憩,¹⁶ 時矯首而遐觀.¹⁷ 雲無心以出岫,¹⁸ 鳥倦飛而知還.¹⁹ 景翳翳以將入,²⁰ 撫孤松而盤桓.²¹

歸去來兮, 請息交以絶遊. 世與我而相遺,²² 復駕言兮焉求?²³ 悅親戚之情話, 樂琴書以消憂. 農人告余以春及, 將有事於西疇.²⁴ 或命巾車, 或棹孤舟. 旣窈窕以尋壑, 亦崎嶇而經丘.²⁵ 木欣欣以向榮,²⁶ 泉涓涓而始流.²⁷ 羨萬物之得時, 感吾生之

13 眄(면) : 비스듬히 보다. 柯(가) : 나뭇가지. 怡顔(이안) : 편안한 얼굴을 하다.
14 傲(오) : 거만. 오만. 여기서는 세속을 우습게 여기는 마음을 의미한다.
15 涉(섭) : 거닐다.
16 策(책) : 짚다. 扶老(부로) : 지팡이. 流憩(유게) : 가다 쉬다 하다.
17 矯首(교수) : 머리를 들다. 遐(하) : 멀다.
18 岫(수) : 산. 산봉우리. 동굴이 있는 산. 동굴.
19 倦(권) : 지치다. 피로하다.
20 景(영) : 빛. 햇볕. '영(影)'과 통한다. 翳翳(예예) : 어둑어둑한 모습.
21 盤桓(반환) : 배회하다. 미련을 지녀 떠나지 못하고 맴돌다.
22 遺(유) : 버리다. '위(違)'로 된 판본도 있다.
23 言(언) : 뜻이 없이 쓰인 조사.
24 疇(주) : 밭. 밭두둑.
25 崎嶇(기구) : 산이나 길이 험한 모습.
26 欣欣(흔흔) : 싱싱한 모습. 생기 넘치는 모습. 즐거운 모습.
27 涓涓(연연) : 졸졸. 작은 물줄기가 흐르는 모습.

지팡이 짚으며 가다 쉬다 하면서, 가끔 고개 들어 먼 곳을 바라본다.

구름은 무심하게 산에서 피어나고, 날다 지친 새는 돌아올 줄 안다.

어둑어둑 해는 곧 지려는데, 외로운 소나무 어루만지며 맴돈다.

돌아왔다! 교제도 그만두고 어울림도 끊으리라.

세상과 나는 서로를 버렸으니, 다시 수레 타고 나가 무엇을 구하랴!

친척들과의 정담 즐기고, 거문고와 책 즐기며 근심을 잊는다.

농부가 내게 봄이 왔다고 알리니, 곧 서쪽 밭에 농사일이 있으리라.

때로는 휘장 친 수레를 부르고, 때로는 홀로 배를 저어,

구불구불 깊숙한 골짜기 찾아가고, 울퉁불퉁 언덕도 지나간다.

나무들은 생기 넘쳐 무성해지고, 샘물은 졸졸 흐르기 시작한다.

만물이 제 때를 만난 것을 부러워하며, 내 삶이 끝나가는 것을 감지한다.

아서라! 이 천지간에 몸을 맡길 날이 또 얼마나 되랴?

어째서 마음 내키는 대로 지내지 않겠는가! 무엇 때문에 허둥지둥 어디론가 가려는가?

부귀는 내가 바라는 바 아니고, 신선 세계는 기약하기 어렵다.

좋은 시절 아껴가며 홀로 거닐고, 때론 지팡이 꽂아놓고 밭일을 한다.

동쪽 언덕에 올라 휘파람 불고, 맑은 시내에서 시를 읊는다.

行休.[28]

　已矣乎![29]　寓形宇內復幾時,[30]　曷不委心任去留,[31] 胡爲乎遑遑欲何之?[32]　富貴非吾願,　帝鄉不可期.[33] 懷良辰以孤往,　或植杖而耘耔.[34]　登東皐以舒嘯,[35] 臨清流而賦詩.　聊乘化以歸盡,[36]　樂夫天命復奚 疑![37]

．．．．．．．．．．．．．．．．．．．．

28 行休(행휴) : 진행의 멈춤. 죽음을 의미한다.
29 矣乎(의호) : 감탄의 어기를 강화한다.
30 宇內(우내) : 천지간. 세상.
31 曷(갈) : 어찌. 하(何)와 통한다.
32 遑遑(황황) : 서두르는 모습. 허둥대는 모습. 之(지) : 가다.
33 帝鄉(제향) ; 신선의 세계.
34 耘耔(운자) : 제초하고 배토(培土)하다. 밭일을 하다.
35 皐(고) : 언덕. 고지대. 舒嘯(서소) : 휘파람을 불다.
36 乘化(승화) : 자연의 변화에 맞추다. 순응하다.
37 疑(의) : 의심하다. 망설이다.

그럭저럭 자연의 변화에 맞춰 생을 마치리니, 천명을 즐겨야지 또 무엇을 망설이랴!

■ 해 제

관직에서 물러나 전원생활의 즐거움을 기술한 대표적인 글이다. 405년 도연명이 나이 41세 때에 팽택(彭澤)현령을 80일 만에 사직하고 고향 전원에 돌아와 쓴 글이다. 역사서 『진서(晉書)』의 도연명 전기에, "군(郡)에서 독우(督郵)를 파견하여 현(縣)에 이르렀는데, 아전(衙前)이 도연명에게 속대(束帶)하고 나와서 영접하라고 전했다. 도연명은 탄식하여 이르길 '오두미(五斗米) 때문에 허리를 굽혀 향리(鄕里)의 소인 앞에 나아갈 수 없다'고 하고는, 그날로 인수(印綬)를 풀어 사직하고서 귀거래사(歸去來辭)를 지었다'고 하였다. 이 글 앞에는 이 글을 쓰게 된 경위를 기술한 서문이 따로 있다.

이 글은 귀향하려는 결심, 그 길을 떠나오는 모습, 고향에 도착하고 그곳에서 즐기는 여러 생활 모습, 그리고 자연에 순응하여 안분지족하는 인생관 등의 순서로 전개되었다. 그 안에서 세속을 떠나 한적하고 자유로운 생활에 만족하는 작자의 구체적 모습과 함께 낙천적이고 소박한 정신세계를 잘 표현하고 있다. 정련된 구절에 음악성이 뛰어나고, 생동하는 형상과 진지한 감정이 두드러진다. 중국 최고의 전원시인답게 문장 역시 그 소박함이 깊은 공감을 부른다. 송대의 구양수(歐陽修)는 "진(晉)나라에는 문장다운 문장이 없고 오직 도연명의 귀거래사뿐이다"라고 하였다.

누실명(陋室銘)

유우석(劉禹錫)

山不在高, 有仙則名. 水不在深, 有龍則靈. 斯是陋室, 惟吾德馨.[1]

苔痕上階綠, 草色入簾靑. 談笑有鴻儒, 往來無白丁.[2]

可以調素琴, 閱金經.[3] 無絲竹之亂耳, 無案牘之勞形.[4]

南陽諸葛廬, 西蜀子雲亭,[5] 孔子云: "何陋之有".[6]

· ·

1 馨(형) : 멀리 퍼지는 향기. 품덕(品德)의 고상함을 의미한다.
2 白丁(백정) : 평민. 여기서는 무식한 사람을 가리킨다.
3 金經(금경) : 불교의 『금강경(金剛經)』이라는 설과 장식이 훌륭한 경서라는 설이 있다. 역자는 소중한 내용 또는 진귀한 서적의 의미로 풀이했다.
4 案牘(안독) : 문서를 가리킨다.
5 제갈량(諸葛亮)의 초려와 양웅(揚雄)의 정자가 비록 누추하였으나 귀한 대접을 받는 장소임을 상기시킨다.
6 何陋之有(하루지유) : 무슨 누추함 그것이 있는가? 누추하지 않다. 『논어 자한(子罕)』에 "君子居之, 何陋之有"의 구절이 보인다.

누추한 집의 명문

산은 그 높이에 의미가 있지 않으니, 신선이 있으면 이름난다.

물은 그 깊이에 의미가 있지 않으니, 용이 있으면 신령스럽다.

이곳은 누추한 집이나, 나의 덕만은 향기롭다.

이끼 자국은 계단 위에 푸릇하고, 풀빛은 발 사이로 파랗게 비친다.

담소 나눌 큰 학자가 있을 뿐, 보통사람과는 교제하지 않는다.

장식 없는 거문고를 탈 수 있고, 좋은 경전도 읽을 수 있다.

악기가 귀를 어지럽히는 일도 없으며, 문서가 몸을 피로하게 하지도 않는다.

남양 땅 제갈량의 초가집, 그리고 서촉 지방 양웅(揚雄)의 정자와 같다.

공자도 "그 무슨 누추함이 있겠는가"라고 했다.

■ 해 제

명(銘)은 기물에 새긴다는 의미를 취한 문체 이름이다. 넓게는 잠명류(箴銘類)에 속한다. 경계할 바나 공덕의 찬양을 주된 내용으로 한다. 위의 글처럼 흔히 운문적 또는 변문(駢文)적 성격을 지니기도 한다. 구의 장단, 대구, 전고 사용, 압운 등이 일반적인 산문과의 차이점을 알려준다.

이 글은 의론, 사경, 서정의 여러 성분이 조화를 이루고 있으며, 작자의 강한 자존감을 엿볼 수 있다. 작자 유우석은 유종원과 처지가 매우 유사하였고 또 절친한 관계였다. 이른바 "영정혁신(永貞革新)"에 참여하였다가 정치적으로 심각한 타격을 받고 폄적되어 불우한 시절을 지내야만 했다. 화주자사(和州刺史)였을 때(824-826년)의 글이다.

방산자전(方山子傳)

소식(蘇軾)

　方山子, 光黃間隱人也. 少時, 慕朱家郭解爲人,[1] 閭里之俠皆宗之. 稍壯, 折節讀書, 欲以此馳騁當世, 然終不遇. 晚乃遁於光黃間, 曰岐亭.[2] 庵居蔬食, 不與世相聞, 棄車馬, 毀冠服, 徒步往來山中, 人莫識也. 見其所著帽, 方屋而高, 曰: "此豈古方山冠之遺像乎?"[3] 因謂之方山子.

　余謫居於黃, 過岐亭, 適見焉. 曰: "嗚呼, 此吾故人陳慥季常也,[4] 何爲而在此?" 方山子亦矍然,[5] 問余所以至此者. 余告之故, 俯而不答, 仰而笑,

---

1　朱家郭解(주가곽해) : 서한(西漢)시대의 이름난 협객이었던 주가와 곽해. 『사기 유협열전』에 수록되었다.
2　岐亭(기정) : 송나라 때의 진(鎭) 이름.
3　方山冠(방산관) : 고대에 종묘에서 제사 지낼 때 악대(樂隊)가 쓰던 모자. 당송시대에는 은사(隱士)가 썼다. 豈 ~乎(기 ~호) : 아마도 ~이리라(긍정). 또는 어찌 ~이겠는가(부정). 두 경우에 모두 쓰이는데, 여기서는 긍정의 어기이다.
4　陳慥(진조) : 미주(眉州) 사람으로 자가 계상(季常)이다. 소식이 봉상부(鳳翔府) 첨판(簽判)일 때 상관이었던 진희량(陳希亮)의 아들이다.
5　矍然(확연) : 놀라서 쳐다보는 모양.

방산자의 전기

　방산자(方山子)는 광주(光州)와 황주(黃州) 사이의 은인(隱人)이다. 젊었을 때는 주가(朱家)와 곽해(郭解)의 인물됨을 흠모하였으며 마을의 협객들이 모두 그를 우두머리로 섬겼다. 점차 장성하여서는 뜻을 바꾸어 공부하면서 그로써 당대에 날리고자 하였다. 그러나 끝내 기회를 얻지 못하였다. 그리하여 만년에는 광주와 황주간의 기정(岐亭)이라는 곳에서 은둔하였다. 암자에 기거하며 채식하면서 세상사를 잊었으며, 수레와 말을 버리고 의관을 망가뜨리고는 도보로 산속을 왕래하니 아무도 알아보지 못하였다. 그가 쓴 모자가 윗부분이 모나고 높은 것을 보고는, "아마도 옛날 방산관(方山冠)의 전해지는 형태이리라!"라고 하였다. 그리하여 그를 방산자라 불렀다.

　내가 황주에 좌천되어 지냈는데 기정을 지나다가 마침 그를 만났다. 내가, "아하, 그대는 내 옛 친구 진조(陳慥) 계상(季常)이군요, 어찌하여 이곳에 계시오?"라고 하니, 방산자 역시 놀라 쳐다보며 내가 그곳에 온 까닭을 물었다. 내가 그 까닭을 일러주자 그는 고개 숙이고 답이 없더니 고개 들어 웃으면서 자기 집에 묵으라고 청했다. 실내는 썰렁하였으나 처자와 노비들이 모두 만족스런 기색이었다. 나는 놀라며 기이하게 여겼다.

　방산자의 젊었을 때를 회상하니, 술기운에 기세부리며 칼 놀리기를 좋아하였고 재물을 마치 썩은 흙인 양 써버렸었다. 십구 년 전에 내가 기산(岐山) 아래에서, 방산자가 두 명의 말탄 이를 데리고 화살 두 대를 끼고 서산(西山)에서 유렵(遊獵)하는 것을 보았다. 까치가

呼余宿其家. 環堵蕭然,[6] 而妻子奴婢, 皆有自得之意. 余既聳然異之.[7]

獨念方山子少時, 使酒好劍,[8] 用財如糞土. 前十有九年, 余在岐下, 見方山子從兩騎,[9] 挾二矢, 遊西山. 鵲起於前, 使騎逐而射之, 不獲, 方山子怒馬獨出,[10] 一發得之. 因與余馬上論用兵及古今成敗, 自謂一世豪士. 今幾日耳, 精悍之色, 猶見於眉間, 而豈山中之人哉!

然方山子世有勳閥, 當得官, 使從事於其間, 今已顯聞. 而其家在洛陽, 園宅壯麗, 與公侯等. 河北有田, 歲得帛千匹, 亦足以富樂. 皆棄不取, 獨來窮山中, 此豈無得而然哉? 余聞光黃間多異人, 往往陽狂垢汙,[11] 不可得而見. 方山子儻見之歟?[12]

----

6 環堵(환도) : 벽으로 둘러친 곳. 방. 실내. 蕭然(소연) : 썰렁한 모양. 텅 비어 쓸쓸한 모양.
7 聳然(용연) : 놀라는 모습. 두려워하는 모습.
8 使酒(사주) : 술김에 기세를 부리다. 술주정하다.
9 從(종) : 따르게 하다.
10 怒馬(노마) : 말을 내달리다.
11 陽(양) : ~인 척하다. '양(佯)'과 통한다.
12 儻(당) : 혹시. '혹(或)'과 통한다.

앞에서 날자 말탄 이에게 쫓아가 쏘게 하였으나 잡지 못하자, 방산자가 말을 내달려 혼자 나아가 한 발에 잡았다. 그리고는 나와 함께 말 위에서 용병(用兵)과 고금의 흥망에 대해 논하면서 한 시대의 호걸을 자처하였다. 지금 얼마 지나지 않았으며, 뛰어나고 용맹한 기색이 미간에 여전한데, 어찌하여 산속 사람이 되었단 말인가!

그런데 방산자는 대대로 공훈이 있어서 관료가 되었어야 마땅하며, 만약 그 일에 종사했다면 지금은 이미 명성이 대단하였을 것이다. 또 그의 집이 낙양에 있는데 정원과 건물이 웅장하고 화려하여 공후(公侯)의 경우와 같다. 하북(河北)에는 밭도 있어 매년 비단 천 필을 받으니, 역시 부유하고 즐기기에 충분하다. 그런데 그것들을 모두 버리고 혼자 궁벽한 산속에 왔으니, 이 어찌 깨달은 바가 없이 그런 것이겠는가? 내가 듣기로, 광주와 황주간에는 기이한 인물이 많은데 그들은 흔히 겉으로 미친 척, 더러운 척하며 만나볼 수 없다고 한다. 방산자는 혹 그들을 만나지 않을까?

■ 해 제

오랜만에 만난 친구의 변화된 모습만을 기록한 변격의 전기문이다. 진조(陳慥)는 옛 상관의 아들로 소식이 황주(黃州)에 좌천되어 궁핍하게 지낼 때 자주 왕래한 인물이다. 소식은 세 차례 기정(岐亭)으로 그를 찾아갔으며 5일 동안 머문 때도 있었다. 또 진조도 일곱 차례나 황주로 소식을 찾아올 만큼 가까운 사이였다. 46세 때인 1081년에 황주에서 쓴 글이다.

이 글은 주인공의 핵심적 정신 면모를 잘 드러낸 점이 전기문으로 성공한 점이라 하겠다. 방산자의 집안 분위기를 통해 그 인품을 간접적으로 드러낸 점이 매우 교묘하다. 또 주인공의 별칭을 제목으로 하고서 글 안에서 우연히 만나 대화하는 중에 그의 이름과 자를 밝힌 점도 남다르다. 함축적인 말미도 여운을 남기기에 충분하다. 주인공이 따로 있지만, 그의 변한 모습으로 자신의 몰락한 처지를 대변하는 동시에 그 번민에서 벗어나고픈 마음도 우회적으로 잘 표현한 글이다.

애련설(愛蓮說)

주돈이(周敦頤)

水陸草木之花, 可愛者甚蕃. 晉陶淵明獨愛菊,[1] 自李唐來世人盛愛牡丹.[2]

予獨愛蓮之出淤泥而不染,[3] 濯淸漣而不妖.[4] 中通外直, 不蔓不枝, 香遠益淸, 亭亭淨植,[5] 可遠觀而不可褻玩焉.[6]

予謂菊, 花之隱逸者也, 牡丹, 花之富貴者也, 蓮, 花之君子者也.

噫! 菊之愛, 陶後鮮有聞.[7] 蓮之愛, 同予者何人? 牧丹之愛, 宜乎衆矣.

---

1 도연명(陶淵明, 365-427년)은 동진(東晉)의 유명한 시인이자 은사로 그는 국화를 즐겨 읊었는데 특히 「음주(飮酒)」 시에서 "采菊東籬下, 悠然見南山"이라는 명구를 남겼다.
2 당(唐)의 황제는 성이 이(李)씨였다. 당대에는 모란을 극도로 좋아하는 풍습이 유행하였다. 따라서 모란에 투자하여 이익을 추구하기도 하였으며 한 그루의 값이 수만 문에 이르기도 하였다.
3 淤泥(어니) : 진흙.
4 漣(련) : 물의 작은 파동. 잔물결.
5 亭亭(정정) : 꼿꼿한 모양. 우뚝한 모양. 植(식) : 서다. 입(立)의 의미이다.
6 褻玩(설완) : 허물없이 굴며 희롱하다.
7 鮮(선) : 드물다.

연꽃 사랑

물과 육지에 나는 식물의 꽃 가운데 사랑스러운 것이 매우 많다. 진(晉)나라 때의 도연명(陶淵明)은 유독 국화를 사랑했고, 이(李)씨의 당(唐)나라 이래로 세인들은 모란을 몹시 사랑했다.

나는 유독 연꽃이 진흙에서 나왔어도 물들지 않고, 맑은 잔물결에 씻겼으나 요염하지 않음을 사랑한다. 줄기의 속은 비고 겉은 곧으며, 덩굴로 뻗지 않고 가지를 치지 아니하며, 향기는 멀리에서도 더욱 맑고, 꼿꼿하고 깨끗이 서 있어, 멀리서 바라볼 수는 있으나 함부로 희롱할 수는 없다.

내 생각에 국화는 꽃 중의 은일자요, 모란은 꽃 중의 부귀한 존재요, 연꽃은 꽃 중의 군자이다.

아! 국화를 사랑하는 이는 도연명 이후로 들어본 일이 드물다. 연꽃을 사랑하기가 나와 같은 이는 누구인가? 모란을 사랑하는 이는 마땅히 많을 것이다.

■ 해 제

작자 주돈이(周敦頤)는 연꽃을 특별히 좋아하였다. 만년에는 연못을 파고 온통 연꽃만을 심고 때로는 홀로, 때로는 동료 서넛과 함께 꽃을 즐겼다고 한다. 이 글을 통해 그의 청렴하고 담박하고 고상한 품성을 추측할 수 있다.

짧은 글 속에 꽃에 대한 사랑의 역사가 있고, 연꽃의 묘사가 있으며, 여러 꽃에 대한 품평이 있으며, 자기의 감정을 펼쳐내기도 하였다. 자신의 지향을 사물에 기탁하고 있으며, 의인법과 대비법도 돋보인다.

13.
낭만과 초탈(超脫)

- 이백李白

춘야연도리원서(春夜宴桃李園序)

이백(李白)

夫天地者, 萬物之逆旅,¹ 光陰者, 百代之過客.
而浮生若夢, 爲歡幾何?

古人秉燭夜遊,² 良有以也.³ 況陽春召我以煙景,
大塊假我以文章!⁴

會桃李之芳園, 序天倫之樂事,⁵ 群季俊秀, 皆爲
惠連,⁶ 吾人詠歌, 獨慚康樂.⁷

幽賞未已, 高談轉淸. 開瓊筵以坐花,⁸ 飛羽觴而
醉月.⁹

---

1 逆旅(역려) : 여관. 역(逆)은 맞이하다. 여(旅)는 여행객.
2 秉(병) : 잡다.
3 良(양) : 실로. 以(이) : 까닭. 이유.
4 大塊(대괴) : 대지. 대자연. 假(가) : 빌려주다. 제공하다. 文章(문장) : 아름다운 광경. 문(文)은 청색과 적색이 어우러진 것을, 장(章)은 적색과 백색이 어우러진 것을 이른다.
5 天倫(천륜) : 부자나 형제의 관계. 여기서는 형제관계를 의미한다.
6 惠連(혜련) : 남조의 시인 사혜련(謝惠連).
7 康樂(강락) : 남조의 산수시인 사령운(謝靈運). 강락공(康樂公)에 봉해졌다.
8 瓊筵(경연) : 옥 장식의 대자리. 화려한 잔치를 의미한다.
9 飛(비) : 빈번히 마심을 의미한다. 羽觴(우상) : 새처럼 꼬리와 양 날개가 달린 술잔.

봄날 밤 도리원에서의 잔치

무릇 천지란 만물이 쉬어가는 여관이요, 시간이란 긴 세월 속에 지나가버리고 마는 길손이다. 그런데 덧없는 인생은 꿈과 같으니 즐길 날이 얼마나 되겠는가!

옛사람이 촛불을 부여잡고 밤에 노닌 것은 실로 그 까닭이 있었노라. 하물며 따사로운 봄날이 안개 낀 듯한 경치로 우리를 부르고, 대지가 멋진 광경을 제공하는 데에야!

복숭아꽃 자두꽃 향기로운 정원에 모여, 형제간 천륜(天倫)의 즐거움을 시로 지어내는데, 여러 아우들은 모두가 뛰어나서 혜련(惠連)과 같은데, 유독 내가 읊는 시는 강락(康樂)에게 부끄럽다.

조용한 감상 끝나기 전에 고고한 담론이 맑게 이어진다. 화려한 잔치 벌여 꽃 속에 앉아 날개 달린 술잔 날리듯 마시어 달빛 아래 취한다.

멋진 노래 없으면 어떻게 청아한 심사 펼쳐내겠는가! 시를 짓지 못하면 벌은 금곡(金谷)에서의 벌주 예를 따른다.

■ 해 제

이 글은 대략 33세가 되던 개원(開元) 21년(733) 전후에 지은 것이다. 사촌 동생들과 함께 술 마시고 시를 지으며 봄날 밤을 즐긴 이야기를 기록했다.
많지 않은 나이에도 불구하고 대자연과 세월 속의 인간의 한계를 조망하며 낙관

不有佳咏, 何伸雅懷? 如詩不成, 罰依金谷酒數.[10]

10 진(晉)나라 때 석숭(石崇)이 금곡(金谷)에서 술 마실 때 시를 짓지 못하면 벌주 세 두(斗, 술을 푸는 국자)를 마시게 했다. 후일 술자리에서의 벌주 석 잔은 여기에서 유래했다.

적인 태도로 아우들과 정을 나누며 자유롭게 즐기는 모습이 역력하다. 경치와 정감과 인생관이 어우러졌으며, 문장의 분위기도 봄날의 그것과 유사하다. 필치가 시적인 성분을 다분히 지닌 산문이다.

전적벽부(前赤壁賦)

소식(蘇軾)

壬戌之秋,[1] 七月旣望,[2] 蘇子與客, 泛舟遊於赤壁之下.[3] 淸風徐來, 水波不興. 擧酒屬客,[4] 誦明月之詩, 歌窈窕之章.[5] 少焉, 月出於東山之上, 俳徊於斗牛之間.[6] 白露橫江, 水光接天. 縱一葦之所如,[7] 凌萬頃之茫然, 浩浩乎如馮虛御風,[8] 而不知其所止, 飄飄乎如遺世獨立, 羽化而登仙.[9]

於是飮酒樂甚, 扣舷而歌之. 歌曰: "桂棹兮蘭

· ·

1 壬戌(임술) : 송(宋) 신종(神宗) 원풍(元豊) 5년(1082)에 해당함.
2 旣望(기망) : 보름 다음날, 음력 16일. '望'은 보름날.
3 赤壁(적벽) : 적벽은 두 곳이 유명하다. 하나는 호북성(湖北省) 가어현(嘉魚縣) 동북에 있는 것으로 주유(周瑜)가 조조(曹操)를 격파한 곳으로 무벽(武壁)이라고도 부른다. 또 다른 하나는 황강현(黃岡縣)의 성 밖에 있는 것으로 소동파가 유람하고 본 작품을 지은 곳으로 문벽(文壁)이라고도 부른다.
4 屬(촉) : 부탁하다, 권하다. 囑(촉)과 같다.
5 明月之詩(명월지시) : 『시경(詩經) 진풍(陳風)』의 「월출편(月出篇)」. 窈窕之章(요조지장) : 「월출편」의 첫 장.
6 斗牛(두우) : 북두성(北斗星)과 견우성(牽牛星).
7 縱(종) : 멋대로 내맡기다. 葦(위) : 갈대, 작은 배. 如(여) : 가다.
8 馮虛御風(빙허어풍) : 허공에 의지하고 바람을 부리다. 『장자(莊子) 소요유(逍遙遊)』에 "열자(列子)가 바람을 타고 다녔다(夫列子御風而行)"라는 부분이 있다.
9 羽化而登仙(우화이등선) : 날개를 달고 가벼이 승천하여 신선세계에 오르다. 도가에서 신선이 됨을 이르는 말.

적벽을 읊다 전편

임술년(1082) 가을 칠월 보름 다음날에, 나 소식은 객과 함께 배를 띄워 적벽 아래를 유람하였다. 맑은 바람 서서히 불어 물결도 일지 않았다. 술을 들어 객에게 권하며, 「명월(明月)」편을 읊조리고 「요조(窈窕)」장을 노래하였다. 조금 있으니, 달은 동산 위에 떠올라 북두성과 견우성 사이를 배회하였다. 흰 이슬 강에 비끼고 물빛은 하늘에 맞닿았다. 작은 배가 가는대로 맡겨두어, 망망히 넓고넓은 강물에 떠다니니, 시원스러워 허공을 타고 바람을 부리며 멈출 곳을 몰랐으며, 가뿐하여 속세를 버리고 홀로 날개 달고 신선이 된 듯하였다.

이에 술 마신 즐거움이 넘쳐 뱃전을 두드리며 노래를 불렀다. 노래는 다음과 같았다. "계수나무 노와 목란 상앗대, 물 위의 달을 치며 달빛 흐르는 강을 거슬러 올라가네. 아득하기만 한 내 심사, 하늘 저쪽의 임을 그리네." 객 가운데 퉁소를 부는 이가 있어 노래에 맞춰 반주하니, 그 소리 삐리리리, 원망하는 듯, 연모하는 듯, 흐느끼는 듯, 호소하는 듯, 여음(餘音)은 길고 가늘게 실처럼 이어졌다. 깊은 골짜기의 교룡(蛟龍)을 춤추게 하고 외로운 배의 과부를 흐느끼게 하였다.

나 소식은 수심에 찬 얼굴로 옷깃을 바로하고 똑바로 앉아 객에게 물었다. "어찌하여 그렇게 구슬픈지요?" 객이 대답했다. "'달 밝

槳,¹⁰ 擊空明兮泝流光.¹¹ 渺渺兮予懷, 望美人兮天一方."¹² 客有吹洞簫者, 倚歌而和之, 其聲嗚嗚然,¹³ 如怨如慕, 如泣如訴. 餘音嫋嫋,¹⁴ 不絶如縷. 舞幽壑之潛蛟, 泣孤舟之嫠婦.¹⁵

蘇子愀然,¹⁶ 正襟危坐,¹⁷ 而問客曰: "何爲其然也?" 客曰: "'月明星稀, 烏鵲南飛', 此非曹孟德之詩乎?¹⁸ 西望夏口,¹⁹ 東望武昌,²⁰ 山川相繆,²¹ 鬱乎蒼蒼, 此非孟德之困於周郎者乎?²² 方其破荊州,

....

10 桂棹(계도) : 계수나무로 만든 노. 蘭槳(난장) : 목란으로 만든 상앗대. 노는 선미에, 상앗대는 옆에 둔다.
11 空明(공명) : 물속에 비친 달, 泝(소) : (물을) 거슬러 올라가다. 流光(유광) : 물결에 비치는 흔들리는 달빛.
12 美人(미인) : 달을 가리킴. 이상 속의 인물, 조정의 현인 군자를 비유함.
13 嗚嗚然(오오연) : 구슬픈 노랫소리를 형용한 말.
14 嫋嫋(요뇨) : 길고 가는 소리.
15 嫠婦(이부) : 과부.
16 愀然(초연) : 근심스러워 안색이 바뀌는 모습.
17 危坐(위좌) : 바르게 앉다.
18 孟德(맹덕) : 조조(曹操)의 자(字). 그의 「단가행(短歌行)」에, "달 밝아 별 희미한데, 까막까치 남쪽으로 날아간다(月明星稀, 烏鵲南飛)"는 구절이 있다.
19 夏口(하구) : 지금의 호북성 한구(漢口).
20 武昌(무창) : 지금의 호북성 악성현(鄂城縣).
21 繆(무) : 얽히다.
22 周郎(주랑) : 손권(孫權)의 부하 주유(周瑜). 제갈량과 연합하여 적벽에서 조조의 군사를 대파했다.

아 별 희미한데 까막까치 남쪽으로 날아간다'는 이 구절은 조맹덕
(曹孟德)의 시가 아니던가요? 서쪽으로는 하구(夏口)를 바라보고
동쪽으로는 무창(武昌)을 바라보는 곳에, 산천은 뒤엉키어 빽빽하
고 울창하니, 이곳이 조맹덕이 주유(周瑜)에 의해 곤경에 처하게
된 곳이 아니던가요? 바야흐로 형주(荊州)를 격파하고 강릉(江陵)
으로 내려와 물길을 따라 동쪽으로 올 때, 전함들은 꼬리를 물고
천리나 이어지고, 깃발들은 허공을 가렸는데, 강을 대하고 술 따르
며 긴 창 비껴들고 시를 읊었으니, 진정 한 시대의 영웅이었건만
지금은 어디에 갔는지요! 하물며 저와 그대는 강가에서 고기 잡고
나무하며 물고기 새우를 짝하고 고라니 사슴을 벗함에야 어떻겠습
니까? 일엽편주를 몰아 표주박 잔을 들고 서로 권하며, 하루살이
같은 인생을 천지간에 기탁하니, 넓고넓은 바다에 좁쌀같이 미세하
지요. 우리 인생이 한순간임을 슬퍼하고 장강의 무궁함을 부러워하
여, 나는 신선을 끼고 마음대로 노닐며 밝은 달을 끌어안고 오래
살려 하지요. 그러나 갑자기 그리 될 수는 없음을 알아, 슬픈 바람
에 여운을 맡기기 때문이지요."

나 소식은 말했다. "그대 역시 강물과 달에 대해 아시겠지요? 흘
러가기는 저와 같아도 아주 가버린 적은 없지요. 차고 기울기는 저
와 같아도 끝내 커지거나 줄어들지는 않지요. 대저 변한다는 관점
에서 보면 천지는 한순간도 같을 수 없지만, 불변한다는 관점에서
보면 만물과 우리 모두가 끝이 없지요. 그러니 또 무엇을 부러워하

下江陵,²³ 順流而東也, 舳艫千里,²⁴ 旌旗蔽空, 釃酒臨江,²⁵ 橫槊賦詩,²⁶ 固一世之雄也, 而今安在哉! 況吾與子漁樵於江渚之上,²⁷ 侶魚蝦而友麋鹿? 駕一葉之扁舟, 舉匏樽以相屬,²⁸ 寄蜉蝣於天地,²⁹ 渺滄海之一粟. 哀吾生之須臾, 羨長江之無窮, 挾飛仙以遨遊,³⁰ 抱明月而長終. 知不可乎驟得, 託遺響於悲風."³¹

蘇子曰: "客亦知夫水與月乎? 逝者如斯, 而未嘗往也, 盈虛者如彼, 而卒莫消長也. 蓋將自其變者而觀之, 則天地曾不能以一瞬, 自其不變者而觀之, 則物與我皆無盡也, 而又何羨乎? 且夫天地之間, 物各有主, 苟非吾之所有, 雖一毫而莫取. 惟江上之清風, 與山間之明月, 耳得之而爲聲, 目遇

---

23 江陵(강릉) : 지금의 호북성 강릉현.
24 舳艫(축로) : 선미(船尾)와 선수(船首). 배들이 이어져 있음을 가리킨다.
25 釃酒(시주) : 술을 거르다, 술을 따르다.
26 槊(삭) : 긴 창.
27 渚(저) : 물가, 모래섬.
28 匏樽(포준) : 표주박 술잔.
29 蜉蝣(부유) : 하루살이.
30 遨遊(오유) : 마음껏 자유로이 노닐다.
31 遺響(유향) : 여운.

겠습니까? 또 천지간에 만물은 모두 주인이 있지요. 만약 자기 소유가 아니면 터럭 하나도 가질 수가 없지요. 오직 강 위의 맑은 바람과 산간의 밝은 달은 귀로 들으면 소리가 되고, 눈으로 보면 색깔을 이루지요. 차지해도 금하는 이 없고, 써도 다함이 없지요. 이것이 조물주의 무진장한 보물이요, 나와 그대가 같이 즐기는 것이지요."

객은 기뻐 웃고, 잔 씻어 다시 따라 마셨다. 안주는 이미 바닥나고 술잔과 접시는 어지럽게 흩어졌다. 배 안에서 서로 베고 깔고 누웠으며, 동쪽이 이미 훤해진 것도 몰랐다.

■ 해 제

황강(黃岡)에 있는 적벽(赤壁) 유람기이다. 세 달 후에 다시 「후적벽부(後赤壁賦)」를 썼다. 그리하여 본 편은 「전적벽부」가 되었다. 소식이 황주(黃州)로 쫓겨나 있던 47세(1082년) 때 쓴 것이다. 사물을 관조하는 안목이 남다르며 추구한 사상적 경지는 초월적이다. 정치적 실의와 폄적에 따른 정신적 고통을 극복한 후의 달관적인 인생태도를 보여 『장자』의 사상적 경지와도 유사하다.

그러나 작자가 이듬해에 쓴 「서전적벽부후(書前赤壁賦後)」의 다음 부분은 당시의 심정을 잘 알려준다. "작년에 이 글을 지었는데 가볍게 남에게 꺼내 보여준 적이 없다. 본 사람은 한두 사람뿐이다. 흠지(欽之, 傅堯俞의 字)의 사자가 와서 최근의 글을 구하기에 친히 써서 보냈다. 어려움을 많이 겪어 두렵지만, 흠지는 나를 아끼므로 반드시 깊이 넣어두고 남에게 꺼내 보이지 않을 것이다." 작자는 여전히 두려움과 번민의 심경을 지니고 있었음을 알 수 있다.

이 글은 달밤에 적벽 아래를 유람한 일을 기술하며 서경과 서정과 의론을 결합시켰으며 대화를 활용한 구성이 두드러진다. 또 시간의 변화에 따른 문장 전후 장면의 호응도 절묘하다. 즉 전반부의 술을 들어 객에게 권하는 장면, 배를 띄우

之而成色. 取之無禁, 用之不竭. 是造物者之無盡
藏也,³² 而吾與子之所共適."

客喜而笑, 洗盞更酌, 肴核旣盡,³³ 杯盤狼藉.³⁴
相與枕藉乎舟中,³⁵ 不知東方之旣白.

- - - - - - - - - - - - - - - - - - - -

32 無盡藏(무진장) : 무진장한 보물.
33 肴核(효핵) : 안주. '효(肴)'는 고기, '핵(核)'은 과일.
34 狼藉(낭자) : 낭자하다. 흩어져 어지러운 모양.
35 藉(자) : 깔다.

는 장면, 그리고 동산에 달 떠오르는 장면들은 각기 후반부의 잔을 씻어 다시 따르는 모습, 배 안에서 서로 베고 깔고 누운 장면, 동쪽이 이미 훤해진 장면들과 매우 자연스럽게 호응하여 문장의 완성도를 높이고 있다.

제갈량(諸葛亮, 181-234)

후한 삼국시대 촉한(蜀漢)의 걸출한 정치가・군사전문가・산문가・서예가, 발명가. 자는 공명(孔明), 호는 와룡(臥龍), 시호는 충무후(忠武侯)로 세간에선 즐겨 무후(武侯)라고 높여 부른다. 지금의 산동성 임기시(臨沂市) 기남현(沂南縣)인 낭야(琅邪) 양도(陽都) 사람이다. 유비(劉備)에게 초빙되어 승상을 지냈으며, 끝까지 한 왕실의 부활을 추구하여 북벌을 지휘하던 중 54세에 오장원(五丈原)에서 세상을 떠났다.

제갈량의 일생은 죽을 때까지 부지런하고 신중히 온 힘을 쏟은 충신의 삶이었다. 「후출사표(後出師表)」의 말미에서 스스로 "국궁진췌, 사이후이(鞠躬盡瘁, 死而後已)"라 하였는데, 이 말은 그의 삶을 대변한다. 중국의 전통적인 충신과 지자(智者)의 표상으로 높이 추앙을 받고 있다.

전, 후 두 편의 「출사표(出師表)」와 「계자서(誡子書)」 「융중대(隆中對)」 등의 산문이 전한다. 시는 전하는 것이 없다.

이밀(李密, 224-287)

진(晉) 초기의 산문가. 자는 영백(令伯)이며 건(虔)이라는 이름도 있다. 지금의 사천성(四川省) 팽산(彭山) 지역인 건위(犍爲) 무양(武陽) 사람이다.

태어난 지 6개월 만에 아버지를 잃고 어머니도 개가하여 조모의 손에서 자랐는데 그 효성이 지극하여 마을에서 이름났다. 당시의 유명한 학자 초주(譙周)를 사사하여 오경(五經)을 두루 익혔으며 특히 『춘추좌전(春秋左傳)』에 정통하여 촉한(蜀漢)에서 상서랑(尙書郎)이 되었다. 촉이 망한 후에 진 무제(晉武帝, 266-290 재위)가 태시(泰始) 초년에 태자를 보필하는 태자선마(太子洗馬)의 관직으로 불렀으나, 조모가 연로하고 병환이 있는데 자신 외에 봉양할 사람이 없음을 이유로 사양하였다. 이때 올린 「진정표(陳情表)」는 명편으로 평가되는 글이다. 무제는 이 글을 읽고 그 효성에 감복하여 노비를 하사하고 이밀의 조모에게 의식(衣食)을 제공하도록 관할 군현(郡縣)에 명하였다. 이밀은 조모 사후에 비로소 태자선마의 관직에 나아갔으며 후에 한중태수(漢中太守)가 되었다.

저작으로 『술이론(述理論)』 10편이 있으나 전해지지 않는다. 『화양국지(華陽國志)』와 『진서(晉書)』에 이밀전(李密傳)이 있다.

도연명(陶淵明, 대략 365-427)

동진(東晉) 말기와 송(宋) 초기의 위대한 시인이자 사부(辭賦) 작가. 자는 원량(元亮), 만년의 이름은 잠(潛)이다. 연명(淵明)도 자(字)라는 설도 있다. 호는 오류선생(五柳先生)인데 집 문 앞에 다섯 그루의 버드나무를 심어놓았기에 붙여진 호이다. 사후에 친구였던 시인 안연지(顏延之)가 개인적으로 정절(靖節)이라는 시호를 붙여 흔히 정절선생(靖節先生)이라고도 부른다. 지금의 강서성 구강(九江)인 심양(潯陽) 시상(柴桑) 사람이다.

대대로 낮지 않은 관리를 지낸 집안에서 태어났으나 당시에는 이미 몰락하여 집안 형편이 좋지 않았다. 잠시 강주좨주(江州祭酒), 건위참군(建威參軍) 등을 지냈으며, 41세에 팽택현령(彭澤縣令)에 추천되었으나, 취임한 지 80여 일만에 오두미(五斗米)를 위해 절요(折腰)할 수 없다며, 즉 적은 봉록을 받자고 못마땅한 상관의 행차에 허리를 굽혀가며 맞이할 수 없다며 사직하고 전원에 돌아가 은거하였다.

중국 최초이자 최고의 전원(田園)시인이며 대표적인 은일(隱逸) 문인이다. 「음주시(飮酒詩)」 20수와 「잡시(雜詩)」 12수 및 「귀거래사(歸去來辭)」, 「귀원전거(歸園田居)」, 「도화원기(桃花源記)」, 「오류선생전(五柳先生傳)」 등의 대표작이 있으며, 우리나라 문단에도 지대한 영향을 미쳤다. 유가적 사상과 도가적 사상을 겸하여 지녔으며 작품의 풍격은 자연스러움과 질박(質朴)함으로 대표된다. 『도연명집(陶淵明集)』에 시 125수와 문장 12편이 수록되어 있다. 『진서(晉書)』에 도잠전(陶潛傳)이 있다.

이백(李白, 701-762)

중국의 시인을 대표할 수 있는 당(唐)대의 시인. 자는 태백(太白)이고 호는 청련거사(靑蓮居士)이다. 중국의 대표적 낭만주의 시인으로 시선(詩仙)이라는 칭호를 얻었다. 두보(杜甫)와 함께 "이두(李杜)"로 병칭된다. 원적은 지금의 감숙성 천수(天水) 지역인 농서(隴西) 성기(成紀)인데 어려서 부친을 따라 지금의 사천성 강유(江油) 남쪽인 면주(綿州)로 이주했다. 25세에 고향을 떠나 천하를 유람하였으며, 42세에 비로소 현종(玄宗)의 부름을 받아 한림학사(翰林學士)가 되었으나 3년 후에 귀족을 무시한 죄로 파직되었다. 또 어린 숙종(肅宗)에게 반기를 들었다가 실패한 영왕(永王) 편에 섰다가 연루되어 추방당했다가 사면되었는데, 그 때문에 관직생활은 할 수 없었으며 만년을 여기저기 유랑하다가 세상을 떠났다. 이백은 주로 시의 창작에 주력하여 산문은 매우 소수의 작품만이 전한다. 그의 시는 총체적으로 청신준일(淸新俊逸)한 풍격을 지녔는데, 시대의 번영을 반영하는 동시에 통치계층의 부패상도 폭로하였다. 권력자를 멸시하고 전통의 속박에 반항하며 자유로움을 추구한 대표적인 시인이다. 작품집으로 『이태백문집(李太白文集)』이 있다.

한유(韓愈, 768-824)

당대의 걸출한 문학가·사상가·정치가. 자는 퇴지(退之)이다. 시호가 문(文)이라 한문공이라고 높여 부르며, 이부시랑(吏部侍郎)을 지내 한이부(韓吏部)라고도 부른다. 자신이 창려(昌黎) 출신이라고 내세웠으므로 흔히 한창려(韓昌黎)라고도 부른다. 지금의 하남성 맹주(孟州)인 하양(河陽) 사람이다.

몰락한 사대부 집안에서 태어나 세 살 때 아버지를 여의고 어린 시절을 큰형에게 의탁하였다. 진사과에 세 차례 낙방한 후에 25세에 비로소 급제하였다. 이어 이부시(吏部試)에서 연이어 낙방하자 지방 절도사의 막료 생활을 하였다. 사문박사(四門博士)로 중앙에 돌아온 이후 주전파로 회서(淮西) 지역 군벌 토벌에 행군사마(行軍司馬)가 되어 참여해 큰 공을 세웠다. 그 후에는 한 차례의 좌천을 제외하면 관료생활이 순탄하였다. 형부(刑部)와 병부(兵部) 및 이부(吏部)의 시랑(侍郎), 국자좨주(國子祭酒), 경조윤(京兆尹), 어사대부(御史大夫) 등 여러 영역의 높은 관직을 지냈다. 사관수찬(史館修撰)으로서 『순종실록(順宗實錄)』도 편찬했다. 병으로 물러난 지 얼마 지나지 않아 57세에 장안에서 세상을 떠났다.

황실을 비롯하여 불교와 도교가 매우 성한 상황에서 국가 통치이념으로서의 유가 부흥 활동의 선봉에 섰다. 「원도(原道)」는 불노(佛老) 배척을 강력히 주장한 대표적인 문장이며, 「논불골표(論佛骨表)」는 헌종(憲宗)에게 반불(反佛)을 극력 주장한 문장으로, 이 때문에 극형에 처해질 위기를 맞고 조주자사(潮州刺史)로 쫓겨났다. 자신이 맹자(孟子)를 계승할 뜻을 지니고서 도통론(道統論)을 제기하였으며 송대의 신유학 발전에도 큰 공헌을 하였다.

당대(唐代) 고문운동(古文運動)을 선도하여 당송팔대가의 영수로 불리는데, 고문운동의 절대적 동반자였던 유종원(柳宗元)과 함께 "한유(韓柳)"라 병칭(竝稱)된다. "백대의 문장 종사(宗師)[百代文宗]"라는 더없이 높은 평가도 받는다. 소식(蘇軾)은 한유를 가리켜 "문장은 8대 동안 쇠락했던 문풍을 일으켜 세웠고, 도(道)는 이단에 빠진 천하를 구하였다[文起八代之衰, 道濟天下之溺]"고 칭송하였다.

내용이 공허한 유미적인 변문(騈文)에 반대하여 문이재도(文以載道)의 문학관을 견지하였으며 "진부한 문사의 제거에 힘쓴다[陳言務去]"며 독창성을 강조하였고, 문기설(文氣說)을 제기하여 "기(氣)가 성하면 표현방식은 알맞게 된다[氣盛言宜]"는 주장을 펼쳤다. 고문과 관련된 이론의 제시와 함께, 다양한 서술 방식의 비지류(碑誌類)나 새롭게 유행시킨 증서류(贈序類)를 비롯한 각종 형식의 고문 창작을 통해, 문장의 새로운 지평을 열며 중국 산문 발전에 지대한 영향을 미쳤다. 시인(詩人)으로서는 괴탄파(怪誕派)에 속하며, "문장을 짓는 방식으로 시를 썼다[以文爲詩]"는 평가를 받기도 한다.

문장은 조선에도 큰 영향을 미쳤는데, 당송팔대가의 문장을 표본으로 여겼던 정조는 친히 그들의 문장 100편을 『어정당송팔자백선(御定唐宋八子百選)』에 선정하여 간행하면서 한유의 문장을 30편이나 수록했다. 문집으로 『창려선생집(昌黎先生集)』이 있다. 근년 들어 국내에 그의 산문 상당량을 역주한 책이 여러 종 출판되었다.

유우석(劉禹錫, 약 772-약 842)

당대(唐代)의 시인. 자는 몽득(夢得)이며 낙양(洛陽) 사람이다. 유종원(柳宗元)과 같은 해에 진사과에 급제하였고 함께 감찰어사(監察御史)를 지냈다. 또 왕숙문(王叔文)이 이끄는 정치집단에도 같이 참여하여 이른바 영정혁신(永貞革新)에 참여하였다. 이후 이 정치집단이 몰락하면서 주요 성원 8인이 모두 사마(司馬)로 쫓겨났는데, 이 팔사마(八司馬)의 한 사람으로 오랫동안 낭주사마(朗州司馬)를 지냈다. 뒤에 연주자사(連州刺史)로 옮기고 여러 곳의 자사를 지내다가 마지막에는 태자빈객(太子賓客)이 되었다. 그의 시문집이 『유빈객집(劉賓客集)』인 것은 그 때문이다.

시에 집중했던 그는 심각한 정치적 좌절 속에서도 호탕한 시풍을 유지하며 분개하고 풍자하는 시를 많이 썼다. 백거이(白居易)가 그를 "시호(詩豪)"라고 하여 그렇게 널리 전해졌다. 백거이와 함께 "유백(劉白)", 유종원과 함께 "유유(劉柳)"로 불린다. 천명론(天命論)에 반대하는 유종원의 문장 「천설(天說)」을 읽고 「천론(天論)」 3편을 써 그 주장을 완성하기도 하였다. 「누실명(陋室銘)」은 중국 고등학교 교과서에 실리는 대표작으로 많은 사랑을 받는 글이다.

유종원(柳宗元, 773-819)

당대(唐代)의 뛰어난 문학가·사상가·정치가. 자는 자후(子厚)이다. 조적 (祖籍)이 지금의 산서성 영제(永濟)인 하동(河東)이었으므로 유하동(柳河 東), 유주자사(柳州刺史)를 지내서 유유주(柳柳州)라고도 불린다. 장안에 서 태어났으며 비교적 이름난 관료 집안이었다.

21세에 진사과에 급제하고 부친상을 지낸 후 26세에 이부시(吏部試)인 박학굉사과(博學宏詞科)에도 급제하여, 일찍 유망한 인재로 관료생활을 시작했다. 이후 예부원외랑(禮部員外郞)으로 당시의 권력자 왕숙문(王叔 文)이 이끄는 혁신 정치집단에 참여해 이른바 영정혁신(永貞革新)에 참 여하였다. 그러나 환관 집단 및 보수파와의 투쟁에서 실패하여 이후 평 생 좌천생활을 면치 못하였다. 805년 33세에 영주사마(永州司馬)로 좌천 된 이래 그곳 영주에서 약 10년, 유주자사로 4년을 지내고 47세에 현지 에서 세상을 떠났다. 이 정치적 실패와 지방의 좌천생활은 그의 창작에 결정적인 영향을 미쳤다.

중심 사상은 유가였으나 불교도 매우 좋아하였고 조예도 깊어 유불(儒 佛) 통합을 주장하였다. 또 다른 여러 사상도 받아들여 유가와의 조화를 꾀하고자 하였다. 또한 「천설(天說)」과 「정부(貞符)」 등에서 하늘과 인간 의 영역을 나누며 유물주의적 견해를 펼쳤다. 모택동(毛澤東)도 그가 천 명론(天命論)에 반대한 점을 높이 평가한 바 있다.

한유와 함께 고문운동을 전개하여 "한유(韓柳)"로 병칭되는 당송팔대가 의 중요한 한 사람이다. 한유와는 고문운동의 전개에서 절대적인 동료였 고 경쟁적인 작가였다. 「봉건론(封建論)」 같은 진보적인 글이 많다. 또 당대의 대표적인 우언문 작가로서 작품에는 동물이 많이 등장하며 환관 집단과 통치계층에 대한 풍자성이 특히 강하다. 「영주팔기(永州八記)」로 대표되는 산수유기는 정경교융(情景交融)이 훌륭하게 이루어진 글로, 산 수 산문의 새 영역을 개척하였다. 그밖에 전기(傳記)와 사부(辭賦)에서도 명작을 많이 남겼다.

시와 문장 모두에 능했던 대표적인 문인이나 시가 영역은 산문에서처럼 높이 평가받지는 못한다. 다만 소식은 그의 시를 도연명의 시와 나란히 놓아 평가하는 등, 대가가 즐비한 당대의 시단에서 상당한 위상을 지니고 있다. 대부분 좌천된 후의 작품으로 명편 「강설(江雪)」을 비롯한 140여 수를 남겼다.

작품집으로는 『유하동집(柳河東集)』이 있다. 맨 처음의 이 문집은 평생 정치적 동료였고 절친한 시우(詩友)였던 유우석(劉禹錫)이 완성한 것이다. 국내에 시문 완역본인 『유종원집』이 출판되었다.

범중엄(范仲淹, 989-1052)

북송(北宋)의 뛰어난 정치가이자 문학가. 소주(蘇州) 사람으로 자는 희문(希文), 시호는 문정(文正)이다. 가난한 집안 출신으로 27세에 진사과에 급제하였다. 관리로서 매사에 직언을 마다하지 않았으며 서하(西夏)의 침공을 막는 데에도 공을 세웠다.

인종(仁宗) 경력(慶曆) 3년(1034)에 재상이 되어 변법(變法)을 통해 이른바 경력신정(慶曆新政)의 정치개혁을 추진하였으나 보수파의 강한 저항을 받아 경력 5년에 물러났다. 그 후 여러 곳의 지방관을 전전하다가 64세의 나이로 병사했다. 문집으로 『범문정공집(范文正公集)』이 있다.

구양수(歐陽修, 1007-1072)

북송의 정치가이자 문학가. 자는 영숙(永叔), 호는 취옹(醉翁)이고 만년의 호는 육일거사(六一居士)이다. 한림학사(翰林學士), 추밀부사(樞密副使), 참지정사(參知政事) 등을 지냈으며 시호는 문충(文忠)이다. 지금의 강서성에 속하는 길주(吉州) 영풍(永豐) 사람이다. 자칭 여릉(廬陵) 사람이라고 한 것은 길주가 영릉군에 속했기 때문이다.

56세인 아버지의 독자로 태어나 3년 후에 아버지를 잃고 어려운 가정형편에서 어머니의 교육을 받으며 자랐다. 17세 때와 20세 때에 과거에 응했다가 낙방하고 23세에 추천을 받아 국자감(國子監)에 들어가 국자감과 예부성 시험에서 연이어 수석을 차지했다. 다음해 24세(1030)에 숭정전 (崇政殿)에서 거행된 전시(殿試)에서 기대했던 장원을 놓치며 급제했다. 당시에 주요 고시관이었던 안수(晏殊)는 그의 지나친 예기를 꺾기 위해 그리하였다고 말한 적이 있다.

육일거사(六一居士)라는 호는 스스로 자신의 장서 일만 권, 금석문의 탁본 일천 권, 금(琴) 하나, 바둑판 하나, 술 주전자 하나, 그것을 즐기는 늙은 노인 하나 등, 여섯 개[六]의 하나[一]를 따서 지었다고 하였다. 그의 만년의 일상을 잘 보여주는 호칭이기도 하다.

북송 시기 시문(詩文) 혁신운동의 영수로 문학적 성과는 산문이 가장 높으며 영향 또한 산문이 가장 크다. 한유의 고문운동의 정신을 계승하여 "문이명도(文以明道)"를 주장하면서 화려하고 수식을 일삼는 것에 반대하고 간결하고 법도에 맞는 문장, 유창하고 자연스러운 문장을 추구하였다. 자신이 이끌어준 소(蘇)씨 삼부자와 증공(曾鞏) 등과 함께 당송팔대가(唐宋八大家)에 속할 뿐만 아니라 한유(韓愈), 유종원(柳宗元), 소식(蘇軾)과 함께 "천고문장사대가(千古文章四大家)"에 속한다.

시가 방면에서도 "궁이후공(窮而後工)"의 관점을 제시하며 당시와 후대에 큰 영향을 미쳤다. 또한 그의 『육일시화(六一詩話)』는 최초의 시화집 (詩話集)이다. 사학 방면에서는 중요한 업적을 남겼으니, 송기(宋祁)와 함께 『신당서(新唐書)』를 편찬한 외에 『신오대사(新五代史)』도 편찬하는 등 많은 저작을 남겼다. 문집으로 『구양문충공전집(歐陽文忠公全集)』이 있다.

소순(蘇洵, 1009-1066)

북송의 문학가. 소식과 소철의 아버지로 당송팔대가의 한 사람이다. 자는 명윤(明允)이며 사천(四川) 미산(眉山) 사람이다. 노소(老蘇)라고도 부르며 두 아들과 함께 삼소(三蘇)로 불린다.

27세에야 비로소 열심히 공부하기 시작하여, 한 해 남짓 후에 응시한 시험에 모두 낙방하자 썼던 문장을 모두 불태우고 10년 동안 더욱 공부에 매진했다. 48세에 두 아들 소식과 소철을 데리고 상경하였으며, 한림학사 구양수(歐陽修)에게 바친 『형론(衡論)』과 『권서(權書)』 등으로 일시에 크게 이름을 날리고 비서성(秘書省) 교서랑(校書郎)이 되었다. 49세에는 아들 둘이 함께 진사과에 급제하였다. 또 역대 예법을 정리한 『태상인혁례(太常因革禮)』 100권을 요벽(姚辟)과 공저하였다. 저작으로 『가우집(嘉祐集)』과 『시법(諡法)』이 있다.

주돈이(周敦頤, 1017-1073)

북송 중엽의 저명한 철학가로서 송명리학(宋明理學)의 창시자이다. 원래 이름은 돈실(敦實)이며 자는 무숙(茂叔), 호는 염계(濂溪)이다. 흔히 주자(周子)라고 높여 부른다. 도주(道州) 영도(營道) 즉 지금의 호남성 도현(道縣) 사람이다. 그의 학설은 공자와 맹자 이후 유학을 가장 크게 발전시켰으며 그 영향도 지극히 크다.

그의 저작은 오늘날 통행되는 「주자전서(周子全書)」에 담겨 있다. 대표작으로 「주원공집(周元公集)」, 「태극도설(太極圖說)」, 「통서(通書)」, 「애련설(愛蓮說)」 등이 있다.

왕안석(王安石, 1021-1086)

북송의 뛰어난 개혁적 정치가·사상가·산문가. 당송팔대가(唐宋八大家)의 한 사람이다. 자는 개보(介甫)이고 호는 반산(半山)이며 시호는 문(文)이다. 형국공(荊國公)에 봉해져 왕형공(王荊公)이라고도 부른다. 지금의 강서성 무주시(撫州市) 임천구(臨川區)인 임천(臨川) 염부령(鹽埠嶺) 사람이다. 신종(神宗) 때에 두 차례 재상을 지냈으며 변법(變法)을 추진한 신법당(新法黨)의 영수였다.

당송팔대가의 산문 가운데 왕안석의 정론문은 특히 두드러지는데 주로 당시의 정치와 사회 문제에 대해 깊은 분석과 분명한 관점을 제시함으로

써 자신의 변법(變法) 주장을 잘 뒷받침하고 있다. 「상인종황제언사서(上仁宗皇帝言事書)」는 그 대표작이다. 단편인 「독맹상군전(讀孟嘗君傳)」이나 「상중영(傷仲永)」 등은 인물에 대해 날카로운 평가를 내린 것으로 감정적 색채와 함께 신선감이 뛰어난 작품이다. 또 산수유기문인 「유포선산기(遊褒禪山記)」는 유람한 일과 의론을 자연스럽게 융합시킨 대표작이다.

산문 외에 또 시(詩)와 사(詞)에 있어서도 뛰어난 성과를 올림으로써 북송 중기의 시문 혁신운동에 중요한 역할을 담당하였다. 다만 그의 문학 주장은 지나치게 실용을 강조함으로써 예술형식에 대해 다소 소홀했다는 평가를 받기도 한다.

문집으로 『왕임천집(王臨川集)』, 『임천선생문집(臨川先生文集)』 등이 있는데 대부분의 작품이 『왕임천집』에 수록되어 있다.

소식(蘇軾, 1037-1101)

북송의 문학가·정치가·사상가·서예가. 자는 자첨(子瞻) 또는 화중(和仲)이며 호는 동파거사(東坡居士)이다. 지금의 사천성 미산시(眉山市)인 미주(眉州) 미산(眉山) 사람이다. 시호는 문충(文忠)이다. 소(蘇)씨 삼부자 가운데 "대소(大蘇)"로 통한다.

문장과 시와 사(詞) 전 영역에 조예가 깊었으며 송대 문학의 최고 경지를 이룩한 문학가로 지칭된다. 또한 서예나 회화 및 조리와 의약과 수리 사업 등에 이르기까지 뛰어난 능력을 보여 송대 문화정신의 전형이라고도 평가된다. 또한 문학적 인재 발견과 육성에 주목하여 소위 "소문사학사(蘇門四學士)", "소문육군자(蘇門六君子)" 등으로 불리는 인재들도 배출하였다.

21세(1057년) 때에 아버지 소순(蘇洵)을 따라 상경하여 동생 소철과 함께 진사과에 급제하였다. 모친상을 지내고 돌아와 25세(1061년)에 제과(制科)에 급제하여 본격적인 관료생활을 시작하였다. 인종(仁宗)과 신종(神宗)의 총애를 받았으나 사마광(司馬光)의 구법파와 왕안석(王安石)의 신법파가 대립하는 정치 환경하에서 극도의 파란을 맞았다. 신법파의 미움을 피해 외지의 지주(知州)로 떠돌다가 호주(湖州)지주가 된 43세(1079년) 때에는, 시문(詩文)이 문제가 되어 어사대에 갇히는 오대시안(烏臺詩案)을 겪으며 극형에 처해질 위기도 있었다. 이 필화사건으로 명목뿐인 황주(黃州)의 단련부사(團練副使)로 쫓겨나 밭을 경작하며 "동파거사"라는 이름도 얻고 「적벽부」도 남겼다.

이후 1085년 철종(哲宗)이 즉위하고 고태후(高太后)가 섭정하면서 사마광이 재집권하여 중서사인(中書舍人)과 한림학사지제고(翰林學士知制誥)에까지 급속히 승진하였다. 그러나 그들과도 맞지 않아 외지 발령을 원해 항주(杭州)지주가 되었다. 서호(西湖)의 소제(蘇堤)는 이때 쌓은 것으로 경제적 가치 외에 인문 경관의 창조로 칭송되고 있다. 이후에도 여러 곳의 지주로 떠돌고 다시 조정에도 돌아갔으나, 다시 신당이 집정하면서 좌천된 끝에 61세(1097년)에 지금의 해남도(海南島)에 있는 담주(儋州)로 쫓겨났다. 휘종(徽宗) 즉위 후 사면을 받아 돌아오는 도중 1101년 65세의 나이로 지금의 강소성 상주(常州)에서 세상을 떠났다.

소식의 문장은 매우 다양하고 풍부하다. 그 가운데 특히 의론문은 과거에 응시하는 이들이 본받는 대상이었다. 또 송대를 대표하는 우언작가로 『애자잡설(艾子雜說)』을 비롯한 많은 우언문도 남겼다. 또한 많은 사부류(辭賦類) 문장과 의론성 잡기(雜記)를 남겼으며, 적지 않은 소품문은 명대의 공안파(公安派)에도 영향을 미쳤다. 시로는 황정견(黃庭堅)과 함께 "소황(蘇黃)"이라 불리고, 사(詞)로는 신기질(辛棄疾)과 함께 "소신(蘇辛)"이라 불리며 호방파를 대표한다.

소식은 고려에 대해 적대적인 입장을 취하며 사절단을 거절할 것과 서적을 팔지 말 것을 주장하였다. 또한 조선의 주된 통치 이념인 주자학과 밀접한 정자(程子)에 비판적이었다. 따라서 조선의 학계는 그에 대해 부정적인 경우도 많았다. 그러나 그의 유머 넘치고 초탈한 인생관과 문학적 천재성으로 많은 영향을 미치며 사랑을 받기도 하였다. 대표적 호학 군주인 정조가 과거나 책문(策問), 대책(對策) 등의 모범을 소식의 글에서 구하라고 강조한 것이나, 문인들이 적벽 아래에서의 유선(遊船)을 흉내낸 것 등이 그 좋은 사례이다.

『동파칠집(東坡七集)』, 『동파역전(東坡易傳)』, 『동파악부(東坡樂府)』 등 많은 저작이 있다.

소철(蘇轍, 1039-1112)

북송의 정치가·문학가. 당송팔대가의 한 사람으로 소순의 아들이자 소식의 동생이다. 자는 자유(子由)이며 만년에는 은거하며 스스로를 영빈유로(潁濱遺老)라고 하였다. 소소(小蘇)로서 아버지 노소(老蘇), 형 대소(大蘇)와 함께 삼소(三蘇)로 불린다. 시호는 문정(文定)이다. 사천성 미주(眉州) 미산(眉山) 사람이다.

1057년 19세에 형 소식과 동시에 진사과에 급제하였다. 신종(神宗) 때 관직생활을 시작하였으나 왕안석의 신법에 반대하여 좌천되기도 했고, 철종(哲宗) 때에는 중서사인(中書舍人), 호부시랑(戶部侍郎), 어사중승(御史中丞), 상서우승(尚書右丞), 문하시랑(門下侍郎) 등의 요직을 담당하였으나 다시 미움을 받아 여주(汝州), 균주(筠州), 뇌주(雷州), 순주(循州) 등으로 떠돌았다. 휘종(徽宗) 즉위 후에 태중대부(太中大夫)에 복귀하였다가 74세에 은퇴하고 세상을 떠났다.

형 소식과 특별히 돈독한 우애를 유지한 것으로 유명하다. 형이 필화사건으로 옥에 갇혔을 때 관직을 걸고 황제에게 관용을 구한 일이나, 형과 주고받은 많은 시문 등이 미담으로 전해진다.

귀유광(歸有光, 1506-1571)

명대(明代)의 산문가. 자는 희보(熙甫)와 개보(開甫)이고 별호는 진천(震川)과 항척생(項脊生)이다. 세간에서는 진천선생(震川先生)으로 많이 부른다. 강소성 곤산(昆山)의 몰락해가는 가정에서 태어났다. 35세에 향시에 선발되었으나 그 후 여덟 차례나 진사과에 낙제하여 독서생활을 하였는데 따르는 학생이 매우 많았다. 60세에 비로소 진사과에 급제하여 호주(湖州) 장흥현(長興縣)의 지현(知縣)이 되었다. 『세종실록(世宗實錄)』의 편수에 참여했다.

문학적으로는 산문 창작에 뛰어났다. 이른바 당송파(唐宋派)의 가장 중요한 일원으로서 왕신중(王愼中), 모곤(茅坤), 당순지(唐順之) 등과 함께 질박한 당송 고문을 숭상하면서 의고주의(擬古主義)에 대항하고 전후칠자(前後七子)의 "문필진한(文必秦漢)" 주장에 반대하였다. 당송팔대가와 청대 동성파(桐城派) 사이의 교량 역할을 하였다. 다른 산문가에 비해 상대적으로 여성과 관련된 글을 많이 쓰기도 하였다.

당시에는 "지금의 구양수[今之歐陽修]"라 칭찬하였고, 후인들은 그의 산문을 "제일가는 명대 문장[明文第一]"이라고 칭찬했다. 저작으로 『진천집(震川集)』이 있다.

원굉도(袁宏道, 1568-1610)

명 말기의 대표적 소품문(小品文) 작가. 자는 중랑(中郞), 무학(無學)이며 호는 석공(石公), 육휴(六休)로, 형주(荊州) 공안(公安) 즉 지금의 호북성(湖北省) 공안현(公安縣) 사람이다. 만력(萬曆) 20년(1592)에 진사과에 급제하여 오현(吳縣)의 지현(知縣), 예부주사(禮部主事), 이부험봉사주사(吏部驗封司主事), 계훈낭중(稽勳郎中), 국자박사(國子博士) 등을 지냈다.

어려서부터 총명하여 시문에 뛰어났고 16세에 문학단체를 결성하여 대표가 되었다. 형 원종도(袁宗道)와 동생 원중도(袁中道)와 함께 삼원(三袁)이라 불리며, 그들이 중심이 된 공안파(公安派) 가운데 문학적 업적이 가장 뛰어났다고 평가된다.

명대의 복고적 문학 기풍에 반대하며 소품문 창작에 주력하였다. 그는 문장과 시대의 밀접한 관계를 중시하여 전후칠자(前後七子)의 진한(秦漢) 고문(古文) 모의에 반대하는 동시에 당순지(唐順之)와 귀유광(歸有光)의 당송(唐宋) 고문 모의에도 반대하였다.

당시에 유행한 "문장은 필히 진한의 것을, 시는 필히 성당(盛唐)의 것을 본받는다[文必秦漢, 詩必盛唐]"는 문학 풍조에 반대하여 "오직 성령(性靈)만을 펼쳐내며 형식에 구애되지 않는다[獨抒性靈, 不拘格套]"는 성령설(性靈說)을 제창했다.

유기(遊記)와 척독(尺牘) 등이 뛰어나며 적지 않은 서발(序跋)도 남겼다. 문집으로 『원중랑전집(袁中郎全集)』이 있으며 국내에도 완역본이 출판되었다.

장대(張岱, 1597-1679)

명말 청초(淸初)의 문학가이자 사학가. 자는 종자(宗子), 유성(維城)이고 호는 석공(石公), 도암(陶庵), 천손(天孫)이며 별호는 접암거사(蝶庵居士), 만년의 호는 육휴거사(六休居士)이다. 항주(杭州)에 거주하였으나 산음(山陰) 즉 지금의 절강성(浙江省) 소흥(紹興) 사람이다. 부유한 관료 집안에서 태어나 어려서는 귀공자였다. 다재다능하였으나 과거에 급제하지 못하자 저서와 역사 기술에 뜻을 두었다. 50세 때 명(明)이 망하자 산에 들어가 포의(布衣)로 소식(蔬食)하며 곤궁한 가운데 많은 저작을 완성하였다.

산문에 뛰어났는데, 공안파(公安派)와 경릉파(竟陵派)의 주장을 융합하여 만명(晩明)의 소품문을 집대성하였다. 그는 특히 강남의 세간 풍속의 묘사에도 뛰어났으며 산천의 경물 묘사에도 뛰어났다. 그리고 대작과 소품, 전아한 것과 속된 것, 대략적인 것과 세밀한 것, 자연과 인공적인 것 등을 교묘히 융합하였다. 또 다도(茶道)에 밝고 화초와 산수를 사랑하였으며 음악과 희곡에도 정통하였다.

『낭환문집(琅嬛文集)』『도암몽억(陶庵夢憶)』『서호몽심(西湖夢尋)』『삼불후도찬(三不朽圖贊)』『야항선(夜航船)』『사서우(四書遇)』 등의 문학 명저를 남겼다.

찾아보기

ス

중국고전문학정선 - 중국의 고전 산문

초판 인쇄 – 2015년 1월 26일
초판 발행 – 2015년 1월 30일

편역자 – 오 수 형
발행인 – 金 東 求
발행처 – 명 문 당(창립 1923년 10월 1일)
　　　　　서울특별시 종로구 윤보선길 61(안국동
　　　　　우체국 010579-01-000682
　　　　　전 화 (02) 733-3039, 734-4798
　　　　　FAX (02) 734-9209
　　　　　Homepage www.myungmundang.net
　　　　　E-mail mmdbook1@hanmail.net
　　　　　등록 1977.11.19. 제1-148호

■